Antología de cuentos mexicanos 2

María del Carmen Millán

Antología de cuentos
mexicanos 2

NUEVA IMAGEN

Primera edición, SepSetentas: 1976
Segunda edición, Editorial Nueva Imagen: 1977
Decimacuarta edición: 1995

Portada: Carlos Aguirre

© 1977, Editorial Nueva Imagen, S. A.
© 1990, Editorial Patria, S. A. de C. V.
        bajo el sello de Nueva Imagen
        Renacimiento 180, Col. San Juan Tlihuaca
        02400, Azcapotzalco, México, D. F.
        Teléfonos 561-4946, 561-9299 y 561-4172

ISBN 968-39-0352-5 (obra completa)
ISBN 968-39-0354-1 (tomo 2)

Impreso en México/*Printed in Mexico*

JUAN RULFO

(Sayula, Jal., 1918)

Después de las agobiadoras dosis de regionalismo que saturaron la narrativa mexicana desde el redescubrimiento de *Los de abajo* en 1925 hasta bien avanzada la década de los años cuarentas, y del alejamiento de los temas nacionalistas por parte del grupo de los Contemporáneos —cultivadores sobre todo de la poesía, espíritus refinados que pretendían poner a México en contacto con las corrientes universales literarias y artísticas—, se consideró que la conciliación entre regionalismo y universalidad sería imposible.

Sin embargo, el fatalismo angustiado en *El luto humano* de José Revueltas, junto con las técnicas narrativas que emplea —diversas proyecciones de un mismo hecho en las conciencias de diferentes personajes y la atmósfera irreal en que se mueven; el trastorno cronológico que implica un concepto nuevo del tiempo— indican que desde 1943 se ha escrito una novela en la cual, sin perder el sabor local, existe una ruptura con los procedimientos utilizados tradicionalmente para la exposición de una realidad que parte de un punto y evoluciona horizontalmente hasta llegar a otro.

La crisis mundial precursora de una segunda Guerra y la influencia de los escritores europeos y norteamericanos pesimistas y angustiados, transforman profundamente la concepción de la obra literaria en cuanto a la visión del mundo y a la forma de traducirla. James Joyce, William Faulkner, Hemingway, Dos Passos, señalan nuevos caminos a la novela y al cuento. Sostienen una decidida desconfianza por el enfoque realista directo, de cámara fotográfica, y por las efusiones sentimentales; persiguen a sus personajes desde dentro de sus conciencias, en sus actos involuntarios y en las relaciones del pasado con el presente. El descontento, la humillación, la suciedad forman parte del mundo en que el hombre agoniza aunque aún puede dejar constancia de su lucha y de su ira.

En ese nivel de desolación íntima, la expresión requiere de múltiples perspectivas que el creador puede encontrar en la

7

tradición universal donde ya no hay separación sino "confluencia de lo mítico y lo personal, lo social y lo subjetivo, lo histórico y lo metafísico". Por otra parte este fenómeno de búsqueda por ampliar horizontes, por adoptar posiciones críticas, por profundizar en el análisis de los problemas, por adoptar un lenguaje en que la tradición y la novedad marchen juntas y sean instrumento al servicio del artista, ha sido general en Hispanoamérica desde mediados de los años cuarentas. En 1947, Agustín Yáñez señala, con *Al filo del agua*, la diferencia de tratamiento de un tema conectado directamente con la Revolución, frente a los de novelas escritas en los años anteriores. Juan José Arreola publica *Varia invención* en 1949 y *Confabulario* en 1952; *La vida breve*, de Onetti, es de 1950; *Los pasos perdidos*, de Carpentier, de 1953; *Bestiario*, de Cortázar, de 1951. *El llano en llamas*, de Rulfo, de 1953 y *Pedro Páramo* de 1955. Los puntos de contacto entre los novelistas latinoamericanos más notables de estos años, son evidentes.

Importa destacar también la importancia que estos escritores dan al cuento. Entre nosotros, Juan de la Cabada, Rafael Solana, Efrén Hernández, Francisco Tario, Rojas González, Arreola, Juan Rulfo y Carlos Fuentes lo demuestran.

El llano en llamas, por su originalidad, despertó de inmediato un gran interés que se afirmó definitivamente con la novela *Pedro Páramo*, editada dos años después. Las reediciones de estas obras, las traducciones a otras lenguas, la crítica nacional y extranjera, confirman que el hecho de que Rulfo se haya inspirado en el medio rural mexicano no ha impedido que ese mundo primitivo y decadente, destruido por conflictos internos —de la Revolución a la lucha cristera—, de terreno áspero, estéril, abonado sólo para el odio y el rencor, haya sido considerado como un buen ejemplo de situaciones que sufren otros hombres en otros rincones de la tierra. Que el hálito lírico que traspasa sus narraciones, su fatalismo total, el ambiente de irrealidad que ha sido capaz de crear, no sean sino la prueba evidente de que en estas obras maestras el autor ha conseguido captar la esencia trascendente de experiencias dolorosamente revividas.

Los quince cuentos de *El llano en llamas* contienen la cosmovisión de Rulfo; su técnica narrativa; las características de su lenguaje; las relaciones que se establecen entre el medio ambiente y el hombre, entre la vida y la muerte. Elementos y recursos que aplicará después con mayor aliento, en *Pedro Páramo*. Entre los cuentos de Rulfo, "Macario", "Luvina" y "Talpa" se asemejan técnicamente al Faulkner de *El sonido y la furia*. La relación de hechos por medio de un testigo; las diversas perspectivas de un hecho; el testimonio escueto, elemental, desordenado, cercano de quien por limitaciones congénitas como en el caso de Macario, o de crisis emocional como en el caso de Natalia en "Talpa", ni analizan ni elaboran las impresiones que reciben, pero en cambio son eficaces para aludir al trasfondo cargado de sugestiones relativas al desvalimiento en que naufraga el ser humano.

La tesis del hombre no solamente abandonado en un mundo inhóspito sino perseguido por sus pasiones o remordimientos y por un destino implacable, tiene un desenlace más complejo. Al asesinar a Tanilo los amantes también han matado su amor y han desencadenado las fuerzas oscuras del remordimiento. Sin duda la imagen de la hostilidad de la tierra, que Rulfo describe en "Luvina" es ejemplo insuperable para conocer algunos de los procedimientos estéticos que maneja, ya que como se ha dicho, ese lugar extraño poblado de rumores, detenido en el tiempo, es el antecedente del pueblo de Comala, de Pedro Páramo. Utilizando los métodos del sobrerrealismo, Rulfo despoja a los seres humanos de voluntad. Sentados a las puertas de sus casas ven consumirse la interminable sucesión de los días. Desdibujados sobre un paisaje fantasmal, se desplazan como sombras. En cambio el viento parece tener vida propia: sube y baja por la cuesta pedregosa; aúlla, ruge, levanta los techos de las casas, revuelve el polvo pardo; con uñas filosas rasca y araña; su fuerza es incontenible y su presencia total y dominante.

Típico de la creación rulfiana es el concepto de un pueblo muerto, como trofeo o símbolo de muerte; de un tiempo suspendido en la nada; de una acción narrativa inexistente; de un diálogo que es monólogo entre personajes sin identificación; de una expresión que da la impresión de autenticidad por sus giros, carencias de matices, laconismo, reiteración y digresiones, y que corresponde con fidelidad al ambiente de pobreza y desolación tan minuciosamente cerrado para ahogar cualquier vislumbre de esperanza.

Entre los cuentos de estructura más compleja, donde se alternan diálogos, monólogos, descripciones y una definición explícita del hombre perseguido por su destino, está "Diles que no me maten". Los actos humanos suelen tener interpretaciones variadas y el enfoque retrospectivo que acumula consideraciones no previstas a esos hechos y les da luces diferentes, dificulta y previene contra los expedientes simplistas... pero no detiene a la fatalidad. Aquí se encuentra por excepción un grito suplicante de rebeldía, totalmente inútil frente a lo que está determinado.

"No oyes ladrar los perros" es, según Benedetti, "una obra maestra de sobriedad, de efecto, de intelección de lo humano". Un padre viejo lleva sobre sus hombros a un hijo criminal, moribundo. El dramatismo del cuadro lo da la lucha interna que sostiene el viejo entre la piedad y el amor al hijo y el desprecio y la ira contra el criminal, del cual ha sido y sigue siendo víctima. Las indicaciones ocasionales que aparecen en el cuento dicen vagamente que es de noche y que el camino es difícil. El monólogo reconstruye a pedazos una historia en la que el muchacho nunca ayudó, ni siquiera en el último momento, a mantener una esperanza.

Carlos Blanco ve en *El llano en llamas* al mismo Rulfo que emprende poco después su viaje fantasmagórico por un pueblo de almas en pena, por el purgatorio que es *Pedro Páramo*. Aparece sin fe —dice— "contemplando tierras secas, caciques, el maíz que no crece, el polvo, el viento sin sentido, las peregrinaciones a Talpa, los crímenes mecánicos, primitivos, la soledad y miseria mudas de los hombres del campo; convencidos de que hay sueños interiores que no se resuelven ni con el mensaje social ni con 'la bola', ni siquiera para un cacique con hechuras de caudillo".

Talpa *

NATALIA se metió entre los brazos de su madre y lloró largamente allí con un llanto quedito. Era un llanto aguantado por muchos días, guardado hasta ahora que regresamos a Zenzontla y vio a su madre y comenzó a sentirse con ganas de consuelo.

Sin embargo, antes, entre los trabajos de tantos días difíciles, cuando tuvimos que enterrar a Tanilo en un pozo de la tierra de Talpa, sin que nadie nos ayudara, cuando ella y yo, los dos solos, juntamos nuestras fuerzas y nos pusimos a escarbar la sepultura desenterrando los terrones con nuestras manos —dándonos prisa para esconder pronto a Tanilo dentro del pozo y que no siguiera espantando ya a nadie con el olor de su aire lleno de muerte—, entonces no lloró.

Ni después, al regreso, cuando nos vinimos caminando de noche sin conocer el sosiego, andando a tientas como dormidos y pisando con pasos que parecían golpes sobre la sepultura de Tanilo. En ese entonces, Natalia parecía estar endurecida y traer el corazón apretado para no sentirlo bullir dentro de ella. Pero de sus ojos no salió ninguna lágrima.

Vino a llorar hasta aquí, arrimada a su madre; sólo para acongojarla y que supiera que sufría, acongojándonos de paso a todos, porque yo también sentí ese llanto de ella dentro

* Rulfo, Juan. *El llano en llamas*. Colección Letras Mexicanas. Fondo de Cultura Económica. México, 1953.

de mí como si estuviera exprimiendo el trapo de nuestros pecados.

Porque la cosa es que a Tanilo Santos entre Natalia y yo lo matamos. Lo llevamos a Talpa para que se muriera. Y se murió. Sabíamos que no aguantaría tanto camino; pero, así y todo, lo llevamos empujándolo entre los dos, pensando acabar con él para siempre. Eso hicimos.

La idea de ir a Talpa salió de mi hermano Tanilo. A él se le ocurrió primero que a nadie. Desde hacía años que estaba pidiendo que lo llevaran. Desde hacía años. Desde aquel día en que amaneció con unas ampollas moradas repartidas en los brazos y las piernas. Cuando después las ampollas se le convirtieron en llagas por donde no salía nada de sangre y sí una cosa amarilla como goma de copal que destilaba agua espesa. Desde entonces me acuerdo muy bien que nos dijo cuánto miedo sentía de no tener ya remedio. Para eso quería ir a ver a la Virgen de Talpa; para que Ella con su mirada le curara sus llagas. Aunque sabía que Talpa estaba lejos y que tendríamos que caminar mucho debajo del sol de los días y del frío de las noches de marzo, así y todo quería ir. La Virgencita le daría el remedio para aliviarse de aquellas cosas que nunca se secaban. Ella sabía hacer eso: lavar las cosas, ponerlo todo nuevo de nueva cuenta como un campo recién llovido. Ya allí, frente a Ella, se acabarían sus males; nada le dolería ni le volvería a doler más. Eso pensaba él.

Y de eso nos agarramos Natalia y yo para llevarlo. Yo tenía que acompañar a Tanilo porque era mi hermano. Natalia tendría que ir también, de todos modos, porque era su mujer. Tenía que ayudarlo llevándolo del brazo, sopesándolo a la ida y tal vez a la vuelta sobre sus hombros, mientras él arrastrara su esperanza.

Yo ya sabía desde antes lo que había dentro de Natalia. Conocía algo de ella. Sabía, por ejemplo, que sus piernas redondas, duras y calientes como piedras al sol del mediodía, estaban solas desde hacía tiempo. Ya conocía yo eso. Habíamos estado juntos muchas veces; pero siempre la sombra de Tanilo nos separaba; sentíamos que sus manos ampolladas se metían entre nosotros y se llevaban a Natalia para que lo siguiera cuidando. Y así sería siempre mientras él estuviera vivo.

Yo sé ahora que Natalia está arrepentida de lo que pasó. Y yo también lo estoy; pero eso no nos salvará del remordimiento ni nos dará ninguna paz ya nunca. No podrá tranquilizarnos saber que Tanilo hubiera muerto de todos modos porque ya le tocaba, y que de nada había servido ir a Talpa, tan allá, tan lejos; pues casi es seguro de que se hubiera muerto igual allá que aquí, o quizás tantito después aquí que allá, porque todo lo que se mortificó por el camino, y la sangre que perdió de más, y el coraje y todo, todas esas cosas juntas fueron las que lo mataron más pronto. Lo malo está en que Natalia y yo lo llevamos a empujones, cuando él ya no quería seguir, cuando sintió que era inútil seguir y nos pidió que lo regresáramos. A estirones lo levantábamos del suelo para que siguiera caminando, diciéndole que ya no podíamos volver atrás.

"Está ya más cerca Talpa que Zenzontla." Eso le decíamos. Pero entonces Talpa estaba todavía lejos; más allá de muchos días.

Lo que queríamos era que se muriera. No está por demás decir que eso era lo que queríamos desde antes de salir de Zenzontla y cada una de las noches que pasamos en el camino de Talpa. Es algo que no podemos entender ahora; pero entonces era lo que queríamos. Me acuerdo muy bien.

Me acuerdo muy bien de esas noches. Primero nos alumbrábamos con ocotes. Después dejábamos que la ceniza oscureciera la lumbrada y luego buscábamos Natalia y yo la sombra de algo para escondernos de la luz del cielo. Así nos arrimábamos a la soledad del campo, fuera de los ojos de Tanilo y desaparecidos en la noche. Y la soledad aquella nos empujaba uno al otro. A mí me ponía entre los brazos el cuerpo de Natalia y a ella eso le servía de remedio. Sentía como si descansara, se olvidaba de muchas cosas y luego se quedaba adormecida y con el cuerpo sumido en un gran alivio.

Siempre sucedía que la tierra sobre la que dormíamos estaba caliente. Y la carne de Natalia, la esposa de mi hermano Tanilo, se calentaba en seguida con el calor de la tierra. Luego aquellos dos calores juntos quemaban y lo hacían a uno despertar de su sueño. Entonces mis manos iban detrás de ella; iban y venían por encima de ese como rescoldo que era ella; primero suavemente, pero después la apretaban como si quisieran exprimirle la sangre. Así una y otra vez, noche tras noche, hasta que llegaba la madrugada y el viento frío apagaba la lumbre de nuestros cuerpos. Eso hacíamos Natalia y yo a un lado del camino de Talpa, cuando llevamos a Tanilo para que la Virgen lo aliviara.

Ahora todo ha pasado. Tanilo se alivió hasta de vivir. Ya no podrá decir nada del trabajo tan grande que le costaba vivir, teniendo aquel cuerpo como emponzoñado, lleno por dentro de agua podrida que le salía por cada rajadura de sus piernas o de sus brazos. Unas llagas así de grandes, que se abrían despacito, muy despacito, para luego dejar salir a borbotones un aire como de cosa echada a perder que a todos nos tenía asustados.

Pero ahora que está muerto la cosa se ve de otro modo. Natalia llora por él, tal vez para que él vea, desde donde está, todo el gran remordimiento que lleva encima de su alma. Ella dice que ha sentido la cara de Tanilo estos últimos días. Era lo único que servía de él para ella; la cara de Tanilo, humedecida siempre por el sudor en que lo dejaba el esfuerzo para aguantar sus dolores. La sintió acercándose hasta su boca, escondiéndose entre sus cabellos, pidiéndole, con una voz apenitas, que lo ayudara. Dice que le dijo que ya se había curado por fin; que ya no le molestaba ningún dolor. "Ya puedo estar contigo, Natalia. Ayúdame a estar contigo", dizque eso le dijo.

Acabábamos de salir de Talpa, de dejarlo enterrado bien hondo en aquel como surco profundo que hicimos para sepultarlo.

Y Natalia se olvidó de mí desde entonces. Yo sé cómo le brillaban antes los ojos como si fueran charcos alumbrados por la luna. Pero de pronto se destiñeron, se le borró la mirada como si la hubiera revolcado en la tierra. Y pareció no ver ya nada. Todo lo que existía para ella era el Tanilo de ella, que ella había cuidado mientras estuvo vivo y lo había enterrado. cuando tuvo que morirse.

Tardamos veinte días en encontrar el camino real de Talpa. Hasta entonces habíamos venido los tres solos. Desde allí comenzamos a juntarnos con gente que salía de todas partes; que había desembocado como nosotros en aquel camino ancho parecido a la corriente de un río, que nos hacía andar a rastras, empujados por todos lados como si nos llevaran amarrados con hebras de polvo. Porque de la tierra se levantaba, con el bullir de la gente, un polvo blanco como tamo de maíz que subía muy alto y volvía a caer; pero los pies al caminar lo devolvían y lo hacían subir de nuevo; así a todas horas estaba aquel polvo por encima y debajo de nosotros. Y arriba de esta tierra estaba el cielo vacío, sin nubes, sólo el polvo; pero el polvo no da ninguna sombra.

Teníamos que esperar a la noche para descansar del sol y de aquella luz blanca del camino.

Luego los días fueron haciéndose más largos. Habíamos salido de Zenzontla a mediados de febrero, y ahora que comenzaba marzo amanecía muy pronto. Apenas si cerrábamos los ojos al oscurecer, cuando nos volvía a despertar el sol, el mismo sol que parecía acabarse de poner hacía un rato.

Yo nunca había sentido que fuera más lenta y violenta la vida como caminar entre un amontonadero de gente; igual que si fuéramos un hervidero de gusanos apelotonados bajo el sol, retorciéndonos entre la cerrazón del polvo que nos encerraba a todos en la misma vereda y nos llevaba como acorralados. Los ojos seguían la polvareda; daban en el polvo como si tropezaran contra algo que no se podía traspasar. Y el cielo siempre gris, como una mancha gris y pesada que nos aplastaba a todos desde arriba. Sólo a veces, cuando cruzábamos algún río, el polvo era más alto y más claro. Zambullíamos la cabeza acalenturada y renegrida en el agua verde, y por un momento de todos nosotros salía un humo azul, parecido al vapor que sale de la boca con el frío. Pero poquito después desaparecíamos otra vez entreverados en el polvo, cobijándonos unos a otros del sol, de aquel calor del sol repartido entre todos.

Algún día llegará la noche. En eso pensábamos. Llegará la noche y nos pondremos a descansar. Ahora se trata de cruzar el día, de atravesarlo como sea para correr del calor y del sol. Después nos detendremos. Después. Lo que tenemos que hacer por lo pronto es esfuerzo tras esfuerzo para ir de prisa·detrás de tantos como nosotros y delante de otros muchos. De eso se trata. Ya descansaremos bien a bien cuando estemos muertos.

En eso pensábamos Natalia y yo y quizá también Tanilo, cuando íbamos por el camino real de Talpa, entre la procesión; queriendo llegar los primeros hasta la virgen, antes que se le acabaran los milagros.

Pero Tanilo comenzó a ponerse más malo. Llegó un rato en que ya no quería seguir. La carne de sus pies se había reventado y por la reventazón aquella empezó a salírsele la sangre. Lo cuidamos hasta que se puso bueno. Pero, así y todo, ya no quería seguir:

"Me quedaré aquí sentado un día o dos y luego me volveré a Zenzontla". Eso nos dijo.

Pero Natalia y yo no quisimos. Había algo dentro de nosotros que no nos dejaba sentir ninguna lástima por ningún Tanilo. Queríamos llegar con él a Talpa, porque a esas alturas, así como estaba, todavía le sobraba vida. Por eso mientras Natalia le enjuagaba los pies con aguardiente para que se le deshincharan, le daba ánimos. Le decía que sólo la Virgen de Talpa lo curaría. Ella era la única que podía hacer que él se aliviara para siempre. Ella nada más. Había otras muchas vírgenes; pero sólo la de Talpa era la buena. Eso le decía Natalia.

Y entonces Tanilo se ponía a llorar con lágrimas que hacían surco entre el sudor de su cara y después se maldecía por haber sido malo. Natalia le limpiaba los chorretes de lágrimas con su rebozo, y entre ella y yo lo levantábamos del suelo para que caminara otro rato más, antes que llegara la noche.

Así, a tirones, fue como llegamos con él a Talpa.

Ya en los últimos días también nosotros nos sentíamos cansados. Natalia y yo sentíamos que se nos iba doblando el cuerpo entre más y más. Era como si algo nos detuviera y cargara un pesado bulto sobre nosotros. Tanilo se nos caía más seguido y teníamos que levantarlo y a veces llevarlo sobre los hombros. Tal vez de eso estábamos como estábamos: con el cuerpo flojo y lleno de flojera para caminar. Pero la gente que iba allí junto a nosotros nos hacía andar más aprisa.

Por las noches, aquel mundo desbocado se calmaba. Desperdigadas por todas partes brillaban las fogatas y en derredor de la lumbre la gente de la peregrinación rezaba el rosario, con los brazos en cruz, mirando hacia el cielo de Talpa. Y se oía cómo el viento llevaba y traía aquel rumor, revolviéndolo, hasta hacer de él un solo mugido. Poco después todo se quedaba quieto. A eso de la medianoche podía oírse que alguien cantaba muy lejos de nosotros. Luego se cerraban los ojos y se esperaba sin dormir a que amaneciera.

Entramos a Talpa cantando el Alabado.

Habíamos salido a mediados de febrero y llegamos a Talpa en los últimos días de marzo, cuando ya mucha gente venía de regreso. Todo se debió a que Tanilo se puso a hacer penitencia. En cuanto se vio rodeado de hombres que llevaban pencas de nopal colgadas como escapularios, él también pensó en llevar las suyas. Dio en amarrarse los pies uno con otro con las mangas de su camisa para que sus pasos se hicieran más desesperados. Después quiso llevar una corona de espinas. Tantito después se vendó los ojos, y más tarde, en los últimos trechos del camino, se hincó en la tierra, y así, andando sobre los huesos de sus rodillas y con las manos cruzadas hacia atrás, llegó a Talpa aquella cosa que era mi hermano Tanilo Santos; aquella cosa tan llena de cataplasmas y de hilos oscuros de sangre que dejaba en el aire, al pasar, un olor agrio como de animal muerto.

Y cuando menos acordamos lo vimos metido entre las danzas. Apenas si nos dimos cuenta y ya estaba allí, con la larga sonaja en la mano, dando duros golpes en el suelo con sus pies amoratados y descalzos. Parecía todo enfurecido, como si estuviera sacudiendo el coraje que llevaba encima desde hacía tiempo; o como si estuviera haciendo un último esfuerzo para conseguir vivir un poco más.

Tal vez al ver las danzas se acordó de cuando iba todos los años a Tolimán, en el novenario del Señor, y bailaba la noche entera hasta que sus huesos se aflojaban, pero sin cansarse. Tal vez de eso se acordó y quiso revivir su antigua fuerza.

Natalia y yo lo vimos así por un momento. En seguida lo vimos alzar los brazos y azotar su cuerpo contra el suelo. Todavía con la sonaja repicando entre sus manos salpicadas de sangre. Lo sacamos a rastras, esperando defenderlo de los pisotones de los danzantes; de entre la furia de aquellos pies que rodaban sobre las piedras y brincaban aplastando la tierra sin saber que algo se había caído en medio de ellos.

A horcajadas, como si estuviera tullido, entramos con él en la Iglesia. Natalia lo arrodilló junto a ella, enfrentito de aquella figurita dorada que era la Virgen de Talpa. Y Tanilo comenzó a rezar y dejó que se le cayera una lágrima grande, salida de muy adentro, apagándole la vela que Natalia le había puesto entre sus manos. Pero no se dio cuenta de esto; la luminaria de tantas velas prendidas que allí había le cortó esa cosa con la que uno se sabe dar cuenta de lo que pasa junto a uno. Siguió rezando con su vela apagada. Rezando a gritos para oír que rezaba.

Pero no le valió. Se murió de todos modos.

"...desde nuestros corazones sale para Ella una súplica igual, envuelta en el dolor. Muchas lamentaciones revueltas con esperanza. No se ensordece su ternura ni ante los lamentos ni las lágrimas, pues Ella sufre con nosotros. Ella sabe borrar esa mancha y dejar que el corazón se haga blandito y puro para recibir su misericordia y su caridad. La Virgen nuestra, nuestra madre, que no quiere saber nada de nuestros pecados; que se echa la culpa de nuestros pecados; la que quisiera llevarnos en sus brazos para que no nos lastime la vida, está aquí junto a nosotros, aliviándonos el cansancio y las enfermedades del alma y de nuestro cuerpo ahuatado, herido y suplicante. Ella sabe que cada día nuestra fe es mejor porque está hecha de sacrificios..."

Eso decía el señor cura desde allá arriba del púlpito. Y después que dejó de hablar, la gente se soltó rezando toda al mismo tiempo, con un ruido igual al de muchas avispas espantadas por el humo.

Pero Tanilo ya no oyó lo que había dicho el señor cura. Se había quedado quieto, con la cabeza recargada en sus rodillas. Y cuando Natalia lo movió para que se levantara ya estaba muerto.

Afuera se oía el ruido de las danzas; los tambores y la chirimía; el repique de las campanas. Y entonces fue cuando me dio a mí tristeza. Ver tantas cosas vivas; ver a la virgen allí, pero enfrente de nosotros dándonos su sonrisa, y ver por el otro lado a Tanilo, como si fuera un estorbo. Me dio tristeza.

Pero nosotros lo llevamos allí para que se muriera, eso es lo que no se nos olvida.

Ahora estamos los dos en Zenzontla. Hemos vuelto sin él. Y la madre de Natalia no me ha preguntado nada; ni qué hice con mi hermano Tanilo, ni nada. Natalia se ha puesto a llorar sobre sus hombros y le ha contado de esa manera todo lo que pasó.

Y yo comienzo a sentir como si no hubiéramos llegado a ninguna parte; que estamos aquí de paso, para descansar, y luego seguiremos caminando. No sé para dónde; pero tendremos que seguir, porque aquí estamos muy cerca del remordimiento y del recuerdo de Tanilo.

Quizá hasta empecemos a tenernos miedo uno al otro. Esa cosa de no decirnos nada desde que salimos de Talpa tal vez quiera decir eso. Tal vez los dos tenemos muy cerca el cuerpo de Tanilo, tendido en el petate enrollado; lleno por dentro y por fuera de un hervidero de moscas azules que zumbaban como si fuera un gran ronquido que saliera de la boca de él; de aquella boca que no pudo cerrarse a pesar de los esfuerzos de Natalia y míos, y que parecía querer respirar todavía sin encontrar resuello. De aquel Tanilo a quien ya nada le dolía, pero que estaba como adolorido, con las manos y los pies engarruñados y los ojos muy abiertos como mirando su propia muerte. Y por aquí y por allá todas sus llagas goteando un agua amarilla, llena de aquel olor que se derramaba por todos lados y se sentía en la boca, como si se estuviera saboreando una miel espesa y amarga que se derretía en la sangre de uno a cada bocanada de aire.

Es de eso de lo que quizá nos acordemos aquí más seguido: de aquel Tanilo que nosotros enterramos en el camposanto de Talpa; al que Natalia y yo echamos tierra y piedras encima para que no lo fueran a desenterrar los animales del cerro.

No oyes ladrar los perros

—Tú QUE VAS allá arriba, Ignacio, díme si no oyes alguna señal de algo o si ves alguna luz en alguna parte.

—No se ve nada.

—Ya debemos estar cerca.

—Sí, pero no se oye nada.

—Mira bien.

—No se ve nada.

—Pobre de ti, Ignacio.

La sombra larga y negra de los hombres siguió moviéndose de arriba abajo, trepándose a las piedras, disminuyendo y creciendo según avanzaba por la orilla del arroyo. Era una sola sombra, tambaleante.

La luna venía saliendo de la tierra, como una llamarada redonda.

—Ya debemos estar llegando a ese pueblo, Ignacio. Tú que llevas las orejas de fuera, fíjate a ver si no oyes ladrar los perros. Acuérdate que nos dijeron que Tonaya estaba detrasito del monte. Y desde qué horas que hemos dejado el monte. Acuérdate, Ignacio.

—Sí, pero no veo rastro de nada.

—Me estoy cansando.

—Bájame.

El viejo se fue reculando hasta encontrarse con el paredón y se recargó allí, sin soltar la carga de sus hombros. Aunque se le doblaban las piernas, no quería sentarse, porque después no hubiera podido levantar el cuerpo de su hijo, al que allá atrás, horas antes, le habían ayudado a echárselo a la espalda. Y así lo había traído desde entonces.

—¿Cómo te sientes?

—Mal.

Hablaba poco. Cada vez menos. En ratos parecía dormir. En ratos parecía tener frío. Temblaba. Sabía cuándo le agarraba a su hijo el temblor por las sacudidas que le daba, y porque los pies se le encajaban en los ijares como espuelas. Luego las manos del hijo, que traía trabadas en su pescuezo, le zarandeaban la cabeza como si fuera una sonaja.

El apretaba los dientes para no morderse la lengua y cuando acababa aquello le preguntaba:

—¿Te duele mucho?

—Algo —contestaba él.

Primero le había dicho: "Apéame aquí... Déjame aquí... Vete tú solo. Yo te alcanzaré mañana o en cuanto me reponga un poco." Se lo había dicho como cincuenta veces. Ahora ni siquiera eso decía.

Allí estaba la luna. Enfrente de ellos. Una luna grande y colorada que les llenaba de luz los ojos y que estiraba y oscurecía más su sombra sobre la tierra.

—No veo ya por dónde voy —decía él.

Pero nadie le contestaba.

El otro iba allá arriba, todo iluminado por la luna, con su cara descolorida, sin sangre, reflejando una luz opaca. Y él acá abajo.

—¿Me oíste, Ignacio? Te digo que no te veo bien.

Y el otro se quedaba callado.

Siguió caminando, a tropezones. Encogía el cuerpo y luego se enderezaba para volver a tropezar de nuevo.

—Éste no es ningún camino. Nos dijeron que detrás del cerro estaba Tonaya. Ya hemos pasado el cerro. Y Tonaya no se ve, ni se oye ningún ruido que nos diga que está cerca. ¿Por qué no quieres decirme qué ves, tú que vas allá arriba, Ignacio?

—Bájame, padre.

—¿Te sientes mal?

—Sí.

—Te llevaré a Tonaya a como dé lugar. Allí encontraré quien te cuide. Dicen que allí hay un doctor. Yo te llevaré con él. Te he traído cargando desde hace horas y no te dejaré tirado aquí para que acaben contigo quienes sean.

Se tambaleó un poco. Dio dos o tres pasos de lado y volvió a enderezarse.

—Te llevaré a Tonaya.

—Bájame.

Su voz se hizo quedita, apenas murmurada:

—Quiero acostarme un rato.

—Duérmete allí arriba. Al cabo te llevo bien agarrado.

La luna iba subiendo, casi azul, sobre un cielo claro. La cara del viejo, mojada en sudor, se llenó de luz. Escondió los ojos para no mirar de frente, ya que no podía agachar la cabeza agarrotada entre las manos de su hijo.

—Todo esto que hago, no lo hago por usted. Lo hago por su difunta madre. Porque usted fue su hijo. Por eso lo hago. Ella me reconvendría si yo lo hubiera dejado tirado allí, donde lo encontré, y no lo hubiera recogido para llevarlo a que lo curen, como estoy haciéndolo. Es ella la que me da ánimos, no usted. Comenzando porque a usted no le debo más que puras dificultades, puras mortificaciones, puras vergüenzas.

Sudaba al hablar. Pero el viento de la noche le secaba el sudor. Y sobre el sudor seco, volvía a sudar.

—Me derrengaré, pero llegaré con usted a Tonaya. Para que le alivien esas heridas que le han hecho. Y estoy seguro de que, en cuanto se sienta usted bien, volverá a sus malos pasos. Eso ya no me importa. Con tal que se vaya lejos, donde yo no vuelva a saber de usted. Con tal de eso... Porque para mí usted ya no es mi hijo. He maldecido la sangre que usted tiene de mí. La parte que a mí me tocaba la he maldecido. He dicho: "¡Que se le pudra en los riñones la sangre que yo le di!" Lo dije desde que supe que usted andaba trajinando por los caminos, viviendo del robo y matando gente... Y gente buena. Y si no, allí está mi compadre Tranquilino. El que lo bautizó a usted. El que le dio su nombre. A él también le tocó la mala suerte de encontrarse con usted. Desde entonces dije: "Ése no puede ser mi hijo."

—Mira a ver si ya ves algo. O si oyes algo. Tú que puedes hacerlo desde allá arriba, porque yo me siento sordo.

—No veo nada.

—Peor para ti, Ignacio.

—Tengo sed.

—¡Aguántate! Ya debemos estar cerca. Lo que pasa es que ya es muy noche y han de haber apagado la luz en el pueblo. Pero al menos debías de oír si ladran los perros. Haz por oír.

—Dame agua.

—Aquí no hay agua. No hay más que piedras. Aguántate. Y aunque la hubiera, no te bajaría a tomar agua. Nadie me ayudaría a subirte otra vez y yo solo no puedo.

—Tengo mucha sed y mucho sueño.

—Me acuerdo cuando naciste. Así eras entonces. Despertabas con hambre y comías para volver a dormirte. Y tu madre te daba agua, porque ya te habías acabado la leche de ella. No tenías llenadero. Y eras muy rabioso. Nunca pensé que con el tiempo se te fuera a subir aquella rabia a la cabeza... Pero así fue. Tu madre, que descanse en paz, quería que te criaras fuerte. Creía que cuando tú crecieras irías a ser su sostén. No te tuvo más que a ti. El otro hijo que iba a tener la mató. Y tú la hubieras matado otra vez si ella estuviera viva a estas alturas.

Sintió que el hombre aquel que llevaba sobre sus hombros dejó de apretar las rodillas y comenzó a soltar los pies, balanceándolos de un lado para otro. Y le pareció que la cabeza, allá arriba, se sacudía como si sollozara.

Sobre su cabello sintió que caían gruesas gotas, como de lágrimas.

—¿Lloras, Ignacio? Lo hace llorar a usted el recuerdo de su madre, ¿verdad? Pero nunca hizo usted nada por ella. Nos pagó siempre mal. Parece que, en lugar de cariño, le hubiéramos retacado el cuerpo de maldad. ¿Y ya ve? Ahora lo han herido. ¿Qué pasó con sus amigos? Los mataron a todos. Pero ellos no tenían a nadie. Ellos bien hubieran podido decir: "No tenemos a quién darle nuestra lástima." ¿Pero usted, Ignacio?

Allí estaba ya el pueblo. Vio brillar los tejados bajo la luz de la luna. Tuvo la impresión de que lo aplastaba el peso de su hijo al sentir que las corvas se le doblaban en el último esfuerzo. Al llegar al primer tejabán, se recostó sobre el pretil de la acera y soltó el cuerpo, flojo, como si lo hubieran descoyuntado.

Destrabó difícilmente los dedos con que su hijo había venido sosteniéndose de su cuello y, al quedar libre, oyó cómo por todas partes ladraban los perros.

—¿Y tú no los oías, Ignacio? —dijo—. No me ayudaste ni siquiera con esta esperanza.

GUADALUPE DUEÑAS

(Guadalajara, Jal., 1920)

Colaboradora de revistas y suplementos literarios, y autora de guiones para la televisión, desde hace años Guadalupe Dueñas ha dedicado su esfuerzo al ejercicio sistemático de la literatura dentro de un grupo de mujeres especialmente dotadas y con la amistosa participación y estímulo de los escritores destacados del momento. Sus primeros relatos aparecieron en 1954 en *Las ratas y otros cuentos. Tiene la noche un árbol* (1958), colección de veinticinco textos, confirmó su sitio como cuentista original que en el terreno fantástico, donde generalmente transita, no desdeña los toques realistas y la presencia de lo terrible. Su último libro, *No moriré del todo* (1976), reúne veinticuatro cuentos en los cuales la imaginación y la libertad en la realización de los temas, le ofrecen ancho campo para encender con un toque mágico paisajes, situaciones insólitas, misteriosas presencias, desilusiones imposibles.

Como todo creador, Guadalupe Dueñas se preocupa por establecer las características del género por medio del cual expresa su visión del mundo. Si ha elegido el camino de la fantasía para interpretar ese universo y darle un orden, en esta recreación pretende descubrir, bajo la realidad evidente, la realidad esencial. En la "Carta a una aprendiz de cuentos" demuestra cuánto debe a las lecciones de Poe y de Horacio Quiroga. Tiene muy presente la unidad de efecto que Poe consideraba como la mayor virtud, la depuración intencionada y consciente de los elementos extraídos de la realidad para ser integrados a la estructura del cuento, y del "Decálogo del perfecto cuentista" de Quiroga, Guadalupe Dueñas no olvida ninguno de los puntos. El V dice: "No empieces a escribir sin saber desde la primera palabra a dónde vas..." El VII: "No adjetives sin necesidad. Inútiles serán cuantas colas de color adhieras a un sustantivo débil..." El VIII: "Toma a los personajes de la mano y llévalos firmemente hasta el final." El IX: "No escribas bajo el imperio de la emoción. Déjala morir y evócala luego..." El X: "No pienses en los amigos al escribir, ni en la impresión que hará tu historia. Cuénta como si el relato no tuviera interés más que para el pequeño ambiente de tus personajes, de los que pudiste haber sido uno. No de otro modo se obtiene la vida en el cuento."

Se ha dicho que el cuento pretende comunicar el tono de una emoción, una experiencia o una situación muy concentrados e intensamente proyectados, de manera que tiene muchos puntos de contacto con el poema. Para comprobar esta cercanía, basta en el caso de Guadalupe Dueñas, el hecho de que haya elegido para sus dos libros títulos relacionados con dos poetas importantes, José Gorostiza y Manuel Gutiérrez Nájera; no pasan inadvertidos los textos que mantienen una alta calidad lírica como "Y se abrirá el libro de la vida" o "Los barcos", ni el valor de los abundantes símbolos poéticos que condensan el significado que la autora quiere transmitir; ni la calidad del lenguaje depurado y trabajado en función de un todo armónico.

Con recordar algunos de los *Cuentos de amor, de locura y de muerte* de Quiroga, tendremos algunas constantes que Guadalupe Dueñas explota con su singular estilo. De los cuentos de terror en que intervienen animales repulsivos relacionados de manera irracional y monstruosa con los hombres: ratas, sapos, arañas, piojos, perros, monos, salamandras.... puede aislarse toda una zoología fantástica, una galería de seres malignos que cobran importancia en la medida que rinden las fuerzas o dislocan la razón de los seres humanos. Representantes de los deseos ocultos, de las culpas olvidadas, de los terrores que envenenan la soledad, son, en ocasiones, junto con la sensación de presencias invisibles, mensajeros de la muerte.

En algunos cuentos del primer libro, se evocan episodios de la infancia, como en "La tía Carlota" y "Al roce de la sombra". Por las hendiduras de la evocación se cuelan sentimientos amargos de incomprensión y resentimiento, pero, sobre todo, un soplo de misterio incita a averiguar lo que ocurre en casa de las Moncada, a descubrir "la ternura de las viejas irreales... a verlas enloquecidas en el vértigo del sueño. Miserables en el hondón de su pasado..." Raquel, la chica del hospicio que va a servir a aquella casa, se percata de que "al roce de la sombra... aumentaba el espanto" y, demasiado tarde, de que debía pagar con su vida el atrevimiento de pretender participar de la irrealidad, en la cual era sólo una intrusa.

En "La cita", "La señorita Aury" y "No moriré del todo", Guadalupe Dueñas ya no toma ciertas experiencias con la traviesa malicia con que referiría la "Historia de Mariquita" o se mofaba de la unión familiar en "Conversación de Navidad". Independientemente de que los relatos estén bien resueltos, y de que el dominio del lenguaje sea cabal, estos cuentos son, con su afilada ironía, el testimonio de una larga experiencia, por causa de una sensibilidad extrema, y de que ha descubierto, ahora sí, "la raíz de la ausencia, el color exacto del remordimiento, y hasta podría dibujar las máscaras de la angustia". ¿Cuál es la cara del amor después de veinte años de espera? Una farsa que destruye hasta la añoranza. Una soledad sin término que se abre al mañana. Y ¿las definiciones del sentimiento amoroso según los expertos? Una condena mutua, una pasajera ilusión. Nada. Para que los jóvenes disfruten de la vida, los viejos deberían morir. Y ella, la tía Beatriz, está dispuesta a emprender un viaje en una línea aérea que permite asegurar el accidente mortal. No ocurrió a pesar de los contratiempos del vuelo. ¿Sería porque ella se aferró con todas sus fuerzas a la esperanza de vivir traicionando el acuerdo con los suyos? Quizá. Pero ahora, "¡ya no podrá enfrentarse a la vergüenza de existir!"

La tía Carlota *

SIEMPRE estoy sola como el viejo naranjo que sucumbe en el patio. Vago por los corredores, por la huerta, por el gallinero durante toda la mañana.

Cuando me canso y voy a ver a mi tía, la vieja hermana de mi padre, que trasiega en la cocina, invariablemente regreso con una tristeza nueva. Porque conmigo su lengua se hincha de palabras duras y su voz me descubre un odio incomprensible.

No me quiere. Dice que traigo desgracia y me nota en los ojos sombras de mal agüero.

Alta, cetrina, con ojos entrecerrados esculpidos en madera. Su boca es una línea sin sangre, insensible a la ternura. Mi tío afirma que ella no es mala.

Monologa implacable como el ruido que en la noria producen los chorros de agua, siempre contra mí:

—...Irse a ciudad extraña donde el mar es la perdición de todos, no tiene sentido. Cosas así no suceden en esta tierra. Y mira las consecuencias: anda dividido, con el alma partida en cuatro. Hay que verlo, frente al cristo que está en tu pieza, llorar como lo hacía entre mis brazos cuando era pequeño. ¡Y es que no se consuela de haberle dado la espalda! Todo por culpa de ella, por ésa que llamas

* Dueñas, Guadalupe. *Tiene la noche un árbol*. Colección Letras Mexicanas. Fondo de Cultura Económica. México, 1958.

madre. Tu padre estudiaba para cura cuando por su desdicha hizo aquel viaje funesto, único motivo para que abandonara el seminario. De haber deseado una esposa, debió elegir a Rosario Méndez, de abolengo y prima de tu padre. En tu casa ya llevan cinco criaturas y la "señora" no sabe atenderlas. Las ha repartido como a mostrencas de hospicio. A ti que no eres bonita te dejaron con nosotros. A tu tía Consolación le enviaron los dos muchachos. ¡A ver si con las gemelas tu madre se avispa un poco! De que era muy jovencita ya pasaron siete años. No me vengan con remilgos de que le falta experiencia. Si enredó a tu padre es que le sobra malicia... Yo no llegaré a santa, pero no he de perdonarle que habiendo bordado un alba para que la usara mi hermano en su primera misa, diga la deslenguada que se lo vuelvan ropón y pinten el tul de negro para que ella luzca un refajo...

Por un momento calla. Desquita su furia en las almendras que remuele en el molcajete.

Lentamente salgo, huyo a la huerta y lloro por una pena que todavía no sé cómo es de grande.

Me distraen las hormigas. Un hilo ensangrentado que va más allá de la puerta. Llevan hojas sobre sus cabellos y se me figuran señoritas con sombrilla; ninguna se detiene en la frescura de una rama, ni olvida su consigna y sueña sobre una piedra. Incansables, trabajan sonámbulas cuando arrecia la noche.

Atravieso el patio, aburrida me detengo junto al pozo y en el fondo la pupila de agua abre un pedazo de firmamento. Por el lomo de un ladrillo salta un renacuajo, quiebra la retina y las pestañas de musgo se bañan de azul.

De rodillas, con mi cara hundida en el brocal, deletreo mi nombre y las letras se humedecen con el vaho de la tierra. Luego subo al pretil y desde allí, cuando la cortina de lona que libra del calor al patio se asusta con el aire, distingo la sotana de mi tío que va de la sala a la reja. Una mole gigante que suda todo el día, mientras estornudos formidables hacen tambalear su corpulencia.

Sobre sus canas, que la luz pinta de aluminio, veo claramente su enorme verruga semejante a una bola de chicle. Distingo su cara de niño monstruoso y sus fauces que devoran platos de cuajada y semas rellenas de nata frente a mi hambre.

Hace mucho que espera su nombramiento de canónigo. Ahora es capellán de Cumato, la hacienda de los Méndez, distante cinco leguas de donde mis tíos radican.

Llevo dos horas sola. De nuevo busco a mi tía. No importa lo que diga. Ha seguido hablando:

—...Podría haber sido tu madre mi prima Rosario. Entonces vivirías con el lujo de su hacienda, usarías corpiños de tira bordada y no tendrías ese color.

Rosario fue muy bella aunque hoy la mires clavada en un sillón... Pero todo vuelve a lo mismo. El día que llegaste al mundo se quebró como una higuera tierna. Tú apagaste su esperanza. En fin, ya nada tiene remedio...

Silenciosamente me refugio en la sala. El cristo triplica su agonía en los espejos. Es casi del alto de mi tío, pero llagado y negro, y no termina de cerrar los ojos. Respira, oigo su aliento en las paredes; no soy capaz de mirarlo.

Busco la sombra del naranjo y sin querer regreso a la cocina. No encuentro a tía Carlota. La espero pensando en su "prima Rosario": la conocí un domingo en la misa de la hacienda. Entró al oratorio, en su sillón de ruedas forrado de terciopelo, cuando principiaba la epístola. La mantilla ensombrecía su chongo donde se apretaban los rizos igual que un racimo de uvas.

No sé por qué de su cara no me acuerdo: la olvidé con las golosinas servidas en el desayuno; tampoco puse cuidado a la insistencia de sus ojos, pero algo me hace pensar que los tuvo fijos en mí. Sólo me quedó presente la muñequita china, regalo de mi padre, que tenía guardada bajo un capelo como si fuera momia. Le espié las piernas y llevaba calzones con encajitos lila.

Mi tía vuelve y principia la tarde.

La comida es en el corredor. Está lista la mesa; pero a mí nadie me llama.

Cuando mi tío pronuncia la oración de gracias cambia de voz y el latín lo vuelve tartamudo.

—Do do dómine... do do dómine —oigo desde la cocina. Rechino los dientes. Estoy viéndolo desde la ventana. Se aderaza siete huevos en medio metro de virote, escoge el mejor filete y del platón de duraznos no deja nada. ¡Quién fuera él!

Siempre dicen que estoy sin hambre porque no quiero el arroz que me da la tía con un caldo rebotado como el agua del pozo. Me consuelo cuando robo teleras y las relleno con píldoras de árnica de las que tiene mi tío en su botiquín.

A las siete comienza el rezo en la parroquia. Mi tía me lleva al ofrecimiento, pero no me admiten las de la Vela Perpetua. Dicen que me faltan zapatos blancos.

Me siento en la banca donde las Hijas de María se acurrucan como las golondrinas en los alambres.

Los acólitos cantan. Llueve y por las claraboyas se mete a rezar la lluvia. Pienso que en el patio se ahogan las hormigas.

Me arrulla el susurro de las avemarías y casi sin sentirlo pregonan el último misterio. Ese sí me gusta. Las niñas riegan agua florida. La esparcen con un clavel que hace de hisopo y después, en la letanía, ofrecen chisporroteantes pebeteros.

La iglesia se llena de copal y el manto de la virgen se oscurece. La custodia incendia su estrella de púas y se desbocan las campanillas. Un olor de pino crece en la nave arrobada. Flotan rehiletes de humo.

Arrastro los zapatos detrás de mi tía. Como sigue la llovizna, los derrito en el agua y dejo mi rencor en el cieno de los charcos.

Cuando regresamos, mi tío anuncia que ha llegado un telegrama. Al fin van a nombrarlo canónigo y me iré con ellos a México.

No oigo más. Me escondo tras el naranjo. Por primera vez pienso en mis padres. Los reconstruyo mientras barnizo de lodo mis rodillas.

Vinieron en Navidad.

Mi padre es hermoso. Más bien esto me lo dijo la tía. Mejor que su figura recuerdo lo que habló con ella:

—Esta pobrecita niña ni siquiera sacó los ojos de la madre.

Y su hermana repuso:

—Es caprichosa y extraña. No pide ni dulces; pero yo la he visto chupar la mesa en donde extiendo el cuero de membrillo. No vive más que en la huerta con la lengua escaldada de granos de tanto comer los dátiles que no se maduran.

Los ojos de mi madre son como un trébol largo donde hubiera caído sol. La sorprendo por los vidrios de la envejecida puerta. Baila frente al espejo y no le tiene miedo al cristo. Los volantes de su falda rozan los pies ensangrentados. La contemplo con espanto temiendo que caiga lumbre de la cruz. No sucede nada. Su alegría me asusta y sin embargo yo deseo quererla, dormirme en su regazo, preguntarle por qué es mi madre. Pero ella está de prisa. Cuando cesa de bailar sólo tiene ojos para mi padre. Lo besa con estruendo que me daña y yo quiero que muera.

Ante ella mi padre se transforma. Ya no se asemeja al San Lorenzo que gime atormentado en su parrilla. Ahora se parece al arcángel de la sala y hasta puedo imaginarme que haya sido también un niño, porque su frente se aclara y en su boca lleva amor y una sonrisa que la tía Carlota no le conoce.

Ninguno de los dos se acuerda del cristo que me persigue con sus ojos que nunca se cierran. Los cristales agrandan sus abrazos. Me alejo herida. Al irme escucho la voz de mi madre hablando entre murmullos.

—¿Qué haremos con esta criatura? Heredó todo el ajenjo de tu familia...

Las frases se pierden.

Ya nada de ellos me importa. Paso la tarde cabalgando en el tezontle de la tapia por un camino de tejados, de nubes y tendederos, de gorriones muertos y de hojas amarillas.

En la mañana mis padres se fueron sin despedirse.

Mi tía me llama para la cena. Le digo que tengo frío y me voy derecho a la cama. Cuando empiezo a dormirme siento que ella pone bajo mi almohada un objeto pequeño. Lo palpo, y me sorprende la muñequita china.

No puedo contenerme, descargo mis sollozos y grito:

—¡A mí nadie me quiere, nunca me ha querido nadie!

El canónigo se turba y mi tía llora enloquecida. Empieza a decirme palabras sin sentido. Hasta perdona que Rosario no sea mi madre.

Me derrumbo sin advertir lo duro de las tablas.

Ella me bendice; luego, de rodillas junto a mi cabecera, empieza habla que habla:

Que tengo los ojos limpios de aquellos malos presagios. Que siempre he sido una niña muy buena, que mi color es de trigo y que hasta los propios ángeles quisieran tener mis manos. Pero por lo que más me quiere es por esa tristeza que me hace igual a mi padre.

Finjo que duermo mientras sus lágrimas caen como alfileres sobre mi cara.

No moriré del todo *

BEATRIZ decidió morir. Compraría un boleto de avión y la póliza contra riesgos de viaje. Imaginó con halago la satisfacción de sus deudos: dos sobrinos y una prima lejanísima.

* Dueñas, Guadalupe. *No moriré del todo*. Serie del Volador. Editorial Joaquín Mortiz. México, 1976.

Lo corriente es que un cadáver sólo pese y mortifique; por esta vez, fallecer significaría una fortuna. Beatriz se felicitó de poseer un cuerpo: ¡qué desperdicio si hubiera nacido camaleón o golondrina! Meditó en la torpeza de consumirse entre las sábanas y en el egoísmo con que se escamotea una justa ganancia.

Los sobrinos besaron conmovidos a la tía cuando discutió con ellos el plan. La prima derramó una lágrima y ambos muy cariñosos infundiéronle ánimo explicando que ese tipo de muerte es rápido y sin molestias. Por lo general, estallan los motores en pleno vuelo. Si el aparato se estrella, el choque es tan eficaz que el aturdimiento impide apreciar las consecuencias; pero de cualquier manera, el mal rato no pasa de milésimos de segundo. Además, le hicieron reflexionar sobre otros puntos: que oficialmente cumplía los cincuenta; que la remotísima esperanza de matrimonio había desaparecido con el hundimiento del Doria, al poner fin a las débiles promesas del maquinista Krautzer; que padecía un reumatismo progresivo y el negocio de botones estaba ya liquidado; que resultaría inútil su cariño frente a la importancia de los estudios de la prima y de los muchachos. Por otra parte la inversión no corría riesgo, ya que las informaciones obtenidas acerca del promedio de accidentes en la Compañía Maglioli, podían considerarse exactas: en los últimos tres meses, las estadísticas arrojaban seis bajas por cada diez vuelos.

Tía, prima y sobrinos se hicieron mutuas recomendaciones en la tierna despedida. Rara vez triunfa un gesto de abnegación y un pariente recibe adioses calurosos.

Cuatro vuelos —sin contratiempo— esperaron los jóvenes hasta que al fin subieron a la dama en el avión falible.

Tímida, Beatriz, ocupó el tercer lugar, junto a la ventanilla. El letrero luminoso la fascinó en seguida como un ojo de culebra. "Sujétese el cinturón." Ella cumplía la orden invadida por una sensación de culpa. ¿Con qué derecho se ponía a salvo? "Peligro, apriétese el cinturón." Esta vez lo estrechó hasta ponerse anaranjada. La aeromoza acudió en su auxilio.

Un ruido de motores la hizo saltar. No, no habían despegado. Alguien colocó en sus rodillas una mesita con té y bocadillos exquisitos, para disimular el retraso diario, siempre imprevisto. La trataban igual que a una visita. Estaba emocionada.

Las aspas sonaron a terremoto. El aparato se deslizó en la pista con lentitud de automóvil descompuesto. Por la ventanilla, la tía alcanzó a distinguir las manitas de sus familiares y los amorosos ojos bañados en lágrimas. Con la boca llena de pan de ciruela hizo una mueca de adiós.

El monstruo movióse velozmente hasta el final del campo. Era como si resoplaran cien hipopótamos. La señorita renovó las provisiones; ahora unos emparedados de gruyere derretido que infamemente le hacían "coger" amor a la vida.

Casi sin sentir el avión se elevó. El último bocado de queso descendió, como el azogue en un termómetro desde la garganta de Beatriz, a los dedos del pie.

Apagaron el letrero. Los viajeros respiraron cómodos, pero ella no se atrevió a desatar el famoso cinturón que le apretaba como el de castidad.

Flotaban en un país de azúcar. ¡Maravilloso! La incansable proveedora repartía esta vez, vinillo espléndido. La atención, en la aeronave, era celeste, angélica, incomparable... A la viajera con el oporto le entró una vitalidad y una alegría nuevas. Le pareció haber alcanzado aquella "gracia" de que tanto hablan en Cuaresma. Se sentía pura, ingrávida... Por el cristal asomó el paisaje nacarado, las grutas marinas, las carretelas de nieve, los árboles incandescentes como el fuego de San Telmo.

Empero un escalofrío llegó a su corazón. ¡Tenía que morir! No podía fallarles.

Volaban sobre el mar, sobre un desierto azul, infinito, repentinamente oscurecido.

El aparato, al principio tan manso, dio una sacudida desconsiderada y ensayó un trote infernal. El letrero parpadeaba: "Peligro. Sujétense el cinturón." Y después: "Conserven la calma. Regresamos a la base."

Muy pálida la *stewart* repartía chicles y bolsas de papel. "¿Para tronar?"; pensó Beatriz. Eran misteriosas, sin nada adentro. Cuando la empleada pasó junto a su lugar, ella interrogó con ojos despavoridos.

—No se apure, señora, son bolsas de aire.

—¿Cuáles, éstas o las de afuera?

El letrero enloquecedor, continuaba su charla: "Prohibido fumar, tormenta, aterrizaremos en una hora"; alguien comentó: "Tenemos gasolina para 40 minutos."

—¡Glorifica mi alma Señor! —bramó una turista inglesa en el mejor castellano.

—Ya nos llevó la... (eso lo dijo uno de aquí.)

Beatriz comprendió que el único idioma adecuado para rezar era el español. Intentó un Viacrucis, siguió con la Salve y luego el Bendito. ¡Imposible! Armó un potpurrí cercano a la herejía. ¡Ay, ay, ay! Ninguna jaculatoria vino en su ayuda. Pies para arriba arrancó el pájaro de hierro.

Debió haber enloquecido el piloto, porque igual iban en picada como se elevaban. —¡Cien veces maldito! —exclamó Beatriz, y olvidó su generosa promesa. Hizo acopio de fuerza y comenzó a enderezar el aparato sobre bases de voluntad. Cuando parecía desplomarse, ella, con su propio estómago lo levantaba; con los hombros lo ponía derecho; a soplidos retiraba los rayos. En el balanceo capoteaba el movimiento con estrategia de experto. Otro desplome que casi tocaba el lomerío y ¡para arriba!, mmk, mmmk... Todos los músculos al servicio de los motores. Sudaba de pies a cabeza. La inflamación le llegaba hasta el ojo. El pasaje tendría que agradecérselo. Sola contra los elementos, devorando dulces, galletas, frutas, como cuando tenía siete años; ¡lista al menor desnivel del monstruo! Se tragó la bolsa de papel y ni siquiera tuvo conatos. Pudo ver el fogonazo del motor; sin embargo, se desentendía, valiente. En el cine pasaba los mismos trabajos; dirigía las prácticas de los aviones norteamericanos, siempre victoriosos. ¡Qué satisfacción haber manejado con tanta pericia!

Llevaba más horas de vuelo que las que pudieran pagar todos los pasajeros. De pronto el silencio. Los motores enmudecen. El aeroplano es una cáscara. El ojo de víbora avisa que planean. Seguramente era una broma, porque la máquina es un papalote: tiembla como impermeable de celofán. El letrero incandescente se funde. Bajan sin fuerzas. Nuevamente se apodera de ella tenaz determinación. Salva escollos, árboles, cerros, piedras, hasta llegar con la dulzura de una sandalia a la pista de regreso. Los pasajeros lloran, se besan. De improviso la conciencia le estruja la razón: ¡Está viva! ¡Traición! Ha hecho víctima de su estúpida maniobra a tres seres que confiaban en ella. Está de regreso con su vida inútil, incolora, simple, solitaria, inservible, sin pasado, asquerosamente buena... Una indemnización desperdiciada, nula. Todo por la absurda euforia que le hizo sentir amor por la vida. En el aire los conceptos son distintos. Arrepentida de su imprudencia se encamina a la sala de espera y en un rincón se da a la tarea de repasar su infortunio. Quizá alguien le dé otra oportunidad, quizá la ayuden a... ¡Pero no!, ya no podrá enfrentarse a la vergüenza de existir.

RICARDO GARIBAY
(Tulancingo, Hgo., 1923)

Periodista brillante, con años de práctica intensa vivida con dolor y plenitud; poeta, ensayista y sobre todo narrador —a la fecha laureado y traducido a otras lenguas—, Ricardo Garibay fue señalado por tradición y ambiente para ejercer el oficio tiránico del escritor, hasta el punto "de no valer para ninguna otra cosa". De la lucha diaria con el papel en blanco, con las palabras rebeldes, con las ideas confusas, con la fatiga o la desesperación, han brotado sus páginas. Sean éstas las del diario o revista, las que forman sus cuentos y novelas, su lectura produce la impresión de que se participa en un acto de soberbia; de que se asiste a la afirmación de una victoria sobre obstáculos reales e inventados, a la ceremonia de pago de una deuda de honor.

Sus novelas, *Beber un cáliz* (1965) y *Bellísima bahía* (1968), se apartan de las técnicas tradicionales. La primera es la ansiosa tentativa de "seguir de cerca la desolada lucha de un agonizante". De aprehender los detalles del naufragio de una vida y consignar el estruendo destructivo que produce el desgajarse aquella montaña de acción y decisiones ciegas; la descomposición de aquel rostro "de la fuerza y la cólera" en un campo devastado y sombrío.

Bellísima bahía representa la aventura de traducir con el lenguaje canallesco, lúbrico, vulgar, intrascendente, deforme, el Acapulco que buscan los turistas nacionales e internacionales; el de ritmo trepidante o el de soñolienta y espesa esencia tropical; el de las playas y callejones, el del jazz-bar y los tugurios; el de las mujeres descoyuntadas y procaces, el de las extranjeras deliciosas.

Entre sus libros de cuentos el primero en ser publicado fue *La nueva amante* (Lunes, 1946) y después *Cuaderno* (colección Los Epígrafes, 1950). La aparición de *Mazamitla* (1955) en edición de Los Presentes confirmó su prestigio de joven promesa. En un estilo austero y ceñido, este relato cuenta la vida y la muerte de Juan Paredes, un guerrillero del sur de Jalisco,

33

fusilado por el cacique del lugar. La primera y la última escenas del cuento refieren el mismo hecho: el "asesinato impecable". El movimiento circular de la historia se va poblando de datos anteriores y posteriores a la escena crucial. Se alternan, pues, pasado y futuro en cuadros muy eficaces en su trazo, sin que el autor se detenga para explicar o comentar los hechos. Ellos por sí solos tienen la elocuencia necesaria para fijar el perfil de los personajes, subrayados por los breves diálogos que sostienen algunos testigos de los acontecimientos.

El coronel (1957) es el retrato admirable de un hombre de campo de Autlán, Jalisco, "reposado y andariego", abuelo del autor, que mantiene durante su vida la dignidad y el señorío de quien ha aprendido mucho en la frecuentación de los libros y en el trato con sus semejantes. Siempre supo cómo mantener la integridad de su hogar, cómo mandar soldados, cómo hacer frente a los cambios de fortuna, a los odios y a los peligros en tiempos de revuelta, cómo encarar a la muerte misma, hasta que "la melancolía y la enfermedad lo consumieron". Relato hecho de devoción y amor a una leyenda que ha quedado fija en el tiempo.

Rapsodia para un escándalo (1971) reúne sesenta y cinco textos escritos de 1967 a 1970. Garibay los considera como exploraciones, tanteos, búsqueda, propuestas de obstáculos a vencer. Este libro es el producto de una inquietud interna que apunta con frialdad hacia muchos rumbos, que consigna preocupaciones literarias y filosóficas, autores y letras, amistades y enemistades, el examen de un hecho a varias y contrapuestas luces; la interpretación del lenguaje de la calle, de los corrillos y espectáculos. En las excursiones por la ciudad se apunta la nostalgia de lo que ésta fue treinta años atrás —la que cantaba su cursilería en carpas y sinfonolas—. Quedan como testimonio vivo las escenas callejeras de pleito y borrachera, de cantinas y boxeadores en derrota. Aparecen recuerdos de carnavales, navidades y días de muertos despojados de folklore y de intelectualidad. Tienen su sitio los hechos diarios y las conversaciones intrascendentes, el medio burocrático, el del cine y la televisión. Se exhibe con diferentes métodos la ignorancia, la socarronería, el ingenio, el humor de un pueblo sin letras, agresivo y brutal.

"Guerra en el baldío" es un buen ejemplo de lo que puede lograr la dinámica de una acción que por sí sola va generando mayor celeridad y violencia. La rapidez y eficacia de los diálogos, la intervención de tantas voces, da la impresión de que los muchachos de la calle Siete se han empeñado en una verdadera batalla. Ésta termina cuando un accidente inesperado los convierte a todos en culpables.

Guerra en el baldío *

I

A LAS TRES en punto empezó la batalla.

Acababan de comer, sentían pesadas las piernas, y al Manís le dolía el estómago.

—Al Manís le duele el estómago, no puede peliar.

—Tonces que vigile el arsenal.

Durante la mañana habían preparado y revisado los arsenales: rifles, pistolas, algunos palos de escoba, una cuarta, un lazo de tendedero, varias tapas de ollas, montones de pedazos de tierra chiclosa de zanjas vecinas. Los Blancos, que también se llamaban Tigres de Dientes de Sable, tenían a los dos Rodríguez: Ángel y Jorge. Los Negros, que también se llamaban Hambrientos Lobos, tenían a Beto, al que podrían canjear hasta por dos combatientes caídos prisioneros. Por eso jugaba Beto. Beto tenía veinte años.

Dijo Gonzalo:

—Tú, Gregorio, llévate a tu hermanito, ni sirve, nomás estorba.

—Sí sidbo —protestó el hermanito de Gregorio, de nombre Yeyo.

—Es muy necio —dijo Gregorio.

Luego Gonzalo dio órdenes precisas:

—Tú Chiquis, te agarras al Chiquis —se refería al otro Chiquis, al gemelo.

—Yo con ése no.

—Oh chipotes, entonces no juegas, Chiquis.

—Bueno sí —aceptó Chiquis.

—El menso del Beto que se quede aquí por si hay prisioneros.

—¡Yo contra Ángel! —rugía Ricardo.

—¡Oyes Gonzalo, oyes Gonzalo! —gritaba la Borola.

—Que la Borola se quede en la retaguardia pa cuidar al Beto.

—¡Yaaa! ¿Quién trajo al Beto? —rezongó la Borola.

—¡Ora ya, si no va a salir mi má y me tengo quir.

* Garibay, Ricardo. *Rapsodia para un escándalo.* Organización Editorial Novaro. México, 1971.

En el otro bando, Jorge Rodríguez —puños costrosos, torvas miradas— hablaba entre dientes:

—No hay que hacer prisioneros, porque tenemos que dárselos por el Beto y luego qué hacemos con el Beto. Mejor a puro darles en la madre. Tú Chiquis, dame tu bici.

—¡La bici es para mí!

—¡Oyes Chiquis no empieces!

—¡Yo contra Ricardo! —Angel rugía.

—Abusados con Gonzalo, acuérdense de su cuarta. Cuando yo toque el silbato...

—No vayan a tirar contra mi casa, Jorge diles que no vayan a tirar contra mi casa.

De la trinchera frontera salió un feroz apremio:

—Qué pasóoooo.

Se hizo silencio total en el baldío. Duró treinta segundos. Se oían cuchicheos, por eso era total el silencio, y se asomaban las cabezas greñudas, rubias, negras, pardas, pajizas, unos centímetros por los bordes de las trincheras.

Muy divertido con la súbita calma el Beto se alzo dos veces, su bocaza sonriente y babeante, y dos veces una docena de pequeñas manos coléricas lo obligaron a agacharse.

Urgente y agoniosa voz baja:

—Tú Gonzalo, yo creo que al Beto lo llevamos a su casa, mejor.

—¡Pérate, pérate! ¡Beto estése quieto!

—Ah, ah, bobo ba, tai, tai —decía Beto.

—Borola, qué pasó que te encargabas del Beto.

—¡A ver —gruñó la Borola, pegándose al Beto—, se vastar quieto o le pego de manazos!

—Nai nai, ta ta mi —dijo el Beto.

—¡Ah, bueno ¿verda? pus no dé guerra! —terminó su regaño la Borola y miró triunfante a sus compañeros. Todos decían que la Borola tenía temple de hombre.

Sonó el silbato de Jorge Rodríguez. Eran las tres en punto.

Una estridencia altísima de agujas brillantes despedazó la espera. Y la tarde y la iluminada tierra del baldío temblaron. Y comenzó la batalla.

II

Nubes, nubes, nubes castañas y gritería de infierno.

—¡Hagan nubes, hagan nubes! —tronaban los capitanes. Encolerizados ejércitos cogían en plena carrera puñados de tierra castaña y los echaban al aire.

—Tonto, tonto —gritó el hermanito de Gregorio—, me chadte tiedda en lod ojod.

Ni quien le hiciera caso. Se puso a llorar. De alguna parte surgieron trombas, y un segundo después él estaba en el suelo y saboreaba el grueso polvo. Se ahogaba. Dejó de llorar y avanzó a gatas. Un gran terrón se estrelló junto a su mano. Varios pares de piernas cruzaron a terrible velocidad sobre sus ojos agazapados. Sintió retemblar el mundo bajo sus rodillas. Oh, guerreros infames. Oyó tropeles de gritos negros, y la muerte se le enroscó en las orejas. ("—¡Prisionero! ¡Prisionero!" "—¡Fíjate, no jales, me vas a romper la blusa!") Avanzaba ciego, brizna de terremoto, untándosele por toda la cara mocos y lágrimas... y cayó en la zanja. El susto le rompió la respiración, le suspendió la vida. Algo o alguien cayó también y pasó junto a él, resoplando, hacia el horror, golpeándose contra los costados de la zanja. "¡Se murió! La puerta de mi casa! ¡Que se callen!" Era la guerra, la guerra ronca, de encontronazos, de zapatones y sangre, pedradas, raspones, broncas siluetas difusas, ciegas sordas irrompibles. "¡Aquí está Yeyo, aquí está Yeyo!" Grandes broncas y fuertes y brutos muchachos como perros o toros o sombras duras y nadie lloraba. Duras. Ay el infierno, ay ay ¿dónde está Gregorio? ay ay. Su sopa de fideos, su cuchara de Yeyo, la blanca dulzura de su madre, mamá, mamá blandita, y la espantosa oscuridad en su cama, ay ay qué buena la espantosa oscuridad allá en su cama ¡sí me gusta la sopa de fideos! Yeyo se acurrucó tanto que casi desapareció dentro de la zanja.

Arriba, en el inmenso territorio macho, corrían, trotaban, galopaban, se destrozaban. Terrones surcaban el aire; gritos se estrellaban contra gritos y formaban marañas de gritos, ayes, injurias, carcajadas y amenazas se remolinaban. De cuando en cuando sobresalía la salivosa voz de veinte años del Beto, a quien el Manís y la Borola apenas sujetaban en la trinchera:

—¡Aia, áia, pa pa pá!...

Las ametralladoras graznaban incesantes, estranguladas de polvo.

—¿Qué pasó? ¡No dejen de hacerle a las ametralladoras!

—No qué. Ora ven a gritar tú. Ya se nos cerró la garganta.

Los caballos caracoleaban horrorizados ante la embestida de los tanques, que eran los dos Rodríguez, Ángel y Jorge, tan anchos que jíjole, o ante el silbar de la cuarta que anunciaba el desenfrenado paso de Gonzalo.

—¿Dónde está Yeyo? Yeyooooo —gritaba Gregorio—. Silbó la cuarta y le cayó en un hombro.

—¡Aaaay!... ¡Gonzalo, cómo eres estúpido, soy de tu bando!

Eran las tres y veinticuatro minutos y ya nadie estaba a salvo de la cuarta. Siempre pasaba lo mismo. El capitán Gonzalo enloquecía. Los guerreros de ambos bandos debían combatir en zozobra constante.

—¡Párate, Ricardo, ya te di!

—¡No cierto!

Silbó la cuarta. Se agacharon. La cuarta alcanzó la cabeza de Ángel. Ángel aulló y salió corriendo hacia su trinchera. Ricardo se azotaba de risa:

—¡Mucho, Gonzalooo!

Pero ya venía Gonzalo de regreso. Ricardo dio un brinco estupendo. La cuarta le pasó muy cerca.

—¡Vas, a ver, idiota! ¡Ya Gonzalo no es capitán! —y salió de estampía hacia su trinchera.

—¡Uuuuuájaaaa...! —iba y venía Gonzalo completamente fuera de control, y a lo largo de su ruta sangrienta menudeaban despavoridas las carreras. La guerra estaba a punto de echarse a perder.

—¡Paz, paz, paz!

—¡Una tregua!

—Con la cuarta no se vale.

—No echen tierra.

—Ya no eches tierra, menso; es tregua.

—Paz.

Silencio en el baldío. Las nubes perdían espesor, descendían. El campo emergía desierto, poco a poco. En los extremos enemigos se oían las toses de los combatientes.

III

Durante la tregua se tomaron varios acuerdos:

1. Echar de la guerra a Gonzalo, con cuarta y todo.

2. Cambiar al Chiquis segundo por Hilario, que llegaba en ese momento.

Hilario gozaba de fama de mucha puntería. Hilario vendía periódicos, dejó los periódicos a un lado y empezó a sopesar terrones pedrosos. Los de su bando brincaban jubilosos a su alrededor, hasta que el capitán los puso quietos:

—No lo distraigan, no lo distraigan, se está preparando.

3. Deshacerse del Beto, que no servía para nada porque los Blancos no hacían prisioneros. La Borola fue encargada de llevarlo fuera del baldío, y siendo tan pequeña demostró su temple y su derecho a ser la única guerrera de la calle

Siete esquina con J. Hernández A., porque injurió hasta de cuatro maneras diferentes al Beto, mientras lo hacía caminar a empellones y entre escombros. Sucedía que el Beto no comprendía el acuerdo tomado por mayoría, suponía que estaba en una nueva fase de la guerra y en vez de obedecer devolvía los empujones, se dejaba caer sentado y comía tierra, y pesaba demasiado para las fuerzas de la Borola. Sin embargo, ella regresó vencedora y aun más enardecida.

4. El Manís, pasado su dolor de estómago, entraría en combate.

5. Todos tirarían de preferencia hacia la casa del doctor. La casa estaba en construcción.

Gonzalo interrumpió la tregua, sólo para vociferar y amenazar con quién sabe cuántas calamidades. Inmediatamente vino una pelea entre Ángel y Gonzalo. Se dieron golpes magníficos de izquierda y de derecha. Ganaba Gonzalo, pero Ricardo aprovechó el tumulto, escogió un buen terrón y dio con él de lleno en la espalda de Gonzalo. Gonzalo perdió la pelea, primera perdida de su rijosa vida.

Todos lo desafiaron.

—¿Ya estuvo?

—Ya estuvo, ora sí hasta morir o ganar. Cada quien a su trinchera.

Otra vez el silencio. Y otra vez la gritería, justo cuando el Yeyo terminaba de escalar la pared del abismo. De un solo zapotazo regresó el Yeyo al fondo.

No puede negarse que aquel fue un gran día. El estrépito final jamás oído antes ni después en el baldío de la calle Siete, estrépito recordado todavía, el más costoso estrépito en muchos barrios a la redonda, estrépito final de obertura wagneriana, estrépito epitafio de esta guerra y muchas otras que no se desataron por culpa de estrépito tan espléndido como aciago, gozo y terror estrépito de quince corazones oscurecidos de humo, furor y violencia, estrépito —en una palabra— como canto horrísono de cristal, cumbre de la imborrable tarde, que alzó un monumento de añicos instantáneos al brazo de Hilario, monumento en que la luz del sol culebreó acuchillada por siete colores que no podrían olvidarse, o desmenuzado arcoíris, gloria de Hilario legendario que había lanzado una piedra auténtica, kilo y medio cuando menos pesaba, y la piedra había hecho pedazos el vidrio que iba a ser frontero en la casa del doctor, el vidrio que cuatro hombres bajaban de un camión frente al campo de batalla, el vidrio enorme.

Es curioso comprobar cómo un segundo después del pánico

se despuebla la tierra, y el increíble espacio en· que puede
esconderse una criatura. Nadie nunca hubiera podido sospechar siquiera el rastro de los guerreros. Fueron apareciendo
poco a poco, con el tiempo, y hasta entrada la noche se oye-
ron, ora en una casa, ora en otra, ora en plena calle. Las
gentes mayores, de dientes amarillos y ácidos, se hacían
pagar la alegría de los niños.

—A los Rodríguez ya les zumbaron.

—¿Y a Ricardo?

—Lo cachetió la criada.

—¿Cuándo se ha visto que una niña se apedreé con los
muchachos?

—Yo nostaba —contestó la Borola.

—Cómo que no, métase a la casa.

—Yo nostaba —contestó la Borola.

—¿Qué le hicieron a Beto? Infames, el pobrecito llegó es-
pantado.

—¿Y Hilario?

—Pasó corriendo frente a la iglesia, aquí están todavía sus
periódicos.

—¡Condenadas criaturas! —bramaba el doctor.

El Yeyo salía por fin de la zanja.

—Ya se fuedon —dijo— y se paseó por el baldío, solo,
libre, inmune, contento, inventando contrarios, todos colo-
sales y asustadizos.

EMILIO CARBALLIDO

(Córdoba, Ver., 1925)

Por la calidad, abundancia y variedad de su obra dramática, por su dominio de la técnica, por las innovaciones que introdujo en ese arte, Emilio Carballido está considerado como uno de los más importantes dramaturgos de nuestros días. En 1948 fueron puestas en escena sus primeras obras: *El triángulo sutil, La triple porfía* y la *Zona intermedia.* Y dos años después Salvador Novo, por entonces jefe del Departamento de Teatro de Bellas Artes, dio a conocer *Rosalva y los llaveros,* la obra de Carballido más frecuentemente representada y traducida, y con la cual se inicia el nuevo movimiento teatral en México. Con esta obra se introduce el elemento humorístico al drama realista y costumbrista de tema provinciano. Otras de las piezas más reconocidas de Emilio Carballido, al lado del teatro infantil y los libretos de ópera, son: *La danza que sueña la tortuga* (Las palabras cruzadas); *El relojero de Córdoba; Medusa; Silencio, pollos pelones, ya les van a echar su maíz; Un pequeño día de ira; Te juro, Juana, que tengo ganas...; Las cartas de Mozart.* Carballido es un escritor inquieto en busca de formas nuevas. Unas veces se sirve de los variados espejos que captan la frustración y las pequeñas tragedias de la vida cotidiana; en otras crea una realidad interna. En todos los casos utiliza los más insospechados recursos para lograr que el público participe y esté listo a recibir un teatro de contenido esencialmente social en el que si bien está presente la sátira, también se encuentran la compasión y la ternura ante las debilidades de los seres humanos.

Dentro del género narrativo Carballido ha producido cuatro novelas cortas: *La veleta oxidada* (1956), *El norte* (1958), *Las visitaciones del diablo* (1956), *El sol* (1970), y un volumen de cuentos, *La caja vacía* (1962). Todos estos relatos se inscriben en el neo-realismo, la corriente literaria que suprime la intervención del autor como guía que explicaba los pensamientos de sus personajes e interpretaba sus actitudes. La acción de estas obras se sitúa en algún punto del estado de Veracruz o en la ciudad de México. Puede decirse que el tercer personaje en las novelas de Carballido es siempre el ambiente: el norte, el "chipi chipi", la humedad, el río, la niebla, el sol, las manchas multicolores de las flores, los gritos agudos de los pájaros, el rabioso paisaje de la costa, el mar... En ocasiones este elemento determina la acción y propone la tónica del relato: desproporción, sensualidad y violencia en *El norte;* irrealidad y somnolencia en *Las visitaciones...* En cuanto a la técnica, en *La veleta oxidada* y en *El sol*, el autor aprovecha situaciones paralelas con eficaz ironía. En el primer libro patrona y sirvienta esperan el nacimiento de sus respectivos hijos, del mismo padre, y al mismo tiempo. Uno y otro mueren y tienen, por opuestas razones, ceremonias fúnebres parecidas. En *El sol*, las señales luminosas anuncian hechos decisivos y extremos. De la misma manera que en sus reinterpretaciones dramáticas de mitos clásicos como *Teseo* y *Medusa*, se mantienen los marcos de referencia únicamente con el propósito de desmitificar el significado original de las obras, en *Las visitaciones...* la desintegración del folletín romántico se lleva a cabo con saludable travesura.

Los cuentos de *La caja vacía* son la mejor prueba de las dotes de Carballido para la narración breve. En las escenas que elige para mostrar la conducta de sus personajes, se encuentra que es ridículo y absurdo tratar de acomodar en un pequeño hogar una caja de muerto que nunca llenará su cometido. Difícil empeño el de establecer un puente de comprensión entre autoridad y subordinados, entre las necesidades de los pobres y la desconfianza que han sabido sembrar. Imposible que los adultos cansados, preocupados, insensibles, se detengan a contemplar con la limpieza de la mirada de un niño que empieza a descubrir la belleza y que es ajeno a las miserias que lo acechan, el prodigio del arcoiris o la belleza de una telaraña resplandeciente. Irrecuperable el amor que se desvanece ahuyentado por la rutina de una relación conyugal erizada de reproches, cargada de obligaciones, marcada por la insatisfacción. Sin salida la vida de los viejos cuando han perdido ya su derecho a la nostalgia.

Carballido ha declarado que toda su obra literaria tiene un móvil teatral. Esto explicaría por qué el ritmo de sus cuentos participa de esa armonía y medida en la que voces y movimientos tienen su sitio, su intervención, sin que otros elementos se interpongan. Es comprensible también que un cuento como "La caja vacía" proporcione tema a la vez para una de las obras de mayor éxito, *Silencio pollos pelones...* y que la eficacia de los diálogos no sólo ilustre una situación sino soporte la intensidad dramática, defina la personalidad de los protagonistas y mantenga su identidad.

"La desterrada" es uno de los relatos más conmovedores de Emilio Carballido. La abuela trasplantada de su pueblo pequeño a la ciudad, a un barrio pobre y ruidoso, llena sus espacios de luz con las plantas que de alguna manera la acercan a su pasado. Cuando debido a una urgencia tiene que regresar al pueblo por unos días, su desilusión es infinita. Nada de lo que su recuerdo había embellecido existía ya. Al volver a la estrechez de su departamento sufrió la sensación clara de la desterrada, con el mismo dolor de "una planta arrancada, con las raíces en el aire". Fuera de lugar en un pueblo nuevo, vulgar, entre desconocidos; fuera de lugar también entre la gente agresiva de la ciudad, entre el ruido y la prisa de los demás. Decidió entonces deshacerse de las plantas del balcón, y de sus recuerdos. Le queda sólo un gran cansancio, hasta que la muerte llegue.

La caja vacía *

HACIA EL FIN de la semana la oferta corrió de boca en boca; para el lunes todos los hombres pensaban en dedicarse a buscar la yerba; después, el miércoles, Porfirio murió ahogado al cruzar el río. Aunque fue un accidente, estuvo tan minuciosamente elaborado como si todos supieran lo que iba a ocurrir.

Los americanos tenían las básculas en una tienda de campaña. Cerca de ahí habían instalado los cables para cruzar el barranco. Entre las dos paredes rocosas, llenas de helechos y matas de orquídea, el río corre con bastante ímpetu, porque un poco más allá cae en un gran salto borbotante. El trabajo era pagado a destajo. Quien quisiera podía cruzar en el flamante malacate, buscar y juntar las matas de "cabeza de negro", regresar y vender tantas como hubiera sido capaz de reunir. El precio, por kilogramo, era bastante atractivo, pero nada más los hombres se atrevían a internarse en el monte, pues hay peligros, animales.

El miércoles hubo más cosechadores que los otros dos días. Formaron cola, esperaron, pero aun así la canasta del malacate se bamboleó peligrosamente. Porfirio, en la orilla, esperaba a que regresara cuando cambió de opinión: decidió cruzar a nado, cosa que no era demasiado difícil y que cualquiera de ellos había hecho alguna vez; todo consistía en cortar la corriente en una diagonal adecuada, para contra-

* Carballido, Emilio. *La caja vacía*. Colección Popular. Fondo de Cultura Económica. México, 1974.

rrestar, y aun utilizar en cierto modo su fuerza. Él se desnudó, dio la ropa a un compañero, después de doblarla con pulcritud y muy serio bajó la pendiente musgosa, asiéndose a las piedras con los dedos de los pies.

Después, casi en el momento mismo en que entró al agua, todos supieron que había equivocado el cálculo; la diagonal no era correcta y la corriente lo arrastraba ante la certidumbre y los comentarios de todos, aun con el conocimiento del mismo Porfirio, que lo notó a la mitad del río; ni siquiera intentó regresarse: siguió luchando. Un poco antes del salto gritó alto y alzó los brazos; los amigos supusieron que rezaba, o que recomendaba algo relativo a la familia. Desapareció entre la espuma y no volvió a salir.

Todos daban voces. Alguien, que había bajado para ayudarlo, se regresó oportunamente a las dos o tres brazadas, viendo que el intento era inútil. Los americanos eran los más afectados, pese a que no tenían ni la menor responsabilidad legal. Gritaban, frenéticos, corrían alocados de un lado a otro, con sogas en las manos; cuando todo pasó, uno de ellos, pesado y sanguíneo, tuvo que ir a acostarse. Duró enfermo todo el día.

Los compañeros discutieron mucho qué deberían hacer. Al fin, varios hombres corrieron río abajo, para tratar de pescar el cuerpo, y uno de los más jóvenes fue enviado por todos para que diera la noticia: Erasto, muchacho lento y lleno de presencia de ánimo.

La casa de Porfirio era de palma y bejucos, igual a todas las de la ranchería, pero estaba un poco más lejos que las otras, cerca de la vía del tren, que pasaba trepidando, con su peste de aceite quemado, sin parar nunca.

Cuando Erasto llegó, la madre molía maíz en el umbral, dos niños panzoncitos y desnudos jugaban con un perro gordo y la esposa embarazada iba a lavar la ropa. El mensaje se le atragantó a Erasto, pero con la mitad que pudo echar fue suficiente: la viuda empezó a llorar y la madre lanzó gritos abrazando a los dos niños:

—¡Huérfanos, hijitos, ya se quedaron huérfanos!

Con esto vinieron las vecinas y Erasto volvió a contar la historia, ya mucho más hábilmente. La esposa se enfermó, tuvo varios vómitos y hubo que atenderla con agua de brasa y té de azahar. La madre se quedó muda después, sentada en un rincón, viendo fijamente al suelo y con los ojos secos; los niños aullaban en la mitad de la pieza desnudos, sin entender nada, sintiendo que algo terrible había ocurrido.

La búsqueda del cuerpo se continuó hasta la noche. Las

autoridades, avisadas, vigilaron algunos tramos del río; los pescadores facilitaron redes que fueron fijadas en diversos puntos. Los extranjeros prestaron varias camionetas que permanecieron toda la noche con los fanales apuntando a la veloz superficie. El agua no era turbia, pero sí profunda; a veces veían brillar el lomo oscuro de algún gran pez y no faltaba nunca el cabrilleo de los pequeños, en círculos tenaces bajo la luz, como mariposas acuáticas. Los que aguardaban, aprovecharon para pescarlos. El alba volvió más lúgubres las luces, les comió al fin todo brillo, y el cuerpo siguió sin aparecer.

La familia de Porfirio se encontró de pronto sin el menor recurso. No ya para vivir, ni siquiera para el velorio: ni una vela, ni un trago de café que ofrecer. Los cirios que ardieron esa primera noche fueron regalo de las vecinas.

La pregunta general era: "¿qué irán a hacer ahora?", y ni la madre ni la esposa habrían sabido contestar.

La Domitila contó que a ella la había ayudado el gobierno cuando su madre estuvo tan mala; le habían dado medicinas primero, después se la habían internado en un sanatorio, hasta que murió, y todavía le habían pagado los servicios fúnebres. Claro, para esto había que ver a doña Leonela.

Doña Leonela era tía del gobernador. Había que buscarla en la capital del estado; hacía ya dos años que el sobrino la había puesto al frente de la Asistencia Pública. Ella había sido siempre una señora católica, triste y nerviosa. El día que tomó posesión del puesto, varios sacerdotes, desde los púlpitos, agradecieron el nombramiento a Dios. Se publicaron extensas biografías de ella en los periódicos locales. Leonela hizo un álbum con todo y lloró un poco cuando por última vez recibió a los pobres en ese cuartito posterior de su casa; era una pieza a la calle y en la puerta tenía un letrero: "Refugio Guadalupano". Durante largos años Leonela lo había atendido tres veces a la semana. Compraba ropa, medicinas, libros escolares, alimentos; llegaba a gastar buenas cantidades para atender a esos desdichados que le llegaban recomendados por sacerdotes, o por otros pobres. Cada vez que terminaba de aliviar tanta miseria parecía que se le ennobleciera el rostro y que los ojos se le dulcificaran. Después de algunos años, ésta se había vuelto su expresión habitual. Se sentía querida, respetada. Su viudez había adquirido sentido.

Cuando el sobrino (que ella veía como un hijo) le puso tamaña responsabilidad sobre los hombros, muchos gratos sentimientos la invadieron: un resignado heroísmo, un buen tanto de orgullo (que su confesor le aseguró era sano), un júbilo de niña con juguete nuevo. Le pareció que su "Refugio" crecía, se extendía al tamaño del estado. Sólo la molestaba verlo disfrazado con ese título tan desprovisto de sentimiento: "Asistencia Pública".

La primera puñalada se la dio el mismo Tiquín. Resultó que, de pronto, ya no era Tiquín. Fue en Palacio, poco después de la toma de posesión. Ella estaba orgullosa, halagada, atendida y solicitada por todos. Su velo de viuda, que no se quitaba nunca, había adquirido de pronto un peso palpable; sus manos se llenaron de gestos sabios; agitaba la cabeza de una manera especial y el velo se convertía en un tocado regio. A todos contaba la biografía del sobrino. En un momento dado lo llamó por su nombre, "Tiquín", gozando un poco la deliciosa familiaridad que se le había vuelto, por vez primera, consciente. Tiquín se volvió, con la boca apretada y los ojos duros:

—Ahora, tía, soy el señor gobernador.

Leonela se vino abajo, deseó que la tragara la tierra y entendió en carne viva la despiadada sugerencia. Sólo la angustiaba pensar si en la intimidad debería usar también el título oficial, pero ya no hubo mucha intimidad en esos dos años.

Después vino la oficina, diariamente con tanto problema, con tanta noticia de pueblitos desconocidos, de rancherías, de las ciudades mismas. Debía dar órdenes a un ejército de jóvenes groseras e incomprensibles: las trabajadoras sociales, que se consideraban mal pagadas, se burlaban de ella a escondidas y la adulaban torpe y descaradamente. Y lo que era peor: nadie parecía notar sus generosidades. Sus virtudes se habían convertido en deberes y obligaciones. Los mismos periódicos parecían resfriados, con todo y que recibían subsidios.

Los pobres llegaban y llegaban. Ningún dinero era bastante. El primer año se le acabó el presupuesto a los cuatro meses. Tuvo que ir, llorando, a hablar con el sobrino. Recibió un regaño espantoso. Aprendió que el dinero debía durar, forzosamente, todo el año. No se le había ocurrido que podía renunciar, hasta que el señor gobernador (ya nunca era Tiquín, nunca) habló de pedirle la renuncia. Con eso se volvió cauta. Aprendió a seleccionar y a decir que no. Siguió adelante, aunque a su orgullo se mezclaron tantas gotas amargas de humillación.

No entendía uno solo de los papeles que le traían a firmar; tenía que usar entonces algo nuevo, que había descubierto: la inflexibilidad y el don de mando. Los descubrió un día en que había mucho ruido y alzó la voz. Poco a poco aprendió a alzarla más, a golpear el escritorio, a fruncir el ceño y a pronunciar adjetivos ásperos. Sus nuevas cualidades fueron bautizadas por la secretaria.

A veces se sentía agotada; a veces la conducta del sobrino era como una estaca en el corazón. Luego pensaba: "pero me ha honrado con este puesto; me quiere, mucho, sólo que...", y entraba la secretaria con otro cerro de papeles.

De los pobres aprendió al fin la verdad: eran mendaces y adulones. Eran muchos, demasiados. Al final del segundo año ya los odiaba a todos. Rompía las carta de recomendación sin leerlas; eran sucios; hacían crecer las montañas de papel en su escritorio; trataban de quitarle hasta el último centavo del presupuesto. Habría querido volver a los tiempos del "Refugio Guadalupano" para darse el gusto de echarlos a empujones y cerrarlo, y con todo el dinero que gastó allí comprarse un pasaje a Europa y no regresar nunca.

La antesala era eterna. Domitila acompañaba a la madre; ésta se sentía mal y lloraba de vez en cuando. Le contaron la historia a dos de las trabajadoras sociales, pero las dos se limitaron a expresar una gran compasión. Esperaron hasta el fin de las labores, esperaron después a la salida, por donde Domitila sabía que era el camino de doña Leonela.

—Verá usted, es tan buena doña Leonela —prometía—. Nada más que siempre está muy ocupada.

Y la madre decía "sí", pensando si el cuerpo aquel ya habría sido hallado; si ya, cuando menos, podría enterrar la carne que había echado al mundo.

La dama de negro apareció al fin, con la frente alta, buscando el viento como un velero, para sentir flotar la tela de su toca.

La escoltaban dos empleadas.

Domitila y la madre realizaron el abordaje: la alcanzaron con pasos menudos y Domitila empezó a hablar, pero durante algún tiempo la dama no parecía oír. Al cabo, se detuvo:

—¿Y qué es lo que quieren?

Domitila se cohibió, le pegó con el codo a la madre.

—¿Y qué es lo que quieren? —repitió.

La otra se sobresaltó, no supo lo que querían. Al fin propuso:

—No tenemos dinero para el velorio.

—Aquí no damos dinero para festejos. Ya sé lo que son sus velorios. Aguardiente, balazos, orgía. Eso no es respeto a la muerte ni es nada.

Iba a seguir de largo. La muchacha a su lado la detuvo.

—Han de querer ayuda para el entierro—. Silencio. Siguió:
—Si quiere voy a investigar.

—Pues vaya usted—. Y subió al coche.

La trabajadora social quedó con las dos suplicantes. Les pidió más datos, la dirección. Les dio dinero para los pasajes de regreso.

Cuando volvieron a la ranchería, el cuerpo seguía sin aparecer. Seguía la vigilancia en diversos puntos del trayecto, que no era muy largo, pues el mar estaba cerca. Se mencionaron los tiburones. Algunos aseguraban haberlos visto corriente arriba, y no parecía imposible, porque el río es muy hondo.

La trabajadora social llegó al anochecer. Visitó la choza, acarició a los niños, habló con Domitila y con Erasto, fue tomando notas de todo en una libreta. La acompañaron hasta el río, vio brillar los fanales y habló con los extranjeros. Cuando supieron que la enviaba el Gobierno, se aterrorizaron. Explicaron muchas veces que no tenían ninguna responsabilidad, volvieron a detallar el accidente y entregaron a la trabajadora una gratificación de cien pesos, que ella dio a la familia. Regresó a la capital en el último camión y al día siguiente rindió un informe.

Doña Leonela lo leyó, saltándose muchas líneas.

—¿Y qué es lo que quieren?

—Ayuda.

—¿Son las del velorio?

—Sí.

Meditó: —Que se les pague el entierro. No les den el dinero, lo gastarían en aguardiente. Mande usted comprar la caja, una caja humilde. Y que pasen acá la cuenta de gastos del entierro. Se les liquidará—. Empezó a leer otro informe.

—Pero no podemos pagarles el entierro —interrumpió la trabajadora.

—¿Por qué no?

—Porque no hay cuerpo que enterrar, no aparece.

—¡Pero esa gente es el colmo!

La trabajadora volvió a explicar todo.

—Son pretextos, los conozco. Ellos mismos escondieron el muerto para recibir el dinero y bebérselo. Pues no: no hay entierro, no hay dinero—. Y golpeó la mesa.

—Está muy bien—. Pero pensó: "vieja tacaña". Y decidió que la caja, cuando menos, no sería nada humilde.

La mañana del cuarto día todos estaban ya convencidos de que el cuerpo no iba a aparecer jamás. Erasto aseguró haber visto un tiburón río arriba. Empezaron a desinteresarse en la búsqueda, o siguieron esperando porque sí, por no dejar. Entonces fue cuando la familia recibió la caja.

Una camioneta la trajo, dos hombres les pidieron que firmaran, y la esposa puso una cruz.

Parecía una caja muy fina, forrada de tela negra, con una ventanita en la tapa, unas asas ligeramente oxidadas y adornos de metal en derredor. La agradecieron mucho, pero no supieron qué hacer con ella. Se les advirtió que les pagarían el entierro, pero ya habían perdido toda esperanza de que hubiera entierro.

Los vecinos admiraron también el ataúd. Domitila pensó, por un momento, que deberían enterrarlo así, vacío, pero a todos les pareció una tontería.

Lo guardaron debajo·de la cama, pero ahí asustaba a los niños (ya les habían dicho que era una caja de muerto); lo metieron al corral, pero las gallinas empezaron a ensuciarlo. Afuera de la casa era imposible que estuviera. Al fin, lo pusieron de pie: esquinaron un ropero y lo acomodaron detrás, pero los adornos de metal, muy grandes, no permitían un equilibrio permanente y se venía súbitamente de boca, balanceaba así el frágil ropero, amenazando tirarlo; esto ocurría cada vez que pasaba el tren. Allí lo dejaron, sin embargo, porque las dos mujeres ya estaban hartas de andar acarreando el fúnebre mueble de un lado a otro.

Estaban preparando café para el final del novenario. Domitila les preguntó:

—¿Y de qué van a vivir?

—Pues de milagro, tú, ¿de qué otra cosa?—, dijo la viuda, y así el punto quedó aclarado. Después, se arrodillaron todos.

Una anciana, doña Dalia, dirigía al pequeño coro, que respondía: "ruega por él, ruega por él". Pasó el tren, y detrás del ropero sonó el estruendo del derrumbe. Acudieron la madre y la esposa, fastidiadas, abrumadas, sintiendo por vez primera que aquel cajón vacío acabaría tomando proporciones ridículas.

Iban a arrodillarse de nuevo cuando doña Dalia empezó a toser angustiosamente, como si se le fuera la existencia. Tardó un poco en reponerse, reanudó el rosario. La viuda y la madre tuvieron una misma idea, que no se comunicaron de momento. Pero disimuladamente empezaron a ver las caras de todos, escrutando las marcas del agotamiento, o de los años, o de la enfermedad.

La desterrada

A mi madre

ERA COMO el rugido del mar, y duraba hasta las once de la
noche, a veces hasta más tarde. Abajo, se oían los gritos
de los hijos del capitán, viendo la televisión, y por encima,
cubriendo todo, ese constante ruido, como si una carretada
de piedras rodara continuamente cuesta abajo, llena de ecos.
De vez en cuando eran silbidos, un cielo entero de globos
que se desinflaran de una vez.

Habían construido esa arena de box y lucha libre en las
espaldas mismas del edificio, y desde hacía dos años eso
ocurría regularmente, dos o tres veces a la semana. Se oía
todo: los campanazos, las malas palabras y aun, en algún
instante en que toda esa multitud se quedaba con la respiración suspendida, el flojo costalazo de los cuerpos. Luego
volvía la ola, más fuerte que nunca.

De la familia, a uno de los muchachos le gustaban las
luchas, al chico no. La hija se había acostumbrado tanto al
ruido que ya lo consideraba apenas como otra clase de silencio. Y Leonor, más sensible, tal vez por vieja, no podía
dejar de imaginarse que dos hombres se pegaban allá, hasta
sangrarse, hasta medio matarse. Pensaba en las clases de
catecismo, en el circo romano, en *Fabiola*, porque ahora su
memoria recordaba todo aquello con más claridad que las
circunstancias recientes.

Aprovechaba la noche para regar silenciosamente sus plantas. Arriba, todo el cielo se reducía a ese rectángulo sonoro,
con un marco descascarado de cal y ladrillos desnudos; por
un lado se erguían líneas negras de chimeneas y tuberías;
por el otro, los trazos angulares de las antenas. La luna se
dejaba ver hasta más tarde; mientras, un puñito de estrellas que se podían contar, casi, con Orión al centro. El estruendo de arriba coincidía con los gritos de abajo: "¡mátalo, mátalo!", aullaban los hijitos del capitán. Y Leonor
echaba el agua lentamente a los geranios, y esperaba con el
cubo debajo de la maceta, hasta que caía la última gota. Seguía después con la primera lata de helechos: dos, tres jica-
razos, y a esperar la salida lenta del agua.

—¿Te ayudo, abuelita?

—Sí, pero con cuidado.

El nieto menor era el más bueno, el que más la quería. El mayor se creía independiente, no hacía caso nunca y era respondón, sarcástico.

—A mí no me gustan las luchas, abuelita.

El menor se sentía orgulloso siendo como la madre y la abuela; el mayor, siendo distinto. El menor la ayudaba a regar las macetas; el mayor se burlaba porque a veces la había sorprendido hablando con un geranio: "¿sabes que estás un poco marchito?", o con un helecho: "¡qué lindas hojitas nuevas tienes!"

La vivienda era chica y el barrio no era bueno. Los vecinos: obreros, empleados pobres, solteronas retorcidas; abajo, la familia del capitán. Leonor hubiera querido ver la calle, tener un balcón, siquiera una ventanita, pero las piezas daban a ese pasillo angosto, descubierto, pozo de luz para ellos y para los de abajo, a los cuales podían ver siempre, sin inclinarse siquiera sobre el barandal, y a los cuales oían siempre quisieran o no.

El pasillo y el barandal eran un bosque, un intrincado invernadero, con plantas que parecía imposible ver aclimatadas en esta altura seca de la ciudad. Tenía, por ejemplo, dos huacales de orquídeas a los que conseguía ver florear una vez al año; los helechos crecían tan frondosos como en una gruta; había macetas con yerbas de olor, para usar en la cocina: yerbabuena, epazote, cilantro, acuyo (que aquí en México le decían yerba santa). Leonor había cosido un toldo multicolor con retazos de ropas, de manteles y de sábanas viejas; espiaba al sol, que se descolgaba exactamente por las paredes, para interponer la tela entre los rayos directos y las plantas; así también las protegía en invierno del gran frío; se le ponían tristes, eso sí, pero aguantaban hasta el año siguiente, y entonces era un gusto verlas tirar sus hojas carcomidas por los negros dientes de la helada y sacar otras nuevas, lustrosas. Otras necesitaban sol, y había que moverlas cronométricamente, todo el día según anduvieran los rayos; con el tiempo, había llegado a saber la hora por la posición de las hortensias o de los lirios rojos. Los mastuerzos eran los menos exigentes; crecían en latas, sol o sombra les daba lo mismo, se llenaban de flores y hacían cortina para la deprimente ruina de los muros.

—¡Abuelita, se está regando aquí el agua!

Ella corrió con la jerga, secó a tiempo. No podían permitir que escurriera ni una gota, porque la mujer del capitán habría empezado con sus insultos.

La palma fue la última. Le limpió las hojas con un trapito húmedo. El ruido de la arena vecina se hizo menos compacto. Ya salía la gente. El tumulto se volvía ralo, como un tejido desbaratándose. Un campanazo llegó desprovisto de sentido y unas últimas voces vinieron huecas, alejándose. El silencio adquiría después una calidad preciosa, en que el agua de los tinacos se volvía más agua que nunca. Así fue entonces.

—¿Ya hiciste tu tarea?

—Ya, abuelita.

El nieto miraba al cielo.

—Ahí viene la luna.

Ella la esperaba, porque entonces las plantas brillaban y daban sombras, como en el patio aquél de su casa. ¡Otatitlán! Y con el nombre del pueblo venían las amistades, la casa propia, y el esposo vivo, el río, la juventud.

—¿Ése es Orión?

—Ése.

—¿Y las siete Cabrillas?

—Todavía no salen. Sí, allá, junto a la antena.

En 1889 había muerto la madre. La recordaba claramente, con el pelo suelto hasta las corvas y una voz aguda y afinada, entre los arcos del patio:

> —*La palma*
> *que en el bosque se mece, gentil,*
> *tus sueños arrulló...*

La cantó a media voz y se oyó, como con oídos ajenos: destemplada y quebradiza, casi arrugada como la piel, ¡ésa era su voz! Pero el nieto siguió cantando, por que ella le había enseñado la canción de "La palma".

Al nieto se le hacía raro oírla decir "mimamá" Le provocaba una incredulidad que no llegaba a formularse en palabras; era una sensación de que la abuela, tan antigua, no habría podido ser nunca una niña como él; entonces, la mamá de la abuela se transformaba en un ente casi mítico.

—¿De qué murió?

—De tétanos. Pisó un clavo en el patio...

—¿Ya era viejita?

—Tenía 35 años.

—Y ¿tú cuántos tienes?

—Setenta y seis.

Ya era hora de acostarse. Alma, la hija, se cosía un vestido en el comedor. La pobre tendría que levantarse muy temprano para ir a la biblioteca. No estaba acostumbrada a trabajar y sufría luchando con los estudiantes; no sabía encontrar los libros ni se llevaba con las dos compañeras. Era el orgullo, el sentimiento de una clase social que no dependía de lo económico, sino de algo más sutil: en el pueblo eran alguien, una de las mejores familias, no por tener dinero, ni por la casa (todo mundo tenía casa propia), sino por la decencia, la educación. Y la gentuza las respetaba: "adiós, doña Leonor", y "adiós, Almita", con la conciencia de que ellas pertenecían a otra clase más alta.

El nieto empezaba siempre a desvestirse en el comedor. Habían subdividido los cuartos con canceles de madera, dando así a las dos piezas únicas una estructura más humana: dos recámaras, sala y comedor.

La hija, aterrada, alzó los ojos de la tele: allá abajo tronaba la voz de la capitana.

—Mamá, ya escurrió agua.

Eran insultos directos y obscenos a las dos mujeres, y cada frase, abría surco en la carne viva de todos sus pudores acumulados. Leonor oyó con atención entreabriendo la puerta.

—Sí, ha de haber goteado alguna maceta. Nos grita a nosotros.

—Es que ya no es posible, mamá. Hay que vender esas plantas. No se puede tenerlas aquí.

Leonor no dijo nada. ¡Vender las plantas! Como si una planta no fuera un ser vivo. ¿Y quién las cuidaría tanto? Recordó la carcelaria visión de ese único pedazo de aire libre, tal como estaba cuando se mudaron. Entonces nadie vivía abajo y pudo hacer en seis meses el milagro de la vegetación. Después vivieron dos hombres, vendedores o algo así; no se metían con ellas, llegaban muy tarde y el agua que goteaba no pareció preocuparles nunca. Después llegaron el capitán y su familia.

Tal vez habría que vender o regalar las macetas. El militar había amenazado una vez, borracho, con acabarlas a balazos, pero ese miedo era menor, siendo la boca de la mujer mucho más efectiva para ellas que ninguna amenaza del hombrón.

Ayudó al nieto a desvestirse.

—No lo ayudes, mamá. Debe acostumbrarse a hacerlo solo—. Alma se había vuelto áspera con el trabajo.

—No siempre va a tener abuela—. Era su respuesta de siempre, y siguió desvistiendo al niño. Luego, se sentó en el borde de la cama, lo hizo rezar.

—Cuéntame de tu casa.

"Tu casa" era aquella grande, en Otatitlán. "Tu casa" en

realidad eran la juventud, la familia dispersa, la tierra caliente, y el pozo y el gran árbol de mango. La invitaba a hablar el nieto y Leonor se lanzaba a aquellos años; su memoria giraba lentamente, viendo todo, deteniéndose al azar en algún punto.

Había tenido dos novios: el primero se había ahogado en el río, con el segundo se había casado. Cada noche sostenía un largo monólogo que terminaba mucho después de que el nieto se había dormido. Él la oía mientras le era posible; veía la imágenes como despaciosos fogonazos que se encendían en medio de ambos: eran evocadas, se formaban y se desvanecían, para dar lugar a otras. Aparecía de pronto una sala iluminada con quinqués; en el sofá, ella con el futuro esposo, platicaba bajo la vigilancia de los padres. Esto vivía un instante, se borraba, y el tiempo seguía retrocediendo. Se encendían las antorchas sobre el agua, tocaba la campana de la iglesia y los cocos flotaban río abajo, llenos de aceite, con las mechas encendidas; pequeñas lámparas fúnebres, debían revelar el sitio donde estuvieran hundidos los cadáveres. La corriente se llenaba de lucecitas flotantes, que la gente seguía. Algo las detenía, daba vueltas en algún imperceptible remolino; todos gritaban desde las lanchas: "¡Aquí está uno, aquí está uno!" Un chapoteo: el mulato había saltado al agua, para bucear. Inútil, todo inútil.

En la orilla la joven Leonor estaba rígida, llorando a gritos y sin darse cuenta de que lloraba abrazada a un fantasma temblón que era la hermana del ahogado. Tres días después apareció él, dos pueblos más abajo, amoratado y espantoso, semidesnudo.

Ella contaba, y la imagen del cadáver fosforecía por un momento, ante el horror del nieto.

—¿Y lloraste mucho abuelita?

—¿Que si lloré? Ay, hijo.

Y las lágrimas corrían de nuevo sobre las arrugas, sorprendiendo y lacerando al niño.

Así era: cada recuerdo correspondía a una Leonor distinta, desaparecida ya. Todos los recuerdos eran una cadena incoherente, y era imposible precisar lo que unía a cada una de esta Leonores con las otras. Para esta última, que apenas era una cáscara, también resultaba un misterio contemplar hacia dentro y tener conciencia, de pronto, de que todo eso era ella, y de que el conjunto formaba su vida. Esa noción, "mi vida", la llenaba de un terror pasajero, muy parecido a la comprensión de algo que nunca llegaba a precisarse.

Ahora el nieto se adormilaba. Preguntaba ya entre sueños, mezclaba las realidades caprichosamente. Ella seguía hablando, sin importarle la vigilia o el duermevela de su oyente, que de pronto abrió los ojos y preguntó:

—¿Y cuándo te mandan tus rentas?

—Muy pronto. La semana entrante, yo creo.

—Qué bueno—. Volvió a dormitar, sonriendo.

Es que la casa aquella seguía en pie. Allá seguía estando el corredor, lleno de helechos; los inquilinos sin duda sacarían sus mecedoras por las tardes, para recibir la brisa del río, y platicar, y tejer. La calle, empedrada, seguía teniendo un zacate afelpado; todavía brillaba tras las cortinas la luz de los quinqués. ¿O serían focos, ahora? Claro, serían focos. Y no podían volver allá porque Alma no terminaba con su juicio de divorcio, y porque había encontrado trabajo aquí; porque en el pueblo era más difícil ser pobres frente a los ojos de todos; porque la escuela de los muchachos y, sobre todo, porque la inercia y el desgano las ataban a la ciudad, a la vivienda pobre del edificio miserable. Entonces, los inquilinos de Leonor mandaban las rentas, sesenta pesos, que a ella le servían para comprar muchas cosas: golosinas para el nieto más chico, medias para la hija, un poco de comida extra para todos, cigarrillos (en secreto) para el nieto más grande y, de vez en cuando, algunos metros de tela negra para ella misma, cuando creía necesitar un nuevo vestido.

Dejó al nieto dormido, dio un beso a la hija, fue a acostarse. Ahora venía, como todas las noches, el largo insomnio.

La semana siguiente fue de molesta expectación. El dinero de la renta se retrasó, y aunque sólo Leonor y el nieto más chico se atrevían a expresar sus inquietudes, la familia entera acechaba cada llegada del cartero. El sobre llegó al fin, sin la mensualidad. Los inquilinos se quejaban, exigían reparaciones, que parecían necesarias: el techo goteaba, había una puerta cayéndose, necesitaban pintar y repellar la fachada; proponían hacerlo ellos mismos con el dinero de las rentas.

Hubo un consejo de familia en que, consternados, pesaron la perspectiva de varios meses sin el auxilio de aquellas mensualidades. Fue el nieto mayor el que lanzó la idea de elevarlas. Se harían las reparaciones, sí, pero después podrían cobrar más. Se vio que una carta no sería tan efectiva como una conversación, y se pensó que alguien debía vigilar el costo de todos los trabajos, para que así los inquilinos no echaran el gato a retozar. Por todo esto, Leonor decidió ir al pueblo. La hija y el nieto mayor protestaron: ¿a su edad? Pero ellos no podían hacer el viaje, una por el trabajo, el otro por su escuela. Y el impulso, una vez nacido, creció en Leonor: volver, antes de morirse, ver todo aquello, ver el río, ver la tumba de los padres. Hubo que aceptarlo: Leonor iría. Y como debía tener aunque fuera un mínimo de compañía, se acordó que también el niño fuera.

Minuciosamente, sin aparente excitación, prepararon la salida. Alma pidió el dinero a Pensiones. La vieja y el niño sentían un miedo creciente: él, porque nunca había viajado; ella, porque iba a regresar. ¡Otatitlán! Ahora sus relatos al nieto se volvían más vivos, parecían proyectarse al futuro inmediato y no al pasado indefinido. El niño casi creía que iba a conocer a todas aquellas gentes pretéritas y difuntas.

—Papaloapam quiere decir "río de las mariposas"—, dijo la abuela alguna vez. Y él esperaba ver una corriente azul, llena con los vuelos multicolores de grandes animales.

—¡Y vas a ver el parque por las noches!—. Lleno de palmas y de árboles, oloroso a azahares, bajo una luna caliente y llena de insectos que crujían al paso de las dos corrientes opuestas: las muchachas en un círculo, el interior, los muchachos en otro, el exterior, caminando en sentido contrario y diciéndose "adiooós, adiooós" al encontrarse en cada vuelta. Las farolas de múltiples globos yerguen su escaso tamaño como encendidos racimos de uvas, y en cada luz se agolpan nubes de moscos, mayates, mariposas, catarinas negras. "Adiooós", y ahí empezaron los noviazgos de la comadre Chona, y de Rosita, y de Lala...

Volvía a describir las fiestas del Santuario: las gentes llegaban en cadenas tan densas y febriles como los cordones de hormigas cuando la lluvia se acerca. Más y más gente. Se les permitía dormir en la semiintemperie de los portales, se improvisaban mesones. Seguían llegando lanchas, se hundían algunas, había muertos por riña, se veían caras extranjeras, centroamericanas, hasta peruanas. En la plaza había juegos, caballitos, volantines, ruedas de la fortuna desvencijadas y peligrosas. Había ruletas, barajas, loterías. Había huapango y bailes populares. Todo en honor del Cristo Negro y milagrosísimo. Seguía llegando gente. Vendían telas y collares y objetos que no se veían en ninguna otra época. La iglesia parecía incendiada con tanta vela, y una negra costra de cera la recubría. Por la noche las calles hedían a humanidad, había borrachos, hasta mujeres malas. No cesaban los ruidos un momento.

—¿No es muy feo todo eso, abuelita?

—No hijo. Es divino.

Y hacía estallar los cohetes y los fuegos artificiales en la imaginación del nieto, describía los danzantes que venían de tantas partes, con sus plumas y sus faldas, resumía todas las fiestas que había visto en su vida en una sola, desproporcionada, rugiente, pero hermosa, hermosa, y viva.

En la estación, mientras Alma y Leonor hablaban nimiedades, el nieto mayor creyó necesario asumir su papel de hermano grande, y dijo un discurso al niño:

—Sabes que ahora ya vas a ser un hombrecito. En el viaje tendrás que cuidar a abuelita, porque ella es viejita y tú eres hombre. Tienes que estar siempre muy pendiente de ella y de todo lo que venga.

El niño asintió, feliz con la solemnidad, interiormente dispuesto a esperar cualquier peligro.

Desde el asiento de segunda dijeron adiós con la mano e instintivamente se abrazaron cuando el tren empezó a andar. Era de noche, porque así lo prefirió Leonor. Temía el bochorno, y su insomnio sería el mismo en la angulosa banca. Frente a ellos venían un estudiante parlanchín y un hombre del pueblo; pronto los dos empezaron a tomar pulque. El niño se durmió. Leonor permaneció rígida toda la noche, para no despertarlo.

Al abrir los ojos, el niño casi gritó:

—¡Todo está verde, abuelita!

—Claro tonto, esto ya es tierra caliente.

En cada estación vendían cosas, y ellos compraban, y comían. El niño se lamentó casi cuando, más allá del mediodía, llegaron al punto de trasbordo: el río. Leonor, agotada hasta ese instante, recuperó fuerzas de pronto:

—¡Mira, hijito, el Papaloapam!

Cruzaban el puente muy despacio, oyendo el ruido seco y batiente de las ruedas. Con los ojos muy abiertos, el niño apenas podía ocultar su decepción:

—¿Y las mariposas?—, preguntó.

Pero ella no lo oía, perdida en la corriente parduzca de sensaciones y recuerdos. El agua lenta era la misma, tal vez más angosta, o menos clara, pero era la misma. El aire tenía de pronto un aroma turbio de barro levemente podrido, que Leonor había olvidado y que ahora le llenaba los ojos de lágrimas sensibleras.

Bajaron aturdidos, entumecidos, con los ojos muy abiertos. El suelo era arenoso, los pies se hundían un poco, y eso era nuevo y grato. Mucha gente corría a las lanchas, que el nieto contempló con codicia; pero también corrían otros hacia un camión destartalado. Así aprendieron que ya había carretera, y que las lanchas eran mucho más caras. Aceptaron lo fatal, el camión trepidante en el camino polvoso. Veían el río a trechos, paralelo, asomando entre una vegetación enmarañada, cabrilleando a veces.

Entraron al pueblo dando tumbos, se detuvieron en un espacio baldío. El camionero los ayudó a bajar.

La luz de mediatarde se desplomaba dolorosamente sobre los ojos. Entrecerrándolos, Leonor vio la iglesia, el palacio municipal... ¿Y los árboles? Fue como una puñalada: en vez del kiosko viejo había otro, muy feo, una estructura de cemento chata y sin gracia. Surgía en medio de un espacio vacío y descuidado, no había árboles, no había flores, y en vez de los racimos de globos luminosos, unos postes largos y funcionales sostenían un fruto único y sin encanto.

Desorientada, tuvo Leonor que preguntar el camino. La comadre Chona casi no la reconoció, pero admiró la estatura del niño y sus finas facciones, cosa que él correspondió con un afecto secreto e instantáneo.

Descansaron toda la tarde. Al anochecer, la comadre los llevó a caminar. Vieron el río, más angosto, domado ya por una presa y por varios canales de riego. Vieron las calles, asfaltadas unas, sin zacate ni pasto las otras. Era como otro pueblo: las pocas cosas reconocibles estaban estragadas o renovadas y no había rostros amigos; muertos y ruinas: el pueblo había sufrido una carcoma, por dondequiera había rastros de una lenta y minuciosa catástrofe. Algunas ancianas, sobrevivientes también, eran como espejos o ecos: las mismas arrugas, los mismos recuerdos, la misma nostalgia.

Se reunieron por la noche, bajo unos focos parpadeantes, más amarilletos y más trémulos que los remotos, resplandecientes quinqués. Desde un rincón, el niño las oía con fastidio, cinco ancianas enlutadas diciendo las mismas cosas que siempre decía la abuela. Hablaron del ahogado y una de las ancianas lloró: la hermana. Leonor lloró también y se consolaron mutuamente. Otra señora se levantó después y tocó algo en el piano vertical, los dedos torpes, el instrumento destemplado. Cantó después con voz chillona la misma canción de la abuela: "la palma que en el bosque se mece gentil..." Después siguieron contándose cosas, escenas, y todas eran tristes, aun las más alegres, porque todas tenían un sitio y una hora que ya no estaban al alcance de nadie.

La comadre Chona trajo rompope, que al niño le gustó mucho. Después dejó de oírlas para ver los helechos, la palma en la mesa de mármol, el espejo manchado, los mosaicos blancos y negros. Lo despertó suavemente la abuela.

—Anda, ven a acostarte.

Todos los focos, menos uno, estaban apagados: al piano, la tapa le escondía otra vez los dientes; las ancianas se habían desvanecido ya.

Al otro día fueron a la casa. Un fastidio mortal se había apoderado del niño y lo volvía grosero, respondón. Leonor discutió con él todo el camino y así evitó pensar lo que ya adivinaba. La realidad no fue un choque; sólo un dolor previsto, aunque más agudo por la riqueza de sus detalles. No había cortinas en las ventanas; donde había sido la sala estaba un tendejón y la gente salía y entraba con los pies sucios. Las piezas vacías y desvencijadas, los muros descascarados, los suelos carcomidos; donde fue la recámara de Alma, aquel cuartito azul y rosa, había una bodega de granos, olía a humedad y una rata se dejó ver por un momento. El patio era una extensión salvaje y abandonada.

Los inquilinos hablaban y hablaban, explicando problemas e incomodidades, y Leonor buscaba con los ojos sitios vacíos. Qué pocos árboles quedaban. Y de pronto, un tocón grueso le sacudió glacialmente el corazón; ahí había estado el gran mango. Jamás entendió el inquilino por qué cuando él hablaba de las goteras la anciana empezó a sollozar. Le dieron té de azahar y accedieron a que les subiera la renta. El nieto, arrepentido, apretaba la mano de Leonor y sabía con remordimiento que había sido grosero y malo. Él mismo se castigó, no aceptando el dulce de piña y coco que le ofrecieron.

Vagamente, Leonor se excusaba:

—Es que todo ha cambiado tanto. Ésta era mi recámara, aquélla la de mi hija... Todo ha cambiado...

Todavía fueron al cementerio. Leonor llevó flores a la tumba de sus padres. Era una lápida borrosa, casi ilegible, que lavó cuidadosamente y limpió de yerbas. Conservó en la mano un gran ramo de hortensias; el nieto preguntó por qué y ella tuvo pudor de contestar: eran para el primer novio, para el ahogado. Con el niño de la mano caminó lentamente, esquivando montículos. La vegetación, implacable, enmarañaba el suelo, ocultaba sepulcros. Había un calor vaporoso, en que las distancias se volvían trémulas; el aire olía fuertemente a yerbas y el zumbido de las chicharras era tan constante que daba la ilusión del silencio. Con regularidad caían, como gotas calientes, las dos notas intermitentes de una tórtola.

Bordearon fosas recién abiertas, enderezaron dos o tres cruces caídas. Nada era reconocible; había otros árboles, otras calles. La tumba del novio no apareció. Caminando a la salida, Leonor dejó el ramo en un monumento antiguo y agrietado, que quién sabe de quién fue. Gozó por un instante imaginando la grata sorpresa de los deudos, después comprendió que aquel sepulcro viejo no le importaba a nadie, ni a ella misma.

Al día siguiente volvieron a México.

Cuando el capitán y su familia se mudaron, tres meses más tarde, hubo un júbilo general que Leonor compartió distraídamente. Esa noche Alma y los muchachos la ayudaron a regar las macetas. Llovían cubetazos arrojados sin precaución, entre carcajadas. Hasta Leonor se alegró, viendo caer los torrentes sobre la vivienda de abajo, oscura ya, y vacía.

Al día siguiente yendo al mercado, un borracho la agredió sin ningún motivo. Tal vez la confundió con otra persona, tal vez lo ofendió la pulcritud de la anciana.

Leonor gritó, recibió dos o tres golpes leves y regresó llorando a la casa. No lo pensó, pero supo vagamente que aquélla era la agresión de un lugar al que no pertenecía, que aquello formaba parte de los edificios altos y pobres, del distinto hablar de la gente, de los siempre amenazantes vehículos.

Por la noche, regando las macetas, pensó que la vivienda de abajo volvería a ocuparse muy pronto, que probablemente los vecinos serían otra vez groseros.

El agua caía en los tinacos y· el patio era un simulacro de aquel otro que ya no existía en ninguna parte. Viendo al cielo, oyó al nieto canturrear la canción de "La palma". Algo había perdido sentido, tal vez la voluntad. Por un instante, pensó en tantos recuerdos que había depositado en la pequeña cabeza. ¿Qué pasaría con ellos? ¿Qué valía un recuerdo, qué significaba? La realidad era ésta: una vieja indiferente viendo al cielo, ruido de agua en tinacos, un dolor curioso, "como el de una planta arrancada, con las raíces al aire", pensó. Vagamente pensó también en la muerte, y en quién iría después a cuidar las plantas. Ahora la cansaba mucho regar. La cansaba todo, profundamente. Por un momento pensó que la cansaba vivir.

Al otro día empezó a regalar las macetas, y a venderlas por uno y dos pesos. No parecía importarle verlas salir, una a una, mientras el patio volvía a su aspecto carcelario. Pero al irse las últimas el nieto menor se fue a llorar detrás de una puerta.

Esa noche había luchas. Del cielo llegaba aquel tumulto,

tan evidente que ya no era fácil notarlo. Alma cosía. Después, cuando los ruidos escasearon y la gente pareció evaporarse, salieron nieto y abuela, por costumbre, y se quedaron parados en el patio, lleno de aire limpio. El movimiento, inútil ahora, parecía adquirir otro significado que aún no supieran. El barandal vacío, las paredes desnudas, le trajeron una frase al niño: "me gustaban mucho las plantas", y un reproche que tampoco dijo, porque sabía que lloraría al pronunciarlo. Dijo mejor:

—Cuántas estrellas—, porque Leonor miraba al cielo.

En realidad, el rectángulo del cielo había cambiado de humor ahora que los muros estaban desnudos: como si antes tuviera alguna intimidad y ésta se hubiera roto; parecía como la casa de abajo: deshabitado. Leonor dejaba correr la mente, sin que nada se precisara. La imagen de sus plantas volvía mezclada con otras plantas y otros sitios. El niño preguntó:

—¿Cuánto dura una estrella?

—Quién sabe, hijo.

¿Y una planta? ¿Y uno? Una relación pavorosa quería brotar de todo, algo oscuro y amargo que se disolvió entre el ruido de los tinacos y el runrún de la máquina de coser.

Leonor dijo:

—Vamos a dormir, hijito. Ya es muy tarde.

ROSARIO CASTELLANOS

(México, D. F., 1925-Tel-Aviv, Israel, 1974)

La novelista de *Balún Canán* y *Oficio de tinieblas*, profundamente interesada en los problemas sociales de México, ha dejado tres libros de relatos: *Ciudad Real* (1960), *Los convidados de agosto* (1964) y *Album de familia* (1971). El primero se refiere a los indios chamulas, su situación y sus relaciones con los blancos. *Los convidados de agosto* está compuesto por tres cuentos y una novela breve. El asunto general tanto de este libro como de *Album de familia* expone las condiciones restrictivas y frustrantes que se han impuesto a las mujeres, lo mismo en sociedades cerradas que en grupos pretendidamente liberales.

Rosario Castellanos ha sido clasificada como escritora indigenista, seguramente en atención a la maestría con que expresa nuevos puntos de vista acerca del problema. Sin embargo, en esta definición, igual que en el caso de Rojas González, sólo se incluye una parte de su producción.

¿En qué consiste la aportación de Rosario Castellanos al indigenismo?

Después de 1940 se percibe en la narrativa hispanoamericana una nueva actitud, un agudo sentido crítico. La necesidad de discutir los problemas políticos, económicos y sociales, el afán de dar autenticidad y superior vida artística a los seres y objetos de nuestra compleja realidad, están presentes en Carpentier, Asturias, Revueltas, Yáñez, Rulfo, Fuentes, Vargas Llosa, García Márquez. Rosario Castellanos forma parte de esta corriente. Con el deseo de transmitir sus experiencias vitales en la región chiapaneca que tan bien conoce y tanto ama, logra trascender la descripción folklórica y la protesta social, para ahondar con mejores instrumentos en la vida del indio. Hechos históricos, leyendas y consejas, sucesos actuales, son aprovechados en los cuentos de *Ciudad Real* y ampliamente explotados en *Oficio de tinieblas*. El universo que Rosario Castellanos crea es muy vasto, porque la autora se niega a considerar al indio sólo como víctima de la fatalidad de 400 años de historia. A ella le interesa tomar en cuenta todos los problemas de ese ser humano: religiosos, sociales, económicos, sexuales. Y establecer las diferentes nociones de los mundos que se enfrentan: el blanco y el chamula, sin que eso signifique desposeer al indio de su validez como persona, puesto que existe no sólo en función de la importancia del blanco. Lleva consigo pasiones, anhelos, necesidades, convicciones que, puestos en conflicto, se resuelven en tragedias personales dignas de atención y estudio si lo que se busca es la comprensión del ser humano. Con la idea de que sus criaturas alcancen esa dimensión, Rosario Castellanos las observa desde tres perspectivas diferentes: desde su interioridad, en sus relaciones con el blanco y en manos de las instituciones de defensa y ayuda.

Los diez cuentos de *Ciudad Real* presentan al indio como protagonista, y generalmente en la relación de sorda enemistad que mantiene este pueblo ladino con el estrecho anillo de comunidades indígenas que lo rodea.

Muchas e interesantes conclusiones pueden sacarse de los planteamientos que Rosario Castellanos propone para acercarse al conocimiento del indio. Con implicaciones novedosas se ha enriquecido el tema de la explotación que el blanco utiliza para someterlo. Y con acierto, ha puesto de manifiesto la complejidad de las relaciones económicas desiguales con la metrópoli regional cuyos medios de subsistencia no son otros que el trato y la explotación de los indios. Pero es más desgarrador contemplar hasta qué grado el fatalismo que los caracteriza se ha afirmado con los efectos negativos o nulos que en ellos han tenido las diferentes legislaciones y los programas educativos del país. Cómo el aislamiento en que viven los imposibilita para tener conciencia no sólo de su número y de su fuerza potencial, sino que ha destruido su capacidad de comunicación hasta el abatimiento y la mudez. La exposición de tanta injusticia es elocuente al referirse a las reacciones ingenuas y brutales de los indígenas, su adicción al alcohol, su actitud defensiva, su desconfianza, su desinterés, sus profanas prácticas religiosas. ¿Cómo habrá influido esta carga en sus relaciones familiares y sociales? ¿Hasta dónde la dependencia ladina ha determinado el proceso de sus vidas?

Otro grupo humano considerado en plano de inferioridad, tradicionalmente desconocido como determinante en la constitución de la sociedad, y cuya capacidad de pensamiento y decisión ha sido negada, es el feminismo. Preocupada por esa situación tan compleja, Rosario Castellanos presenta diferentes rostros de mujeres que, colocadas en circunstancias distintas, no ofrecen sino una sola imagen, la de la inseguridad, y una salida única, el sometimiento. Ésta es la explicación de sus pasos en falso, sus complicados subterfugios, sus desahogos inútiles, su precipitación y sus lágrimas.

La presencia femenina invade la mayor parte de la obra de Rosario Castellanos. Se encuentra en la poesía, en las novelas y cuentos, en los ensayos, en las obras de teatro. Más que levantar a la mujer un monumento, en reconocimiento a sus cualidades o virtudes, la persigue con decisión para descubrir motivos, huellas, secretos que ofrezcan coherencia a las reacciones primitivas y violentas de unas, superficiales y frívolas de otras.

Sordas a los llamados de la razón, ciegas por comodidad, acertadas en su papel de víctimas, monstruosas si lo que deben soportar es el reconocimiento o la gloria, aparecen las protagonistas de los cuentos de *Los convidados de agosto* y *Álbum de familia*. Parece tratarse de un dramático y ambiguo juego en el que hombres y mujeres se pierden y se encuentran como enemigos o como cómplices. El grado de evolución que ellas han alcanzado se mide por los diálogos, ingeniosos, irónicos, divertidos, que contrastan con las cavilaciones de aquellas otras que van recogiendo pedazo a pedazo sueños imposibles, ilusiones rotas, y con las actitudes hostiles y los gritos desesperados de la hembra cuyo llamado quedó sin respuesta. Pero en todos los casos el drama interno es el que provoca la soledad. El tema subyacente es en todas las edades y en todas las situaciones el de la relación, no importa que tan fugaz sea, con el sexo opuesto.

Convencidas por la tradición secular de que "una mujer sola no es capaz de nada", su aspiración se cifra en pertenecer a un hombre que les preste nombre, dignidad, apoyo. Naturalmente que en esa dependencia se originan también los resentimientos más hondos que acumula el corazón femenino. En *Álbum de familia*, Rosario Castellanos ha dado un paso decisivo en la comprensión del problema. Ha verbalizado la angustia, incluso la suya propia, a fuerza de ironía que, si bien la deja traslucir, también diluye su amargura. Es ya objeto de discusión para después superarla, mirarla a distancia, como en efecto lo logra en una parte de su poesía y en *El eterno femenino*. La mayor novedad que ofrece el último libro de cuentos de Rosario Castellanos es el tono que utiliza: agudo, desenfadado y gracioso, para poner de relieve la falsedad que encierran ciertos conceptos considerados intocables: la "felicidad" de la recién casada, la ciega beatitud de una buena madre; la brillantez con que resuelven sus vidas las mujeres intelectuales; el espectáculo interno que ocurre tras las bambalinas de la fama y los honores.

Domingo *

EDITH LANZÓ en torno suyo una mirada crítica, escrutadora. En vano se mantuvo al acecho de la aparición de esa mota de polvo que se esconde siempre a los ojos de la más suspicaz ama de casa y se hace evidente en cuanto llega la primera visita. Nada. La alfombra impecable, los muebles en su sitio, el piano abierto y encima de él, dispuestos en un cuidadoso desorden, los papeles pautados con los que su marido trabajaba. Quizá el cuadro, colocado encima de la chimenea, no guardaba un equilibrio perfecto. Edith se acercó a él, lo movió un poco hacia la izquierda, hacia la derecha y se retiró para contemplar los resultados. Casi imperceptibles pero suficientes para dejar satisfechos sus escrúpulos.

Ya sin los prejuicios domésticos, Edith se detuvo a mirar la figura. Era ella, sí, cifrada en esas masas de volúmenes y colores, densos y cálidos. Ella, más allá de las apariencias obvias que ofrecía al consumo del público. Expuesta en su intimidad más honda, en su ser más verdadero, tal como la había conocido, tal como la había amado Rafael. ¿Dónde estaría ahora? Le gustaba vagabundear y de pronto enviaba una tarjeta desde el Japón como otra desde Guanajuato. Sus viajes parecían no tener ni preferencias ni propósitos. Huye de mí, pensó Edith al principio. Después se dio cuenta de la desmesura de su afirmación. Huye de mí y de las otras, añadió. Tampoco era cierto. Huía también de sus deudas, de sus compromisos con las galerías, de su trabajo, de sí mismo, de un México irrespirable.

Edith lo recordó sin nostalgia ya y sin rabia, tratando de ubicarlo en algún punto del planeta. Imposible. ¿Por qué no ceder, más que a esa curiosidad inútil, a la gratitud? Después de todo a Rafael le debía el descubrimiento de su propio cuerpo, sepultado bajo largos años de rutina conyugal, y la revelación de esa otra forma de existencia que era la pintura. De espectadora apasionada pasó a modelo complaciente y, en los últimos meses de su relación, a apren-

* Castellanos, Rosario. *Album de familia.* Serie del Volador. Editorial Joaquín Mortiz. México, 1971.

66

diz aplicada. Había acabado por improvisar un pequeño estudio en el fondo del jardín.

Todos los días de la semana —después de haber despachado a los niños a la escuela y a su marido al trabajo; después de deliberar con la cocinera acerca del menú y de impartir órdenes (siempre las mismas) a la otra criada— Edith se ponía cómoda dentro de un par de pantalones de pana y un suéter viejo y se encerraba en esa habitación luminosa, buscando más allá de la tela tensada en el caballete, más allá de ese tejido que era como un obstáculo, esa sensación de felicidad y de plenitud que había conocido algunas veces: al final de un parto laborioso; tendida a la sombra, frente al mar; saboreando pequeños trozos de queso camembert untados sobre pan moreno y áspero; cuidando los brotes de los crisantemos amarillos que alguien le regaló en unas navidades; pasando la mano sobre la superficie pulida de la madera; sí, haciendo el amor con Rafael y, antes, muy al principio del matrimonio, con su marido.

Edith llenaba las telas con esos borbotones repentinos de tristeza, de despojamiento, de desnudez interior. Con esa rabia con la que olfateaba a su alrededor cuando quería reconocer la querencia perdida. No sabía si la hallaba o no porque el cansancio del esfuerzo era, a la postre, más poderoso que todos los otros sentimientos. Y se retiraba a mediodía, con los hombros caídos como para ocultar mejor, tras la fatiga, su secreta sensación de triunfo y de saqueo.

Los domingos, como hoy, tenía que renunciar a sí misma en aras de la vida familiar.

Se levantaban tarde y Carlos iba pasándole las secciones del periódico que ya había leído, con algún comentario, cuando quería llamarle la atención sobre los temas que les interesaban: anuncios o críticas de conciertos, de exposiciones, de estrenos teatrales y cinematográficos; chismes relacionados con sus amigos comunes; gangas de objetos que jamás se habían propuesto adquirir.

Edith atendía dócilmente (era un viejo hábito que la había ayudado mucho en la convivencia) y luego iba a lo suyo: la sección de crímenes, en la que se solazaba, mientras afuera los niños peleaban, a gritos, por la primacía del uso del baño, por la prioridad en la mesa y por llegar antes a los sitios privilegiados del jardín.

Cuando la algarabía alcanzaba extremos inusitados Edith —o Carlos— lanzaban un grito estentóreo e indiferenciado para aplacar la vitalidad de sus cachorros. Y aprovechaban el breve silencio conseguido, sonriéndose mutuamente, con esa complicidad que los padres orgullosos de sus hijos y de las travesuras de sus hijos se reservan para la intimidad.

De todos los gestos que Edith y Carlos se dedicaban, éste era el único que conservaba su frescura, su espontaneidad, su necesidad. Los otros se habían estereotipado y por eso mismo resultaban perfectos.

—Hoy viene a comer Jorge.

Edith lo había previsto y asintió, pensando ya en algo que satisfaciera lo mismo sus gustos exigentes que su digestión vacilante.

—¿Solo?

—El asunto con Luis no se arregló. Siguen separados.

—¡Lástima! Eran una pareja tan agradable.

Antes también Edith hubiera hecho lo mismo que Luis y Jorge: separarse, irse. Ahora, más vieja (no, más vieja no, más madura, más reposada, más sabia) optaba por soluciones conciliadoras que dejaran a salvo lo que dos seres construyen juntos: la casa, la situación social, la amistad.

—¿Y si me habla Luis, diciéndome, con ese tonito de desconsuelo que es su especialidad, que no tiene con quién pasar el domingo?

—Déjalo que venga, que se encuentre con Jorge. Tarde o temprano tendrá que sucederles. Más vale que sea aquí.

Se encontraba uno en todas partes, donde no era posible retorcerse de dolor ni darle al otro una bofetada para volverle los sesos a su lugar, ni arrodillarse suplicante. Entonces ¿qué sentido tenía irse? Aunque se quiere no se puede. Edith tuvo que reconocer que no todo el mundo estaba atado por vínculos tan sólidos como Carlos y ella. Los hijos, las propiedades en común, hasta la manera especial de tomar una taza de chocolate antes de dormir. Realmente sería muy difícil, sería imposible romper.

Desde hacía rato, y sin fijarse, Edith estaba mirando tercamente a Carlos. El se volvió sobresaltado.

—¿Qué te pasa?

Edith parpadeó como para borrar su mirada de antes y sonrió con ese mismo juego de músculos que los demás traducían como tímida disculpa y que gustaba tanto a su marido en los primeros tiempos de la luna de miel. Carlos se sintió inmediatamente tranquilizado.

—Pensaba si no nos caería bien comer pato a la naranja... y también en la fragilidad de los sentimientos humanos.

¿No estuvo Edith a punto de morir la primera vez que supo que Carlos la engañaba? ¿No creyó que jamás se consolaría de la ausencia de Rafael? Y era la misma Edith que ahora disfrutaba plácidamente de su mañana perezosa y se disponía a organizar un domingo pródigo en acontecimientos emocionantes, en sorpresas que se agotaban en un sorbo, en leves cosquilleos a su vanidad de mujer, de anfitriona, de artista incipiente.

Porque a partir de las cuatro de la tarde sus amigos sabían que había *open house* y acudían a ella arrastrando la cruda de la noche anterior o el despellejamiento del baño del sol matutino o la murria de no haber sabido cómo entretener sus últimas horas. Cada uno llevaba una botella de algo y muchos una compañía que iba a permitir a la dueña de casa trazar el itinerario sentimental de sus huéspedes. Esa compañía era el elemento variable que Edith aguardaba con expectación. Porque, a veces, eran verdaderos hallazgos como aquella modelo francesa despampanante que ostentó fugazmente Hugo Jiménez y que lo abandonó para irse con Vicente Weston, cuando supo que el primero era únicamente un aspirante a productor de películas. La segunda alianza no fue más duradera porque Vicente era el hijo de un productor de películas en ejercicio pero no guardaba con el cine comercial ni siquiera la relación de espectador.

¿Qué pasaría con esa muchacha? ¿Regresaría a su país? ¿Encontraría un empresario auténtico? Merecía buena suerte. Pobrecita ingenua. Los mexicanos son tan desgraciados...

Edith tarareaba una frase musical en el momento de abrir la regadera. Dejó que el agua resbalara por su cuerpo, escurriera de su pelo pegándole mechones gruesos a la cara.

Ah, qué placer estar viva, viva, viva.

Y, por el momento vacante, apuntó. Pero sin amargura, sin urgencia. Había a su alrededor varios candidatos disponibles. Bastaría una seña de su parte para que el hueco dejado por Rafael se llenara pero Edith se demoraba. La espera acrecienta el placer y en los preliminares se pondría en claro que no se trataba, esta vez, de una gran pasión, sino del olvido de una gran pasión, que había sido Rafael quien, a su turno, consoló el desengaño de la gran pasión que, a su hora, fue Carlos.

Chistoso Carlos. Nadie se explicaba la devoción de su esposa ni la constancia de su secretaria. Su aspecto era insignificante, como de ratón astuto. Pero en la cama se comportaba mejor que muchos y era un buen compañero y un amigo leal. ¿A quién, sino a él, se le hubiera ocurrido a Edith recurrir en los momentos de apuro? Pero Edith confiaba en su prudencia para que esos momentos de apuro (¡Rafael en la cárcel, Dios mío!) no volvieran a presentarse.

Carlos entró en el baño cuando ella comenzaba a secarse el pelo. Se lo dejaría suelto hoy, lacio. Para que todos pensaran en su desnudez bajo el agua.

—¿Qué te parece la nueva esposa de Octavio? —preguntó Carlos mientras se rasuraba.

—Una mártir cristiana. Cada vez que entra en el salón es como si entrara al circo para ser devorada por las fieras.

—Si todos la juzgan como tú no anda muy descaminada. Edith sonrió.

—Yo no la quiero mal. Pero es fea y celosa. La combinación perfecta para hacerle la vida imposible a cualquiera.

—¿Octavio ya se ha quejado contigo de que no lo comprende?

—¿Para qué tendría qué hacerlo?

—Para empezar —repuso Carlos palmeándole cariñosamente las nalgas.

Edith se apartó fingiéndose ofendida.

—A mí Octavio no me interesa.

—Están verdes... Octavio siempre estuvo demasiado ocupado entre una aventura y otra. Pero desde que se casó con esa pobre criatura que no es pieza para ti ni para nadie, está prácticamente disponible.

—No me des ideas...

—No me digas que te las estoy dando. Adoptas una manera peculiar de ver a los hombres cuando planeas algo. Una expresión tan infantil y tan inerme...

—Hace mucho que no veo a nadie así.

—Vas a perder la práctica. Anda, bórrate, que ahora voy a bañarme yo.

Edith escogió un vestido sencillo y como para estar en casa, unas sandalias sin tacón, una mascada. Su aspecto debía ser acogedoramente doméstico aunque no quería malgastarlo desde ahorita, usándolo. Titubeó unos instantes y, por fin, acabó decidiéndose. Nada nuevo es acogedor. Presenta resistencias, exige esfuerzos de acomodamiento. Se vistió y se miró en el espejo. Sí, así estaba bien.

Las visitas comenzaron a afluir interrumpiendo la charla de sobremesa de Carlos y Jorge, que giraba siempre alrededor de lo mismo: anécdotas de infancia y de adolescencia (previas, naturalmente, al descubrimiento de que Jorge era homosexual) que Edith no había compartido pero que, a fuerza de oír relatadas consideraba ya como parte de su propia experiencia. Cuando estaba enervada los interrumpía y pretextaba cualquier cosa para ausentarse. Pero hoy su humor era magnífico y sonreía a los dos amigos como ´para estimular ese afecto que los había unido a lo largo de tantos años y de tantas vicisitudes.

Jorge era militar y comenzaba a hacer sus trámites de retiro. Carlos era técnico de sonido y, ocasionalmente, compositor. Jorge no tenía ojos más que para los jóvenes reclutas y Carlos se inclinaba, de modo exclusivo, a las muchachas. Sin embargo los dos habían sabido hallar intereses que los acercaban y se frecuentaban con una regularidad que tenía mucho de disciplinaria.

Edith recordó, no sin cierta vergüenza, los esfuerzos que hizo de recién casada para separarlos. No es que estuviera celosa de Jorge; es que quería a Carlos como una propiedad exclusiva suya. ¡Qué tonta, qué egoísta, qué joven había sido! Ahora su técnica había cambiado acaso porque sus impulsos posesivos habían disminuido. Le soltaba la rienda al marido para que se alejara cuanto quisiera; abría el círculo familiar para dar entrada a cuantos Carlos solicitara. Hasta a Lucrecia, que se presentó como un devaneo sin importancia y fue quedándose, quedándose como un complemento indispensable en la vida de la familia.

Edith no advirtió la gravedad de los hechos sino cuando ya estaban consumados. De tal modo su ritmo fue lento, su penetración fue suave. Después ella misma se distrajo con Rafael y cuando ambos terminaron quedó tan destrozada que no se opuso a los mimos de Lucrecia, a su presencia en la casa, a su atención dedicada a los niños, a su acompañamiento en las reuniones, en los paseos. Llegó hasta el grado de convertirla en su confidente (lo hubiera hecho con cualquiera, tan necesitada estaba de desahogarse) y de pronto ambas se descubrieron como amigas íntimas sin haber luchado nunca como rivales.

Edith se adelantó al salón para dar la bienvenida a los que llegaban. Era nada más uno pero exigía atención como por diez: Vicente, a quien le alcanzó la fuerza para ofrendarle una botella de whisky, y luego se dejó caer en un sillón exhibiendo el abatimiento más total.

—¿Problemas? —preguntó Edith más atenta a la marca del licor que al estado de ánimo del donante.

—Renée.

—Ultimamente siempre es Renée. ¿Por qué no la trajiste?

—No quiere verme, se niega a hablar conmigo hasta por teléfono. Me odia.

—Algo has de haberle hecho.

—Un hijo.

—¿Tuyo?

—Eso dice. El caso es que yo le ofrecí matrimonio y no lo aceptó. Quiere abortar.

—¡Pues que aborte!

—Ése es su problema, Vicente. Pero ¿cuál es el tuyo?

—El mío... el mío... Carajo, ¡estoy harto de putas!

—Ahora tienes una oportunidad magnífica para deshacerte de una de ellas.

—Vendrá otra después y será peor.

—Es lo mismo que yo pienso cuando voy a echar a una criada, pero ¿por qué hay que ser tan fatalista? Si lo que te interesa es una virgencita que viva entre flores, búscala.

—La encuentro y es una hipócrita, aburrida, chupasangre. ¿Sabes que este mundo es una mierda?

—No tanto, no tanto —discrepó Edith mientras descorchaba la botella—. ¿Cómo lo quieres? ¿Solo? ¿Con agua? ¿En las rocas?

Vicente hizo un gesto de indiferencia y Edith le sirvió a su gusto.

—Bebe.

Vicente obedeció. Sin respirar vació la copa. El áspero sabor le raspó la garganta.

—Renée también quiere ser actriz, —le dijo mientras acercaba de nuevo su vaso a la disposición de Edith.

—¡Qué epidemia!

—Basta con no tener talento. Y se encabrita porque un hijo —mío o de quien sea— se interpone ahora entre el triunfo y ella.

—¿Tú quieres a ese niño?

—A mí también me fastidia que me haga padre de la criatura. Pero me fastidia más que se deshaga de la criatura si soy el padre.

—Trabalenguas no, ¿eh? Todavía es muy temprano y nadie ha tomado lo suficiente.

—Son ejercicios de lenguaje. Un escritor debe mantenerse en forma. Porque, aunque tú no lo creas, un día voy a escribir una novela tan importante como el *Ulises* de Joyce.

—Si antes no filmas una película tan importante como *El acorazado Potemkin*.

Era Carlos que entraba, seguido de Jorge.

—El cine es la forma de expresión propia de nuestra época.

—¡Y me lo dices a mí que ilustro sonoramente las obras maestras de la industria fílmica nacional! ¿Qué sería de ella sin mis efectos de sonido?

—Ay, sí. Bien que te duele no poder dedicarte a lo que te importa: la música.

—La uso también. Y en vez de llevarme a la cárcel por plagio cada vez que lo hago, me premian con algún ídolo azteca de nombre impronunciable.

—¿A qué atribuyes ese contrasentido?

—A que en la cárcel quizá podría componer lo que yo quiero, lo que yo puedo. Pero me dejan suelto y me aplauden. Me castran, hermanito.

—El hambre es cabrona.

—¿Cómo averiguaste eso, junior?

—Mi padre me cuenta, día a día, la historia de su juventud. Es conmovedora. Nada menos que un *selfmade man*.

—Que me contrata y me paga espléndidamente. Vamos a brindar todos porque viva muchos años.

—Carlos alzó su vaso. Jorge lo observaba, sonriente.

—Salud es lo que me falta para acompañarte. Aunque tengo que convenir en que el producto que ingieres es de una calidad superior.

—Un hijo de mi padre tiene que convidar whisky... aunque para hacerlo saquee las bodegas familiares. Porque, has de saber, Orfeo, que mis mensualidades son menos espléndidas que tus honorarios. Y que el mecenas ha amenazado con alzarme la canasta si no hago una demostración pública y satisfactoria de mis habilidades.

—¡Son tantas!

—Allí está el problema. Elegir primero y luego realizarse.

—La vocación es la incapacidad total de hacer cualquier otra cosa.

—Mírame a mí: si yo no hubiera sido militar, ¿qué habría sido?

—Civil.

Carlos y Jorge consideraron un momento esta posibilidad y luego soltaron, simultáneamente, la risa.

—No les hagas caso —terció Edith—. Ellos siempre juegan así.

—Pues ya están grandecitos. Podrían inventar juegos más ingeniosos.

—¡No me tientes, Satanás!

Jorge dio las espaldas a todos con un gesto pudibundo.

—¿No viene nadie más hoy? —quiso saber Vicente.

Edith se alzó de hombros.

—Los de costumbre. Si es que no tuvieron ningún contratiempo.

—Es decir, Hugo con el apéndice correspondiente.

—¡Esperemos en Dios que sea extranjera!

—Nadie es extranjero. Algunos lo pretenden pero a la

hora de la hora sacan a relucir su medallita con la Virgen de Guadalupe.

—Para evitar engaños lo primero que hay que explorar es el pecho.

—En el caso de las mujeres. ¿Y en el otro?

—Ay, tú, los medallones no se incrustan dondequiera.

—¡Que opine Edith!

—¿Es la voz más autorizada?

—Por lo menos es la única ortodoxa.

—¡Pelados!

Edith aparentaba indignación pero en el fondo disfrutaba de los equívocos.

—Yo me pregunto —dijo Vicente— qué pasaría si una vez nos decidiéramos a acostarnos todos juntos.

—Que se acabarían los albures.

Jorge había hablado muy sentenciosamente y añadió:

—En el ejército se hizo el experimento. Y sobrevino un silencio sepulcral.

—¿Tú también callaste?

—No me quedó nada, absolutamente nada que decir.

Permaneció serio, como perdido en la añoranza y la nostalgia. Suspiró para completar el efecto de sus revelaciones.

Pero el suspiro se perdió en el estrépito de la llegada de un nuevo contingente de visitantes.

—¡Lucrecia! ¡Octavio! ¡Hugo! ¿Vinieron juntos?

—Nos encontramos en la puerta.

—Pasen y acomódense.

Cada uno lo hizo no sin antes entregar a Edith su tributo.

—¿Y tu mujer, Octavio?

—Se siente un poco mal. Me pidió que la disculparan.

—¿Embarazo?

—No es seguro todavía. Pero es probable, a juzgar por los síntomas.

—¡Qué falta de imaginación tienen las mujeres, Dios Santo! No saben hacer otra cosa que preñarse.

—Bueno, Vicente, al menos les concederás que saben hacer también lo necesario para preñarse.

Edith miró a Octavio, interrogativamente. Suponía a Elisa, su mujer, inexperta, inhábil y gazmoña. Pero Octavio no dejó traslucir nada. Estaba muy atento a la dosis de whisky que le servían.

—¿Por qué tan solo, Hugo? ¿Se agotó el repertorio?

—Estoy esperando —respondió el aludido con un leve gesto de misterio.

—¿Tú también? —preguntó Jorge falsamente escandalizado.

74

—Basta —grito Edith.

—Voy a presentarles a una amiga alemana.

—¿Habla español?

—*A little*. Pero lo entiende todo.

—Muy comprensiva.

—En última instancia puede platicar con Octavio que estuvo en Alemania, ¿cuántos años?

—Dos.

—Pero llevando cursos con Heidegger. Eso no vale.

—Yo hice la primaria allá —apuntó tímidamente Weston—. Lo digo por si se ofrece.

—¿No que te educaste en Inglaterra?

—También. Y en Francia. Conmigo no hay pierde, Hugo.

—¡Ya estarás, judío errante!

—Si lo de judío lo dices por mi padre, te lo agradezco. Es uno de mis motivos más fundados de desprecio.

—A poco tu papá es judío, tú.

—Pues bien a bien, no lo sé. Pero, ah, cómo jode.

Lucrecia se revolvió, incómoda, en el asiento.

—¡Tanto presumir de Europa y mira nomás qué lenguaje!

—¿Sabes por qué los hijos de los ricos poseemos un vocabulario tan variado? Porque nuestros padres pudieron darse el lujo de abandonar nuestra educación a los criados.

—Y si tienen tan buen ojo para las mujeres es porque los inician sus institutrices.

Carlos se frotó las manos, satisfecho.

—Se va a poner buena la cosa hoy.

—No tengo miedo —aseguró Hugo—. Al contrario, me encanta la idea de que Hildegard tenga la oportunidad de hacer sus comparaciones.

—Al fin y al cabo lo importante no es ganar sino competir, como dijo el clásico.

Si hubiera estado allí Rafael habría hecho chuza con todos, reflexionó Edith. Y se alegró locamente de que no estuviera allí, de que no la hiciera estremecerse de incertidumbre y de celos.

—¿Contenta?

Jorge le había puesto una mano fraternal sobre el hombro, pero había en su pregunta cierto dejo de reproche, como si la alegría de los demás fuera un insulto a su propia pena. Edith adoptó, para responder, un tono neutro.

—Viendo los toros desde la barrera.

—Igual que yo. ¿No ha hablado Luis?

Edith hizo un signo negativo con la cabeza.

Jorge se apartó bruscamente al tiempo que decía:

—Es mejor.

¿Es mejor amputarse un miembro? Los médicos no recurren a esos extremos más que cuando la gangrena ha cundido, cuando las fracturas son irreparables. Pero en el caso de Luis y de Jorge, ¿qué se había interpuesto? Por su edad, por sus condiciones peculiares, por el tiempo que habían mantenido la relación, la actitud tan difinitiva de rechazo parecía incoherente. La intransigencia es propia de los jóvenes, la espontaneidad y la manía de dar un valor absoluto a las palabras, a los gestos, a las actitudes. Curiosa, Edith se prometió localizar a Luis e invitarlo a tomar el té juntos. Llevaría la conversación por temas indiferentes hasta que las defensas, de que su interlocutor llegaría bien pertrechado, fueran derrumbándose y diera libre curso a sus lamentaciones. De antemano se desilusionó con la certidumbre de que en el fondo del asunto no hallaría más que una sórdida historia de dinero (porque Jorge era avaro y Luis derrochador). ¡Dinero! Como si importara tanto. Cuando Edith se casó con Carlos ambos eran pobres como ratas y disfrutaron enormemente de sus abstenciones porque se sentían heroicos, y de sus despilfarros porque se imaginaban libres. Después él comenzó a tener éxito en su trabajo y ella a saber administrar los ingresos. La abundancia les iba bien y ni Carlos se amargaba pensando que había frustrado su genio artístico ni ella lo aguijoneaba con exigencias desmesuradas de nueva rica. El primer automóvil, la primera estola de mink, el primer collar de diamantes fueron acontecimientos memorables. Lo demás se volvió rutina, aunque nunca llegara al grado del hastío. Edith se preguntaba, a veces, si con la misma naturalidad con que había transitado de una situación a la otra sería capaz de regresar y se respondía, con una confianza en su aptitud innata y bien ejercitada para hallar el lado bueno —o pintoresco— de las cosas, afirmativamente.

—¿Por qué tan meditabunda, Edith?

Era Octavio. Edith detuvo en él sus negrísimos ojos líquidos —era un truco que usaba en ocasiones especiales— antes de contestar.

—Trato de ponerme a tono con la depresión reinante. Tú deberías estar más eufórico ya que eres un recién casado. Das muy mal ejemplo a los solteros. Los desanimas.

—Mi matrimonio es un fracaso.

—No puedes saberlo tan pronto.

—Lo supe desde el primer día, en el primer momento en que quedamos solos mi mujer y yo.

—¿Es frígida?

—Y como todas las frígidas, sentimental. Me ama. Me hace una escena cada vez que salgo a la calle y se niega a ir conmigo a ninguna parte.

—¿Aquí también?

—Aquí especialmente. Está celosa de ti.

—¡Pero qué absurdo!

—¿Por qué absurdo, Edith? Es en lo único en lo que tiene razón. Tú y yo somos... ¿como diré? aliados naturales. Eres tan suave, tan dúctil... Después de ese papel de estraza con el que me froto el día entero sé apreciar mejor tus cualidades.

—No sé a quién agradecer el elogio: si a ella o a ti.

Un arrebol de vanidad halagada subió hasta su rostro. Para esconderlo Edith se volvió al ángulo en que charlaban Carlos y Lucrecia.

—Parecen un poco tensos —dijo señalando la pareja a Octavio—. Si Lucrecia sigue apretando la copa de ese modo va a acabar por romperla.

—¿Te preocupa?

—No. La copa es corriente.

Ambos rieron y ella hizo ademán de tenderse en la alfombra. Octavio arregló unos cojines para que se acomodara.

—¿Cómo va la pintura?

Edith había cerrado los ojos para entregarse a su bienestar.

—Hmmm. Se defiende.

Octavio se había recostado paralelamente a ella.

—Tienes que invitarme a tu estudio alguna vez.

Edith se irguió, excitada.

—¿Vas a explicarme lo que estoy haciendo?

—Si quieres. Y si no, no. Aunque no lo creas también se estarme callado.

—¿De veras?

Edith se había vuelto a tender y a cerrar los ojos.

—Si tengo algo mejor qué hacer que hablar... o si me quedo boquiabierto de admiración. ¿Cuál de las dos alternativas te parece más probable?

De una manera casual Octavio enroscaba y desenroscaba en uno de sus dedos un mechón del pelo de Edith.

—No soy profetisa —murmuró ella fingiendo no haber advertido la caricia para permitir que se prolongara.

—¿Mañana entonces? ¿En la mañana?

Edith se desperezó bruscamente.

—¿Vas a dejar sola a tu mujer tan temprano? Es la hora en que las náuseas se agudizan.

—Para que veas de lo que soy capaz, me perderé ese delicioso espectáculo por ti.

—Corres el riesgo de no encontrarme. A veces salgo.

—Mañana no saldrás.

—¡Presumido!

Edith se puso de pie con agilidad para dar por terminada una conversación que no haría sino decaer al continuarse. Fingió que hacía falta hielo y fue a la cocina por él. Sorprendió en el teléfono a Vicente, frenético, insultando a alguien. Cuando se dio cuenta de que era observado, colgó la bocina.

—¿Renée? —preguntó tranquilamente Edith.

Vicente se golpeó la cabeza con los puños.

—¡Abortó! Ella sola, como un animal...

—Yo la vi representar esa escena de *La Salvaje* de Anouilh en la Academia de Seki Sano. A pesar de las objeciones del maestro, Renée no lo hacía mal.

Al ver el efecto que habían hecho sus palabras, Edith se acercó a Vicente dejando la cubeta de hielo en cualquier parte para tener libres las dos manos consoladoras.

—¡No lo tomes así! Ni siquiera sabes si esa criatura es tuya.

—¡No es el feto lo que me importa! ¡Es ella! No la creí capaz de ser tan despiadada.

—Y si te hubiera colgado el milagrito no la hubieras creído capaz de ser tan egoísta. ¿Qué puedes darle tú?

—Nada. Ni siquiera dinero para el sanatorio. Por eso tuvo que recurrir a... no sé qué medios repugnantes.

—Los parlamentos de *La Salvaje*, cuando narra este hecho, son siniestros. No me extraña que te hayan alterado tanto... aunque los hayas oído sólo por teléfono.

—¿Crees que es teatro?

—Bueno... Renée es actriz.

—Pero lo que hizo... ¿o no lo hizo?

—En cualquiera de los dos casos no la culpes.

—¿Entonces qué? ¿Debo culparme yo?

—Tampoco. Renée no es ninguna criatura como para no saber cuáles son las precauciones que hay que tomar. Si se descuida que lo remedie, ¿no?

—¡Muy fácil! Pero ahora ella me odia y yo la odio y los dos nos avergonzamos de nosotros mismos y ya nada podrá ser igual.

—Ay, Vicente, qué ingenuo eres. Todo vuelve a ser igual, con Renée o con otra. La vida es más bien monótona. Ya tendrás muchas oportunidades de comprobarlo.

—¿Y mientras tanto?

—Mientras tanto sirve de algo. Ayúdame a traer hielo y vasos de la cocina.

—¿Ha llegado más gente? Porque ando de un humor...

—No. Hugo se truena los dedos pensando si la alemana será capaz de dar correctamente la dirección al taxista.

—A lo mejor se va con el taxista. Sería más folklórico, ¿no se te hace?

Edith sacudió la cabeza vigorosamente mientras vaciaba los cubitos de hielo.

—Estás instalado en el anacronismo. Esas cosas ya no pasan en México.

—En las películas que produce mi papá, sí.

—¿Y las ves? ¡Qué horror! De castigo te mando que cuando venga la alemana tú te estés muy quietecito, ¿eh? La jugada que le hiciste con la francesa todavía no se le olvida.

—¡Chin! ¡Puro tabú! ¿Y con quién me voy a consolar? ¿Tú no tienes ninguna amiga potable, Edith?

—Allí está Lucrecia.

—Dije potable y dije amiga. Todos sabemos que Lucrecia no viene por ti.

—Todos saben que yo soy la que insiste para que no falte a ninguna de nuestras reuniones. Es la única manera de tener con nosotros a Carlos.

—Realmente tratas a tu marido como si fuera indispensable.

—Lo es. En un matrimonio un marido siempre lo es.

—¡Burgueses repugnantes!

—Nunca he pretendido ser más que una burguesa. Una pequeña, pequeñita burguesa. ¡Y hasta eso cuesta un trabajo!

Cuando volvieron al salón Hildegard estaba despojándose de un abrigo absolutamente inoportuno. Hugo se desvivía por atenderla y Octavio se abalanzó a la primera mano que tuvo libre para besársela al modo europeo.

—¿Qué te parece? —preguntó Edith a Vicente en voz baja desde el umbral.

—Un poco demasiado Rubens, ¿no? A mí no me fascinan especialmente los expendios de carne.

—Mientras no te despachas con la cuchara grande, ¿eh? Anda y saluda como el niño bien educado que Lucrecia no cree que eres.

Vicente hizo, ante la recién llegada, la ceremonia que le enseñaron sus preceptores con entrechocamiento de talones y todo. Hildegard pareció maravillada y dijo alguna frase en su idioma que Octavio se apresuró a traducir.

—"A un panal de rica miel..." —musitó Edith al oído del intérprete, pero Octavio únicamente prestaba atención a la copa que le ponían al alcance de la mano.

—Es un poco descortés que no nos presenten —dijo ahora Edith con la voz alta, bien modulada y clara.

Todos lo hicieron al unísono, con lo que la confusión natural de este acto se multiplicó hasta el punto de que ya nadie sabía quién era quién.

Edith se escabulló y fue a sentarse junto a Jorge porque Carlos y Lucrecia continuaban al margen, enfrascados en una discusión aparentemente muy intrincada.

—No te dejes ganar por la tristeza, Jorge. Los domingos son mortales. Pero luego viene el lunes y...

Vendría el lunes. Jorge pensó en el cuarto de hotel que ocupaba desde que lo abandonó Luis, desde que todos los días eran absolutamente idénticos. Envejecer a solas ¡qué horror! Y qué espectáculo tan ridículo en su caso. Sin embargo él lo había escogido así, había permitido que sucediera así. Porque a esa edad ya ni él ni Luis podrían encontrar más que compañías mercenarias y fugaces, caricaturas del amor, burlas del cuerpo.

Edith observaba las evoluciones de Octavio, su talentoso y sabio despliegue de las plumas de su cola de pavorreal ante los ojos ingenuos y deslumbrados de Hildegard. Y vio a Hugo mordiéndose las uñas de impotencia. Y a Vicente riendo por lo bajo, en espera de su oportunidad. Se vio a sí misma excluida de la intimidad de Carlos y Lucrecia, del dolor de Jorge, del juego de los otros. Se vio a sí misma, borrada por la ausencia de Rafael y un aire de decepción estuvo a punto de ensombrecerle el rostro. Pero recordó la tela comenzada en su estudio, el roce peculiar del pantalón de pana contra sus piernas; el suéter viejo, tan natural como una segunda piel. Lunes. Ahora recordaba, además, que había citado al jardinero. Inspeccionarían juntos ese macizo de hortensias que no se quería dar bien.

SERGIO GALINDO

(Jalapa, Ver., 1926)

Como estudiante, becario, editor, funcionario público, Sergio Galindo ha cumplido con dignidad sus responsabilidades sin que el desempeño de sus tareas lo haya alejado de la vocación de escritor, que en él despertó a edad muy temprana, y que a través de los años y de los contratiempos ha cultivado con fidelidad. La amistosa cercanía de artistas nacionales y extranjeros, las lecturas y los viajes han contribuido a formar a su derredor una cálida atmósfera estimulante y promisoria. Haciendo a un lado sus escarceos en otros campos literarios, puede decirse que la obra de Sergio Galindo se inscribe casi exclusivamente en el terreno de la narrativa. Novelas como *Polvos de arroz* (1958), *La justicia de enero* (1959), *El bordo* (1960), *La comparsa* (1964), *Nudo* (1970), y cuentos como los que se reúnen en *La máquina vacía* (1951), *Oh, hermoso mundo* (1975), y *El hombre de los hongos* (1976), forman una importante cosecha que revela la constancia con que ha acrecentado no sólo el caudal de su producción sino sus recursos expresivos, su experiencia de narrador nato, su sabiduría para crear ambientes, su manejo de las técnicas adecuadas para dar la múltiple imagen de una realidad profusamente matizada y compleja.

El telón de fondo de buena parte de la obra de Sergio Galindo es el nebuloso y húmedo ambiente de las tierras veracruzanas que ascienden hacia la sierra sobre la vertiente del Golfo. Tanto los personajes trágicos de *El bordo* o de *Polvos de arroz*, perdidos en sus reflexiones, solos con sus pensamientos, como los que en *La comparsa* requieren de una capucha y un día de carnaval para satisfacer sus apetitos o arrinconar su timidez, pertenecen a ese mundo convencional que muestra su intimidad sólo en momentos de desenfreno colectivo o cuando es sorprendido. La novela de mayor aliento de Sergio Galindo, *Nudo*, transcurre en San Miguel Allende y sus personajes presentan, en un nivel intelectual, problemas de relación que son comunes a los hombres de hoy. Si la obra es interesante por lo que cuenta, lo es más aún porque nos acerca al reflejo de una realidad siempre indefinible y huidiza, que deja la inquietud de su profundidad y de su misterio.

Nudo, al igual que las obras posteriores, comparte las tendencias del impresionismo anglosajón, para el que la vida es "una profundidad confusa donde la luz de la conciencia parpadea solamente, se divide y se esparce antes de perderse" según esa capacidad para trasmitir lo inefable propia de Virginia Woolf. Lejos de ofrecer una visión objetiva, el impresionismo presenta los contradictorios hallazgos de un repetido bucear en la conciencia. Pero sólo a través de varias conciencias el lector tendrá una aproximación a la realidad; por ello el novelista se guarda de intervenir, y respeta la ambigüedad de la vida. Los personajes son interpretados por las reacciones y los pensamientos de los otros personajes. *Nudo* es también una cita con el pasado y con el presente, como en el caso de *Bajo el volcán*, de Malcolm Lowry, y asimismo evoca la imagen del hombre moderno "sin sostén social y sin Dios", aunque no con la devastadora fiereza con que vive su agonía el cónsul Firmin.

El primer libro de cuentos de Sergio Galindo, *La máquina vacía*, muestra ya algunas de las preocupaciones más constantes del autor. El mundo de los niños, con sus dolorosos descubrimientos por causa de la insensibilidad de los mayores que destruyen sus sueños, es el tema de los cinco textos que forman la primera parte del libro. Frente a la inquietud infantil, los adultos esquivan la verdad con silencios y barreras; para castigarlos acuden a la amenaza y pueblan su imaginación de oscuridad, demonios y monstruos. El niño, espectador receptivo de la incongruencia de los adultos, incapacitado para asimilar los contrastes de luz y sombras, ruega angustiado: "Padre nuestro... —y en un grito ahogado— ¡no quiero crecer!, amén."

En la segunda parte el autor intenta, antes que contar historias, transmitir sensaciones por medio de alegorías que proponen al lector interpretaciones diferentes. Esta técnica impresionista de llevar al lector más allá de la verdad objetiva, que no se detiene en las superficies ni pretende explicar totalmente los fenómenos, será explotada ampliamente por Sergio Galindo en obras posteriores. Los móviles del cuento que da nombre al libro son la sensación de vacío y el miedo a lo desconocido.

En *Oh, hermoso mundo*, Sergio Galindo amplifica el escenario de sus pesquisas sobre el espíritu humano; París, Amsterdam, Londres, la ciudad de México, Jalapa, prestan a cada relato su particular ambiente de acuerdo con los fines artísticos del autor. "Querido Jim" se desarrolla en un hotel de Amsterdam, en un medio grato y propicio a la intimidad. La ambivalencia que presenta un encuentro inesperado se orienta hacia varias posibilidades, todas ellas misteriosas. A través de la ilusión; el sueño, la embriaguez o el deseo punzante —estados de ánimo que participan de la misma consistencia y fugaz duración de lo que se conoce por felicidad—, se llega a la culminación. La belleza del cuento estriba en que el autor ha logrado transmitir la intensidad de la nostalgia amorosa y ha podido alcanzar la imagen de un sentimiento compartido.

El "Retrato de Anabella" describe los efectos que los recuerdos de antiguas glorias operan en una célebre cantante, ahora vieja y olvidada, que no se resigna con su condición. Resplandece y se transforma a cada evocación, al mirar como en una secuencia fotográfica su belleza y su felicidad plenas. Aferrada a los restos que le dejó el naufragio de su vida pasada, en un postrero y ridículo esfuerzo por recobrar una ilusión, su gesto dramático se congela en la última fotografía de la serie.

El hombre de los hongos no sólo es un cuento de amor y crueldad, sino la creación de un mito que transita por el terreno de la magia, carece de lugar en el tiempo y sólo de una forma vaga hace referencia a la geografía tropical. El juego entre realidad y fantasía afina sus reflejos para extraviar a la razón que se deja seducir por las apariencias. Todos los elementos de una historia sentimental están presentes en *El hombre de los hongos* y todos conducen a la comprobación de que "El amor es un milagro irrepetible". Su estructura se apoya en símbolos que en ocasiones funcionan como realidades y a veces se desvanecen como ficciones. Pero nada en el relato es tan imaginario que no pueda ser posible, ni tan real que no pueda desaparecer como la ilusión más frágil.

Querido Jim *

CUANDO REGRESÉ al hotel, ella estaba próxima a la chimenea; me fijé en su abrigo largo, color avellana, con cuello de piel. Nos saludamos mudamente, con una sonrisa. Mis dientes castañeteaban al pedir la llave del cuarto. Había olvidado el frío de Europa y salí a dar un paseo (por primera vez en Amsterdam), pero a los quince minutos me sentí incapaz de avanzar más; estaba helado de orejas a pies. Entonces emprendí el regreso, con pasos torpes, sorprendido por ese viento invernal que amenazaba petrificarme. Ahora, al sentirme cobijado de nuevo por la tibieza del hotel, mi respira-

---

* Galindo, Sergio. *¡Oh, hermoso mundo!* Serie del Volador. Editorial Joaquín Mortiz. México, 1975.

ción se regularizó, aunque la nariz continuaba convertida en un trozo de hielo. Mientras me entregaban la llave, vi que las puertas del bar estaban cerradas. Me quité los guantes. En mi reloj eran los once; aunque para mí, para mi cuerpo, no era esa hora sino siete menos; las cuatro de la mañana, en México; es decir, mi lapso de sueño más profundo.

Tomé el elevador y luego recorrí el largo pasillo hasta llegar a la habitación, sin dejar de temblar y de frotarme las manos en busca de calor. Mis dedos rígidos lograron abrir la puerta después de incontables esfuerzos.

La ventana del cuarto me ofreció un paisaje ajeno, deprimente; una calle lóbrega —de nombre desconocido para mí— sobre la que se erigían hermosos edificios tristes, con techos de pizarra, y como fondo un cielo de un gris infinito. Es posible que bajo otras circunstancias (quiero decir: sin soledad, sin frío), me hubiera parecido un paisaje bellísimo.

Tenía puesto el suéter, el saco y el abrigo y no dejaba de tiritar. ¿Cuándo abrirían el bar? Como estaba recién desempacado, desconocía los horarios de la ciudad. El jumbo de KLM aterrizó en el aeropuerto de Schiphol a la hora prevista, y la emoción de estar nuevamente en Europa, mis primeros pasos sobre la tierra holandesa, y después el recorrido en taxi para llegar al centro de la ciudad —unos veinte o veinticinco minutos—, no me dieron oportunidad de enterarme de la temperatura.

Estaba encendida la calefacción, pero a un grado muy bajo. Busqué la llave para aumentarla y no la hallé por ningún lado, de lo que deduje que el sistema se regulaba en otro sitio. No había más remedio que prolongar esta tortura de sentirme casi muerto, hasta que la cantina abriera sus puertas del paraíso. Además, el cuarto me era extraño: aún no dormía en esa cama, mis maletas estaban cerradas, sólo había abierto el portafolios para sacar unos papeles y el plano de la ciudad.

De pronto, recordé la chimenea y bajé por las escaleras a paso veloz.

Ella permaneció allí. Me sonrió. Se me aproximó y pensé que iba a extender la mano para saludarme, pero en lugar de ello se acercó y me ofreció su rostro y le di un beso con desconcierto. Ella también me besó en la mejilla. Me tomó de la mano y nos sentamos juntos, en un sofá, próximo al calor del fuego.

—Querido Jim —me dijo (desde el primer momento nos hablamos en inglés), y me palmeó la mano con cariño—. Eres un témpano.

Su mano estaba tibia, me hizo mucho bien sentirla sobre mi piel, y, lentamente, ese contacto se convirtió en una caricia que tenía todas las características del hábito; como si a diario hiciéramos lo mismo. Estaba tan próxima a mí, que me era imposible verla bien. Además se había inclinado hacia adelante y contemplaba mi mano.

—Bello el fuego, ¿verdad? —murmuró con ternura—. Como siempre para nosotros... ya se me pasó el malestar. Como te conté, la noche me resultó interminable. Varias veces pensé en despertarte, pero se me hacía una injusticia, ¡dormías tan tranquilo y feliz!

—¿De veras? —pregunté con extrañeza.

Se echó hacia atrás y me observó. Yo también a ella: el pelo plateado enmarcaba dignamente su rostro; los ojos castaños eran muy dulces y jóvenes; eso daba un peculiar encanto a su piel vieja, a sus arrugas disimuladas por el maquillaje. Tuve la impresión, por la forma en que me miraba, de que me conocía más que ningún otro ser en este mundo. Todo resultaba de una naturalidad indiscutible. Por otro lado, parecía leer mi pensamiento, porque dijo:

—No te apures, no tardarán en abrir el bar. Yo también necesito una ginebra.

Se recargó en el respaldo del sofá. El cuello de piel de su abrigo tenía el mismo tono que el de su pelo. El tinte de sus mejillas parecía el de una campesina. Sonrió y dejó de verme: contempló el techo. Continuó:

—No sabes cuánto me duelen nuestras separaciones. Aunque todo se perdona por el inmenso placer del reencuentro. Como ahora, como este momento..., ¿acaso no es la eternidad?... Lo es para mí. Cada instante que estoy a tu lado tiene otra dimensión. O tal vez es un tiempo sin medida, incapaz de ser reducido al ritmo del reloj... No sabes qué horrible resultó esta última separación. Hubo mañanas en que, no sé por qué absurdo, llegué a creer que en este año no íbamos a encontrarnos. ¿Te acuerdas de aquel invierno en que no nos vimos? —su rostro se ensombreció—. La carta me explicaba tus compromisos, que yo, desde luego, consideré falsos... Entonces salí a la calle y todos los hombres se habían puesto tu cara. Y pasabas y pasabas junto a mí como si yo no existiera. Tuve la certeza de eso: de no existir. De ser invisible... ¡No me dejes que me acuerde de eso! Háblame de algo... ¡De lo que sea! —sonrió—. Por ejemplo: ¿Qué hiciste hace ocho días? A esta hora exactamente, ¿qué hacías?

—Dormía.

—¿Me soñabas?

—Tal vez. —Ahora sonreí yo—. Si me pongo a imaginar cosas, lo que me sucede con frecuencia, llegaría a la absoluta convicción de que soñaba contigo.

—Pero después despertaste... después desayunaste... después, ¿qué?...

Traté de recordar y resultó inútil; no tenía la menor noción de lo que había hecho una semana atrás, de modo que respondí:

—Supongo que lo rutinario. Fui al trabajo. Debo de haber revisado facturas, firmado cheques; quizás me llegó un original y me puse a leerlo. La semana pasada recibí cuatro o cinco. Uno de ellos estupendo. Una historia trivial en apariencia, pero escrita con una técnica complicadísima, o mejor dicho, sorprendente. Comienza en el momento en que el personaje abre los ojos; despierta. Y luego el relato va retrocediendo segundo a segundo. Un uso increíble del tiempo. No *flash-back*, no recuerdos. Nada de eso. Es como si el reloj echara a caminar hacia atrás con la misma precisión con que lo hace hacia adelante. Literariamente, grandioso. Creo que será un *best-seller*. El autor quiere obtener una beca para dedicarse a escribir, y voy a tratar de ayudarlo. No lo conozco en persona, nos hablamos por teléfono dos o tres veces y quedamos en comer juntos esta semana, cuando vino lo del viaje, y lo llamé para disculparme. Todo fue tan súbito... No sé por qué me sorprendo; lo imprevisto siempre ha sido —la miré a los ojos— *y es* lo normal para mí.

—Me encanta que hables, Jim. Aparte de que me gusta tu voz, siento que cada palabra que dices nos integra al uno con el otro; aun y cuando no hablemos de nosotros mismos. Yo también soy esclava o adoradora de lo imprevisto. Te voy a parecer tonta, pero siempre creo que lo nuestro no va a repetirse más, y al instante vivo, ¡sufro!, la seguridad de que el reencuentro va a ser, no sé por qué razones, mañana. Esto me hace vivir bajo una especie de ilusión perenne.

Nuestras manos se acariciaban. Nuestros cuerpos gozaban del calor de los escasos leños que seguían ardiendo. ¿Vendría alguien a poner otros?

—Me interesa lo de esa novela —dijo ella—. El uso del tiempo. Como que tiene algo que ver con nosotros, ¿no crees?... —Y sin transición, demandó—: No te he preguntado aún por qué elegiste esta ciudad. ¿Hay algo especial para nosotros en Amsterdam?... No me contestes —suavizó el tono y la expresión—, todo entra dentro de esas reglas, no escritas, del juego que tú y yo jugamos. Aunque exagero al llamarlo *juego*, ¿no crees? Háblame más. Estoy ávida de que me cuentes todo.

Retiró sus manos de las mías, y las metió debajo del cuello del abrigo de piel. Clavó su mirada otra vez en el techo y eso me permitió admirar la finura de su nariz, lo que me dejó intrigado, porque más que una admiración fue una constatación.

—Bueno pues —empecé yo—; no me acordaba de lo que es el invierno aquí y me largué a caminar por la ciudad. Y no aguanté. Tuve que regresar a la carrera con la sensación de que las orejas se me iban a caer a pedazos. En mi angustia recordé espantosas historias de Canadá y Siberia. Experiencias literarias, no propias... En México es tan efímero el invierno y, en los últimos años, hemos sentido más frío durante el verano, por las lluvias, que en el propio invierno.

Me tomó las manos y en el tono de reclamo dijo:

—Jim, ¡tú y yo hablando del tiempo!... Que si hace frío, que si no, resulta muy ocioso. Por no llamarlo estúpido... Perdón Jim; es tan poco lo que nos es dado vivir juntos, que no quiero desperdiciarlo. Háblame de algo más tuyo, más íntimo, háblame Jim.

La miré a los ojos y le dije:

—No soy Jim.

Ignoró olímpicamente mi afirmación.

—Estoy esperando, Jim, mi amor, háblame. Existimos por las palabras, y, por el amor. Te suplico, Jim, háblame.

—¿Cuál es tu nombre? —pregunté.

Soltó a reir con estruendo. Cuatro o cinco personas se habían acercado a la chimenea. Un *bell-boy* echó más leños.

—Siempre el mismo chiste de preguntar mi nombre. —Volvió a reír con alegría—. Lo esperaba, ¿sabes? Lo esperaba hace más de diez minutos. ¿Cómo podemos ser tan reiterativos? ¿Y a pesar de ello amarnos?... No me dejes hacer conjeturas ni indagaciones. Una vez más te ruego: cuéntame cosas.

—Mis hijos están bien, crecen, son sanos, no tengo problemas con ellos, y mi esposa, Leonor, trabaja ahora conmigo en la editorial.

—Jim, por favor, dimos por descontado desde hace muchos años que de eso no hablaremos.

—¿Cómo te llamas? —repetí.

—Para ti y para Amsterdam, me llamaré Leonor. —No tuve más remedio que reír, y ella aprovechó para darme otro beso en la mejilla. No sé por qué en ese momento pensé que el fuego tenía algo solemne. Como si "Leonor" y yo estuviésemos haciendo algo sagrado que nos daba anuencia a ser una especie de seres de otro mundo. O, tal vez, a compartir un secreto que nos hacía superiores a esas personas —semejantes a nosotros en apariencia—, que nos rodeaban. Entre ellas noté a una jovencita que acariciaba a su perro, con una mirada de infinita tristeza.

"Leonor" dijo, señalando hacia atrás:

—El reloj funciona; el tiempo, para fortuna o desgracia nuestra, se mide y abre y cierra puertas. El bar nos espera.

Echamos a caminar y me percaté de varias cosas: medía como un metro setenta, era delgada y ágil, pero, a pesar de la rapidez con que se movía, era evidente un principio de artritis. Debo insistir en que todo parecía de lo más normal; cuando menos me lo parecía a *mí*. Le dije:

—Ya que para Amsterdam te vas a llamar "Leonor", por qué no dejas que para Amsterdam, *y para ti*, me llame: ¿Esteban?

—¡Tú y tus manías! Debería estar acostumbrada. Pero quizás el mérito de nuestras relaciones estribe en eso; en que no nos acostumbramos a ciertos cambios que deberían parecernos lógicos. ¿Por qué Esteban? *Eres Jim*, y me sería muy complicado rebautizarte, sin contar con que no hallo razón para el cambio. O no te gusta: ¿Jim?

—Sí, sí me gusta, *Leonor*.

La ginebra holandesa es espléndida, a la segunda copa estábamos dentro de una euforia tal como hacía años yo no disfrutaba.

—... Y, aquel día —recordó Leonor—, en que el tren nos llevaba a Florencia, cuando sólo pudimos conseguir boletos de tercera clase, el minero que te ofreció —después del coñac que le habías regalado—, que te podía conseguir una prostituta, sana, por 150 liras.

—Sí, eso fue muy bueno. Pocas veces me han querido pagar mis favores con tanta generosidad. —Hice a un lado mi copa y con azoro, ¿o con ingenuidad?, inquirí—: ¿Cómo sabes eso?

—Vamos Jim, yo siempre he tenido una memoria privilegiada; en cambio tú te olvidarás eternamente de las cosas.

—Sí, es cierto, a veces lo considero una especie de defensa, o un anhelo de invulnerabilidad.

Chocamos las copas. Sonreímos.

No sé cuántas ginebras tomamos. ¡Estábamos tan a gusto!

Era ya tarde cuando decidimos salir a comer a un restorán indonesio que nos recomendó el mesero.

—No sé tampoco si había subido la temperatura, pero desde luego el frío ya no me hizo mella. Leonor exclamó:

—Aún no me dices por qué elegiste Amsterdam.

—Porque mañana se inicia aquí un Congreso Mundial de Editores, y trabajo en una editorial.

—Leonor hizo con el brazo un movimiento como de aleteo y me dijo:

—¿Sabes que no conocía esta ciudad? ¡Y tan cerca de Londres! Me gusta, tiene un encanto que dimana, sobre todo, de la amabilidad con que te tratan. Aquí me siento a salvo. En Londres es frecuente que al andar sola tenga miedo. Como si flotara en la atmósfera algo peligroso.

—Hace años que no estoy en Londres, sé que ha cambiado mucho, pero cuando estuve nunca sentí eso que dices. Lo que te puedo asegurar es que en la ciudad de México, sí experimentas la sensación de estar a veces sobre un volcán. Ves la insatisfacción, la pobreza... el brillo de unos ojos que se clavan en ti llenos de odio. Un día, hace muchos años, fui golpeado de súbito. Iba por una calle del centro, cuando vi venir hacia mí a un joven que corría; un chico muy humilde de unos dieciséis a dieciocho años y cuando llegó a mi lado me propinó una trompada en la⸱ nariz y siguió su carrera. Fue algo muy extraño. En primer lugar, no hice el menor intento por defenderme ya que no esperaba el ataque. Y después, al meditar sobre ello, llegué a la conclusión de que no me había golpeado a mí. Agredió, quiso destruir con sus pequeñas fuerzas, algo que yo represento: la gente bien vestida, la que no ha sabido *nunca* lo que es el hambre y la miseria. Le di la razón, y pensé que la ciudad entera debería ser golpeada, sacudida. No se puede vivir indefinidamente, sin que nada suceda en un país de contrastes tan tremendos.

—Es aquí. —Exclamó ella con alegría. Y me di cuenta de que no me había escuchado.

Entramos al edificio. El elevador nos condujo al restorán. Estaba casi vacío y eso me hizo dudar de la calidad de la comida. Ocupamos una mesa próxima a una ventana que nos permitía ver una torre y un conjunto de edificios armónicos. Los tulipanes, en un pequeño florero al centro de la mesa, eran tan lindos que daban la impresión de no ser reales. Acaricié uno.

—¿Qué bellos, verdad?

—Sí. —Acarició también ella un pétalo, y después su mano

atenazó la mía—. ¿Y yo, cómo me encuentras? ¿Soy aún bella?

Ahora podía contemplarla con luz natural. Tenía un rostro extraño. La dulzura de su mirada era infinita, y en lo infinito no hay tiempo, no hay edades... pensé que era descortés prolongar más la respuesta.

—Creo que a cada momento te vuelves más hermosa.

—Sí, pero...

El mesero se acercó, pedimos más ginebra y le solicitamos que eligiera lo que debíamos comer. Era un joven indonesio de facciones angulosas; me percaté de que —por unos segundos— Leonor lo contempló como si *él* fuera Jim. Entonces, lo observé, y me dije que la belleza tiene mil formas de expresión. Que en este mundo, si queremos, podemos tener mil rostros. Sentí unos celos punzantes, y dudé de mi existencia.

Las facciones de Leonor se habían descompuesto, estaba angustiada. Después de que se marchó el joven, prosiguió:

—...Es porque estás aquí. Cuando no estás, salgo a la calle a buscarte con el presentimiento de que me esperas en la esquina. ¡Y no te encuentro! Y sigo de un lado para otro, presa de la aburrida seguridad de que la perseverancia te conducirá a mi lado... ¡Eso es espantoso si se prolonga por horas! No vienes. No estás en ningún sitio. Entonces me convenzo de que has dejado de existir desde hace mucho. Y de que, por mi terquedad, vuelves a la vida. No me tomes por loca. Por desgracia no lo estoy y eso hace más duro aceptar que el reencuentro es algo que está fuera de nuestros deseos, que es algo que a final de cuentas *sucede*, a pesar de nosotros mismos... Sueño tu cuerpo, y mis manos y mi ser acarician la nada; inventándote. Jim, mi amor, es frecuente que sienta pánico al pensar que la próxima vez ya no me reconozcas, o yo a ti. Pero luego —esto sucede sobre todo a la hora en que despierto—, veo tu rostro con nitidez, tus ojos, tu sonrisa. ¡Y otra vez soy feliz!

El mesero regresó: cubrió la mesa de platillos exóticos. Nos previno de lo fuerte de algunas salsas, y se lo agradecimos. Leonor le hizo varias preguntas sobre qué era tal y cual cosa, cómo debían mezclarse las salsas, etcétera. Mientras, advertí que mi mano, la atenazada, estaba al borde de la sangre en donde sus uñas se me habían enterrado.

Pensé que había bebido con exceso, pues de otra manera hubiera sentido dolor. También pensé que era la repetición de algo sabido, vivido una y mil veces. Tuve lucidez para darme cuenta de que eso mismo nos sucedería quién sabe cuántas veces más. Amé a Leonor por devolverme a la vida. Ambos nos contemplamos extasiados.

La comida resultó excelente, después tomamos café, y vodka polaco.

Meciéndonos al caminar, con la mano de ella metida dentro del bolsillo de mi abrigo, enlazados nuestros dedos, contemplamos Amsterdam. Veíamos pasar la gente; oíamos un idioma ininteligible para ambos, y éramos felices.

—¿Qué hacemos? —pregunté al llegar a un cruce lleno de tránsito.

—Lo que quieras. Sabes que vivo de tus decisiones. ¿Puedo besarte?

Respondí: —Lo exijo.

Me beso la palma de la mano y me quedé hecho un tonto por mucho rato, porque vino a mi memoria que eso mismo me hacía, siempre, en los momentos en que habíamos sido más felices. Superada mi perplejidad, pregunté:

—¿Qué te parece si tomamos un taxi para que nos lleve a conocer la ciudad?

—Perfecto. Pero recuerda que mañana, o pasado, tenemos que ir a conocer La Haya y hacer un *tour* por los alrededores.

—Leonor, mañana empieza el congreso.

—Bueno, como de costumbre, no haremos ningún plan. Las cosas *sucederán*. Todas *esas* cosas que deben pasar esta vez. De acuerdo con lo del taxi.

El taxista se llamaba Ralph, trabajaba por las tardes y parte de la noche para sostener sus estudios y su hogar (todo contado en un deficiente y gracioso inglés). Era un joven de unos veintidós años, recién casado; a punto de lograr la maestría en Letras Inglesas. También nos contó que el dueño del coche era su padre, y que lo quería mucho. Su esposa era muy linda, esperaban el primer hijo para fines de agosto; vivían en un pequeño piso que ella había heredado de su abuela. Toda esta información nos fue proporcionada, a pausas, durante un recorrido de unas cuantas horas. Durante ese recorrido, nos llevó a varios bares; de estudiantes, de marineros, de intelectuales; en fin, lo que consideró que debíamos ver. Y no lo hizo mal, nos divertimos. Pero mezclamos cerveza, ginebra, whisky, y vimos nebulosamente la ciudad.

Cerca de las ocho de la noche lo invitamos a cenar y él aceptó encantado, pero nos dijo que debía ir a su casa para cambiarse de ropa. Entonces, Leonor le aclaró que también invitábamos a su esposa. El puso una gran cara de felicidad y nos miró como si fuéramos habitantes de otro planeta. Llegamos a su casa, y con mucha diplomacia se disculpó por no invitarnos a pasar: que tal vez estaba un poco sucia, que Ethel no sabía de nuestra visita.

Lo interrumpimos:

—No expliques nada. Preferimos quedarnos aquí. Dile a Ethel que no tarde mucho.

Ralph contestó encantado, al tiempo en que echaba a correr.

—Cuando más, diez minutos.

Quedamos solos. La luz de la calle era escasa. El barrio era pobre. Leonor me suplicó:

—Recuerda que no debes dormirte temprano esta noche, porque eres tan hermoso dormido que no me atrevo a despertarte.

En ese momento yo bostezaba y tenía un sueño mortal, obvio efecto de la mezcla de bebidas y de que no había dormido bien durante el recorrido México-Amsterdam. Me recargué sobre la piel de su abrigo y sentí una gran laxitud.

—No te preocupes —le dije somnoliento—, te prometo no dormir durante la noche... Pero ahora, voy a dormirme.

Cuando abrí los ojos Ethel ocupaba el asiento de adelante, junto a Ralph. Atravesábamos de nuevo la ciudad. Nos detuvimos en una calle muy iluminada. Bajamos.

En la acera, Leonor me presentó a Ethel. Una jovencita preciosa dueña de ese misterio de las embarazadas primerizas. No hablaba inglés, sonreía y hacía ademanes para comunicarse con nosotros. Entendí que me decía que debía acostarme. Dije que no. Que estaba bien. Mientras, Ralph estacionó el coche y volvió con nosotros.

Entramos al restorán y volví a la vida. Caminé tranquilo. Era de nuevo el señor que representaba con toda dignidad a su editorial en este Congreso Internacional. Pensé que al día siguiente, antes de las once, debía presentar mi identificación en las oficinas de la tal por cual compañía, para acreditar que yo representaba a la editorial tal por cual, y que sin duda encontraría al tal por cual de... Entonces me di cuenta de que era muy extraño que Leonor viniese a mi lado, pues ella debía quedarse porque los hijos... y estaba junto a mí. Nos acercamos a la mesa, donde el *máitre* nos esperaba con una amable mueca de bienvenida. Iba a decirle a Leonor: "No te lo imaginabas, ¿eh?" Volví la cara para verle los ojos, y otra vez me sentí desconcertado, como si yo no...

—¿Pasa algo, Jim? —preguntó ella.

—Nada... —respondí—. Nada. *Pasan* las cosas que deben pasarnos a *ti y a mí.* ¿O no?

—Como de costumbre. —Su voz fue seca, y eso me puso triste.

—Éste es un buen restorán —dijo Ralph. Ethel asintió repetidas veces, moviendo la cabeza, para suplir su imposibilidad de comunicación. Trataba de explicarnos otras cosas que Ralph acabó por traducirnos.

—Dice que si quieren droga, es fácil obtenerla aquí cerca. Y que aquí enfrente, donde se oía ruido, es un lugar de homosexuales y lesbianas. Que es muy alegre.

—Iremos después. —Dijo Leonor. Luego ellas fueron a la *toilette.*

Pedimos whisky. Ralph me dio amistosamente un par de palmadas en la mejilla para despertarme, y preguntó:

—¿Desde cuándo andan ustedes juntos?

—Desde hace un siglo —respondí.

—Pero usted no es tan... Quiero decir parece mucho más joven.

—Leonor y yo no tenemos edad.

Recuerdo en forma vaga que comí muy poco y bebí sin parar. Después fuimos al sitio de enfrente; luego exigí que fuéramos a ver una función de cine pornográfico; al salir, me empeñé en que recorriéramos la calle de las prostitutas. Y luego, otra vez por mi terquedad, fuimos a un bar lleno de gente. Música muy ruidosa. Mientras nos traían otras bebidas, me di cuenta de que el recorrido había sido estúpido. Que Leonor y yo no teníamos por qué perder el tiempo. Me atacó un temor: que alguien pudiera robármela. Que todo podía tener un final no deseado. La abracé, la contemplé. Era muy bella. Hasta ese momento me di cuenta de que Ethel y Ralph ya no estaban con nosotros.

—Vámonos mi amor. —Pagué la cuenta y salimos a la carrera—. Perdóname por esta estupidez de llevarte de un lado para otro.

Nos desvestimos con la naturalidad de costumbre, como siempre. Su conocido cuerpo se montó en el mío.

—Estás cansado. —Dijo.

—Me falta sueño. —Respondí.

—Pero esto está bien —dijo acomodándose— ...Jim, amor mío.

—Leonor...

Ella era cada vez más joven y hermosa y yo cada vez *más* Jim.

AMPARO DÁVILA
(Pinos, Zac., 1928)

La niña enfermiza y solitaria que fue Amparo Dávila, cuyo paisaje cotidiano era un pueblo minero abandonado —azotado por rachas heladas, medido por días cortos y noches interminables llenas de ruidos— pasó después a los colegios de monjas de San Luis' Potosí, donde empezó a leer y a escribir en desorden. Primero se sintió atraída por la poesía y más tarde encontró en el relato su natural manera de expresión. Sus dos libros de cuentos, concebidos y editados en la capital, son *Tiempo destrozado* (1959) y *Música concreta* (1964).

Aquellos primeros tiempos vividos en un ambiente misterioso y sin alegría, donde no se puede distinguir lo real y lo imaginario, han transmitido su calosfrío y su lento fatalismo a las evocaciones que forman el ambiente de los cuentos de Amparo Dávila. No es casual, entonces, que haya preferido el camino de la literatura fantástica, cerca de Arreola, Cortázar y Borges, que sus autores preferidos sean Kafka, Sartre, Camus... y que las referencias al amor frustrado, a la enajenación y a la muerte sean constantes.

La novedad que introduce Amparo Dávila es que parte generalmente de hechos comunes de la vida diaria y en ellos se detiene con morosidad intencionada, a la manera en que las novelas policiales preparan el escenario de un crimen donde todos los detalles pueden ser importantes. Esta situación sin relieve se ve alterada por sensaciones inexplicables, por hechos insólitos, por desenlaces imprevisibles que elevan la tensión del relato a niveles críticos de angustia.

A diferencia de la abundancia de datos que la autora ofrece para retratar a un personaje, su aspecto, sus costumbres, su trabajo, y el medio en el cual se mueve, los elementos perturbadores que dislocan el cuadro son tan ambiguos que nunca podrá saberse si son animales extraños, seres infrahumanos, almas en pena, la revelación corporeizada de sentimientos inconfesables o la voz de una conciencia todavía despierta.

"El huésped" es un algo siniestro, con grandes ojos redondos, que araña, golpea y grita. Acecha, entra y sale... "El espejo" refleja sombras encarceladas en el pasado que luchan por traspasar el tiempo. "Moisés y Gaspar" representan la herencia que un hombre deja a su hermano para encadenarlo de por vida: extrañas criaturas que exigen atención permanente, se adueñan de la voluntad y de la libertad de su tutor hasta la claudicación total. En "Música concreta" se asiste a la transformación de una mujer en sapo, apariencia con la que destruye la felicidad de una pareja. En "Arthur Smith", "Muerte en el bosque" y "Matilde Espejo" se pone de manifiesto el corto trecho que separa la cordura de la locura. En ese pequeño espacio un hombre metódico borra la experiencia de su madurez y se convierte en niño. Otro, por huir de su vida atestada de cosas inútiles y a la vez vacía de sentido, deserta de la mediocridad cortando sus amarras con la realidad —su única salida posible—, cuando decide convertirse en árbol y encontrar en el bosque, ¿qué? Y Matilde Espejo, bajo su irreprochable y fina apariencia esconde a una enferma criminal que ha asesinado a tres maridos y a otros parientes para quedarse con las herencias.

Podría decirse que en estos cuentos no existe la sorpresa al descubrir la anormalidad, el horror o la muerte, sino que el lugar de lo insólito está tan cerca que forma parte de la vida corriente, y sólo requiere de un detalle mínimo para hacerse consciente. Es como un estado peculiar desde el cual se pueden advertir el color de los pensamientos, los movimientos anímicos, la corriente interminable del tiempo donde el retorno del pasado y el espejismo del futuro se funden en el instante presente.

Alta cocina *

CUANDO OIGO la lluvia golpear en las ventanas vuelvo a escuchar sus gritos. Aquellos gritos que se me pegaban a la piel como si fueran ventosas. Subían de tono a medida que la olla se calentaba y el agua empezaba a hervir. También veo sus ojos, unas pequeñas cuentas negras que se les salían de las órbitas cuando se estaban cociendo.

Nacían en tiempo de lluvia en las huertas. Escondidos entre las hojas, adheridos a los tallos, o entre la hierba hú-

* Dávila, Amparo. *Tiempo destrozado*. Colección Letras Mexicanas. Fondo de Cultura Económica. México, 1959.

meda. De allí los arrancaban para venderlos, y los vendían bien caros. A tres por cinco centavos regularmente y, cuando había muchos, a quince centavos la docena.

En mi casa se compraban dos pesos cada semana, por ser el platillo obligado de los domingos y, con más frecuencia, si había invitados. Con este guiso mi familia agasajaba a las visitas distinguidas o a las muy apreciadas. "No se pueden comer mejor preparados en ningún otro sitio", solía decir mi madre, llena de orgullo, cuando elogiaban el platillo.

Recuerdo la sombría cocina y la olla donde los cocinaban, preparada y curtida por un viejo cocinero francés, la cuchara de madera muy oscurecida por el uso y a la cocinera, gorda, despiadada, implacable ante el dolor. Aquellos gritos desgarradores no la conmovían, seguía atizando el fogón, soplando las brasas como si nada pasara. Desde mi cuarto del desván los oía chillar. Siempre llovía. Sus gritos llegaban mezclados con el ruido de la lluvia. No morían pronto. Su agonía se prolongaba interminablemente. Yo pasaba todo ese tiempo encerrado en mi cuarto con la almohada sobre la cabeza, pero aún así los oía. Cuando despertaba, a medianoche, volvía a escucharlos. Nunca supe si aún estaban vivos, o si sus gritos se habían quedado dentro de mí, en mi cabeza, en mis oídos, fuera y dentro, martillando, desgarrando todo mi ser.

A veces veía cientos de pequeños ojos pegados al cristal goteante de las ventanas. Cientos de ojos redondos y negros. Ojos brillantes, húmedos de llanto, que imploraban misericordia. Pero no había misericordia en aquella casa. Nadie se conmovía ante aquella crueldad. Sus ojos y sus gritos me seguían y, me siguen aún, a todas partes.

Algunas veces me mandaron a comprarlos; yo siempre regresaba sin ellos, asegurando que no había encontrado nada. Un día sospecharon de mí y nunca más fui enviado. Iba entonces la cocinera. Ella regresaba con la cubeta llena, yo la miraba con el desprecio con que se puede mirar al más cruel verdugo, ella fruncía la chata nariz y resoplaba desdeñosa.

Su preparación resultaba ser una cosa muy complicada y tomaba tiempo. Primero los colocaba en un cajón con pasto y les daba una hierba rara que ellos comían, al parecer con mucho agrado, y que les servía de purgante. Allí pasaban un día. Al siguiente los bañaban cuidadosamente para no lastimarlos, los secaban y los metían en la olla llena de agua fría, hierbas de olor y especias, vinagre y sal.

Cuando el agua se iba calentando empezaban a chillar, a chillar, a chillar... Chillaban a veces como niños recién na-

cidos, como ratones aplastados, como murciélagos, como gatos
estrangulados, como mujeres histéricas...

Aquella vez, la última que estuve en mi casa, el banquete
fue largo y paladeado.

Moisés y Gaspar

EL TREN llegó cerca de las seis de la mañana de un día de
noviembre húmedo y frío. Y casi no se veía a causa de la
niebla. Llevaba yo el cuello del abrigo levantado y el som-
brero metido hasta las orejas; sin embargo, la niebla me
penetraba hasta los huesos. El departamento de Leónidas se
encontraba en un barrio alejado del centro, en el sexto piso
de un modesto edificio. Todo: escalera, pasillos, habitacio-
nes, estaba invadido por la niebla. Mientras subía creía que
iba llegando a la eternidad, a una eternidad de nieblas y
silencio. ¡Leónidas, hermano, ante la puerta de tu departamento me sentí morir de dolor! El año anterior había venido
a visitarte, en mis vacaciones de Navidad... "Cenaremos
pavo, relleno de aceitunas y castañas, espumoso italiano y
frutas secas", me dijiste, radiante de alegría. "¡Moisés, Gaspar,
estamos de fiesta!" Fueron días de fiesta todos. Bebimos mucho, platicamos de nuestros padres, de los pasteles de man-
zana, de las veladas junto al fuego, de la pipa del viejo, de
su mirada cabizbaja y ausente que no podríamos olvidar,
de los suéteres que mamá nos tejía para los inviernos, de
aquella tía materna que enterraba todo su dinero y se moría
de hambre, del profesor de matemáticas con sus cuellos muy
almidonados y sus corbatas de moño, de las muchachas de
la botica que llevábamos al cine los domingos, de aquellas
películas que nunca veíamos, de los pañuelos llenos de *lipstick*
que teníamos que tirar en algún basurero... En mi dolor
olvidé pedir a la portera que me abriera el departamento de
Leónidas. Tuve que despertarla; subió medio dormida, arrastrando los pies. Allí estaban Moisés y Gaspar, pero al verme
huyeron despavoridos. La mujer dijo que les había llevado
de comer, dos veces al día; sin embargo, ellos me parecieron
completamente trasijados.

—Fue horrible, señor Kraus, con estos ojos lo vi, aquí en
esta silla, como recostado sobre la mesa. Moisés y Gaspar
estaban echados a sus pies. Al principió creí que todos dor-
mían, ¡tan quietos estaban!, pero ya era muy tarde y el señor

Leónidas se levantaba temprano y salía a comprar la comida para Moisés y Gaspar. El comía en el centro, pero a ellos los dejaba siempre comidos; de pronto me di cuenta que...

Preparé un poco de café y esperé tranquilizarme lo suficiente para poder llegar hasta la agencia funeraria. ¡Leónidas, Leónidas, cómo era posible que tú, el vigoroso Leónidas estuvieras inmóvil en una fría gaveta del refrigerador...!

A las cuatro de la tarde fue el entierro. Llovía y el frío era intenso. Todo estaba gris, y sólo cortaban esa monotonía los paraguas y los sombreros negros; las gabardinas y los rostros se borraban entre la niebla y la lluvia. Asistieron bastantes personas al entierro, tal vez, los compañeros de trabajo de Leónidas y algunos amigos. Yo me movía en el más amargo de los sueños. Deseaba pasar de golpe a otro día, despertar sin aquel nudo en la garganta y aquel desgarramiento tan profundo que embotaba mi mente por completo. Un viejo sacerdote pronunció una oración y bendijo la sepultura. Después alguien, que no conocía, me ofreció un cigarrillo y me tomó del brazo con familiaridad, expresándome sus condolencias. Salimos del cementerio. Allí quedaba para siempre Leónidas.

Caminé solo, sin rumbo, bajo la lluvia persistente y monótona. Sin esperanza, mutilado del alma. Con Leónidas se había ido la única dicha, el único gran afecto que me ligaba a la tierra. Inseparables desde niños, la guerra nos alejó durante varios años. Encontrarnos, después de la lucha y la soledad, constituyó la mayor alegría de nuestra vida. Ya sólo quedábamos los dos; sin embargo, muy pronto nos dimos cuenta que debíamos vivir cada uno por su lado y así lo hicimos. Durante aquellos años habíamos adquirido costumbres propias, hábitos e independencia absoluta. Leónidas encontró un puesto de cajero en un banco; yo me empleé de contador en una compañía de seguros. Durante la semana, cada quien vivía dedicado a su trabajo o a su soledad; pero los domingos los pasábamos siempre juntos. ¡Eramos tan felices entonces! Puedo asegurar que los dos esperábamos la llegada de ese día.

Algún tiempo después trasladaron a Leónidas a otra ciudad. Pudo renunciar y buscarse otro trabajo. Él, sin embargo, aceptaba siempre las cosas con ejemplar serenidad, "es inútil resistirse, podemos dar mil vueltas y llegar siempre al punto de partida..." "Hemos sido muy felices, algo tenía que surgir, la felicidad cobra tributo..." Esta era la filosofía de Leónidas y la tomaba sin violencia ni rebeldía... "Hay cosas contra las que no se puede luchar, querido José..."

Leónidas partió. Durante algún tiempo fue demasiado duro soportar la ausencia; después comenzamos lentamente a organizar nuestra soledad. Una o dos veces por mes nos escribíamos. Pasaba mis vacaciones a su lado y él iba a verme en las suyas. Así transcurría nuestra vida...

Era de noche cuando volvía al departamento de Leónidas. El frío era más intenso y la lluvia seguía. Llevaba yo bajo el brazo una botella de ron, comprada en una tienda que encontré abierta. El departamento estaba completamente oscuro y congelado. Entré tropezando con todo, encendí la luz y conecté la calefacción. Destapé la botella nerviosamente, con manos temblorosas y torpes. Allí, en la mesa, en el último sitio que ocupó Leónidas, me senté a beber, a desahogar mi pena. Por lo menos estaba solo y no tenía que detener o disimular mi dolor ante nadie; podía llorar, gritar y... De pronto sentí unos ojos detrás de mí, salté de la silla y me di vuelta; ahí estaban Moisés y Gaspar. Me había olvidado por completo de su existencia, pero allí estaban mirándome fijamente, no sabría decir si con hostilidad o desconfianza, pero con mirada terrible. No supe qué decirles en aquel momento. Me sentía totalmente vacío y ausente, como fuera de mí, sin poder pensar en nada. Además, no sabía hasta qué punto entendían las cosas... Seguí bebiendo... Entonces me di cuenta de que los dos lloraban silenciosamente. Las lágrimas rodaban de sus ojos y caían al suelo, sin una mueca, sin un grito. Hacia la medianoche hice café y les preparé un poco de comida. No probaron bocado, seguían llorando desoladamente...

Leónidas había arreglado todas sus cosas. Quizá quemó sus papeles, pues no encontré uno solo en el departamento. Según supe, vendió los muebles pretextando un viaje; los iban a recoger al día siguiente. La ropa y demás objetos personales estaban cuidadosamente empacados en dos baúles con etiquetas a nombre mío. Los ahorros y el dinero que le pagaron por los muebles los había depositado en el banco, también a mi nombre. Todo estaba en orden. Sólo me dejó encomendados su entierro y la tutela de Moisés y de Gaspar.

Cerca de las cuatro de la mañana partimos para la estación del ferrocarril: nuestro tren salía a las cinco y cuarto. Moisés y Gaspar tuvieron que viajar, con grandes muestras de disgusto, en el carro de equipajes, pues por ningún precio fueron admitidos en los de pasajeros. ¡Qué penoso viaje! Yo estaba acabado física y moralmente. Llevaba cuatro días y cuatro noches sin dormir ni descansar, desde que llegó el telegrama con la noticia de la muerte de Leónidas. Traté de dormir durante el viaje; sólo a ratos lo conseguí. En las estaciones en que el tren se detenía más tiempo, iba a informarme cómo estaban Moisés y Gaspar y si querían comer algo. Su vista me hacía daño. Parecían recriminarme por su situación...

"Yo no tuve la culpa, ustedes lo saben" les repetía cada vez, pero ellos no podían o no querían entender. Me iba a resultar muy difícil vivir en su compañía, nunca me simpatizaron, me sentía incómodo en su presencia, como vigilado por ellos. ¡Qué desagradable fue encontrarlos en casa de Leónidas el verano anterior! Leónidas eludía mis preguntas acerca de ellos y me suplicaba en los mejores términos que los quisiera y soportara. "Son tan dignos de cariño estos infelices", me decía. Esta vez mis vacaciones fueron fatigosas y violentas, no obstante que el solo hecho de ver a Leónidas me llenaba de dicha. Él ya no fue más a verme, pues no podía dejar solos a Moisés y a Gaspar. Al año siguiente, la última vez que estuve con Leónidas, todo transcurrió con más normalidad. No me agradaban ni me agradarían nunca, pero no me causaban ya tanto malestar. Nunca supe cómo llegaron a vivir con Leónidas... Ahora estaban conmigo, por legado, por herencia de mi inolvidable Leónidas.

Después de las once de la noche llegamos a mi casa. El tren se había retrasado más de cuatro horas. Los tres estábamos realmente deshechos. Sólo pude ofrecer fruta y un poco de queso a Moisés y a Gaspar. Comieron sin entusiasmo, mirándome con recelo. Les tiré unas mantas en la estancia para que durmieran. Yo me encerré en mi cuarto y tomé un narcótico.

El día siguiente era domingo y eso me salvaba de ir a trabajar. Por otro lado no hubiera podido hacerlo. Tenía la intención de dormir hasta tarde; pero tan pronto como hubo luz, comencé a oír ruido. Eran ellos que ya se habían levantado y caminaban de un lado a otro del departamento. Llegaban hasta mi cuarto y se detenían pegándose a la puerta, como tratando de ver a través de la cerradura o, tal vez, sólo queriendo escuchar mi respiración para saber si aún dormía. Entonces recordé que Leónidas les daba el desayuno a las siete de la mañana. Tuve que levantarme y salir a buscarles comida.

¡Qué duros y difíciles fueron los días que siguieron a la llegada de Moisés y de Gaspar a mi casa! Yo acostumbraba levantarme un poco antes de las ocho, a prepararme un café y a salir para la oficina a las ocho y media, pues el autobús tardaba media hora en llegar y mi trabajo empezaba a las nueve. Con la llegada de Moisés y de Gaspar toda mi vida se desarregló. Tenía que levantarme a las seis para ir a comprar la leche y las demás provisiones; luego preparar el desayuno que tomaban a las siete en punto, según su costumbre. Si me demoraba, se enfurecían, lo cual me causaba miedo, por no saber hasta qué extremos podía llegar su cólera. Diariamente tenía que arreglar el departamento, pues desde que estaban ellos allí, todo se encontraba fuera de su lugar.

Pero lo que más me torturaba era su dolor desesperado. Aquel buscar a Leónidas y esperarlo acechando las puertas. A veces, cuando regresaba yo del trabajo, corrían a recibirme jubilosos; pero al descubrirme, ponían tal cara de desengaño y sufrimiento que yo rompía a llorar junto con ellos. Esto era lo único que compartíamos. Hubo días en que casi no se levantaban; se pasaban las horas tirados, sin ánimo ni interés por nada. Me hubiera gustado saber qué pensaban entonces. En realidad nada les expliqué cuando fui a recogerlos. No sé si Leónidas les había dicho algo, o si ellos lo sabían. . .

Hacía cerca de un mes que Moisés y Gaspar vivían conmigo cuando advertí el grave problema que iban a constituir en mi vida. Tenía, desde varios años atrás, una relación amorosa con la cajera de un restaurante donde acostumbraba comer. Nuestra amistad empezó de una manera sencilla, pues yo no era del tipo de hombre que corteja a una mujer. Yo necesitaba simplemente una mujer y Susy solucionó este problema. Al principio sólo nos veíamos de tiempo en tiempo. A veces pasaba un mes o dos, en que únicamente nos saludábamos en el restaurante, con una inclinación de cabeza, como simples conocidos. Yo vivía tranquilo por algún tiempo, sin pensar en ella, pero de pronto reaparecían en mí viejos y conocidos síntomas de nerviosidad, cóleras repentinas y melancolía. Entonces buscaba a Susy y todo volvía a su estado normal. Después y casi por costumbre, las visitas de Susy ocurrían una vez por semana. Cuando iba a pagar la cuenta de la comida, le decía: "Esta noche, Susy." Si ella estaba libre, pues tenía otros compromisos, me contestaba, "Será esta noche" o bien, "esta noche no, mañana si está usted de acuerdo." Los demás compromisos de Susy no me inquietaban: nada debía uno al otro ni nada nos pertenecía totalmente. Susy, entrada en años y en carnes, distaba mucho de ser una belleza; sin embargo, olía bien y usaba siempre ropa interior de seda con encajes, lo cual influía notablemente en mi ánimo. Jamás he recordado uno solo de sus vestidos, pero sí sus combinaciones ligeras. Nunca hablábamos al hacer el amor; parecía que los dos estábamos muy dentro de nosotros mismos. Al despedirse le daba algún dinero, "es usted muy generoso", decía satisfecha; pero fuera de este acostumbrado obsequio, nunca me pedía nada. La muerte de Leónidas interrumpió nuestra rutinaria relación. Pasó más de un mes antes de que buscara a Susy. Había vivido todo ese tiempo entregado al dolor más desesperado, sólo compartido con Moisés y Gaspar, tan extraños a mí como yo a ellos. Esa noche esperé a Susy en la esquina del restaurante, según costumbre, y subimos al departamento. Todo lo que sucedió fue tan rápido que me costó trabajo entenderlo. Cuando Susy iba a entrar al dormitorio descubrió a Moisés y a Gaspar que estaban arrinconados y temerosos detrás del sofá. Susy palideció de tal modo que creí que iba a desmayarse, después gritó como una loca y se precipitó escaleras abajo. Corrí tras ella y fue muy difícil calmarla. Después de aquel infortunado accidente, Susy no volvió más a mi departamento. Cuando quería verla, era preciso alquilar una habitación en cualquier hotel, lo cual desnivelaba mi presupuesto y me molestaba.

Este incidente con Susy fue sólo el principio de una serie de calamidades...

—Señor Kraus —me dijo un día el portero del edificio—, todos los inquilinos han venido a quejarse por el insoportable ruido que se origina en su departamento tan pronto como sale usted para la oficina. Le suplico ponga remedio, pues hay personas como la señorita X, el señor A, que trabajan de noche y necesitan dormir durante el día.

Aquello me desconcertó y no supe qué pensar. Agobiados como estaban Moisés y Gaspar, por la pérdida de su amo, vivían silenciosos. Por lo menos así estaban mientras yo permanecía en el departamento. Como los veía tan desmejorados y decaídos no les dije nada; me parecía cruel; además, yo no tenía pruebas contra ellos...

—Me apena volver con el mismo asunto, pero la cosa es ya insoportable —me dijo a los pocos días el portero—; tan pronto sale usted, comienzan a aventar al suelo los trastos de la cocina, tiran las sillas, mueven las camas y todos los muebles. Y los gritos, los gritos, señor Kraus, son espantosos; no podemos más, y esto dura todo el día hasta que usted regresa.

Decidí investigar. Pedí permiso en la oficina para salir un rato. Llegué al mediodía. El portero y todos tenían razón. El edificio parecía venirse abajo con el ruido tan insoportable que salía de mi departamento. Abrí la puerta, Moisés estaba parado sobre la estufa y desde allí bombardeaba con cacerolas a Gaspar, quien corría para librarse de los proyectiles gritando y riéndose como loco. Tan entusiasmados estaban en su juego que no se dieron cuenta de mi presencia. Las sillas estaban tiradas, las almohadas botadas sobre la mesa, en el piso... Cuando me vieron quedaron como paralizados.

—Es increíble lo que veo, —les grité encolerizado—. He recibido las quejas de todos los vecinos y me negué a creerlos. Son ustedes unos ingratos. Pagan mal mi hospitalidad y no conservan ningún recuerdo de su amo. Su muerte es cosa pasada, tan lejana que ya no les duele, sólo el juego les importa. ¡Pequeños malvados, pequeños ingratos...!

Cuando terminé, me di cuenta de que estaban tirados en el suelo deshechos en llanto. Así los dejé y regresé a la oficina. Me sentí mal durante todo el día. Cuando volví por la tarde, la casa estaba en orden y ellos refugiados en el closet. Experimenté entonces terribles remordimientos, sentí que había sido demasiado cruel con aquellos pobres seres. Tal vez, pensaba, no saben que Leónidas jamás volverá, tal vez creen que sólo ha salido de viaje y que un día regresará y, a medida que su esperanza aumenta, su dolor disminuye. Yo he destruido su única alegría... Pero mis remordimientos terminaron pronto; al día siguiente supe que todo había sucedido de la misma manera; el ruido, los gritos...

Entonces me pidieron el departamento por orden judicial y empezó aquel ir de un lado a otro. Un mes aquí, otro allá, otro... Aquella noche yo me sentía terriblemente cansado y deprimido por la serie de calamidades que me agobiaban. Teníamos un pequeño departamento que se componía de una reducida estancia, la cocina, el baño y una recámara. Decidí acostarme. Cuando entré en el cuarto, vi que ellos estaban dormidos en mi cama. Entonces recordé... La última vez que visité a Leónidas, la misma noche de mi llegada, me di cuenta que mi hermano estaba improvisando dos camas en la estancia... "Moisés y Gaspar duermen en la recámara, tendremos que acomodarnos aquí", me dijo Leónidas bastante cohibido. Yo no entendía entonces cómo era posible que Leónidas hiciera la voluntad de aquellos miserables. Ahora lo sabía... Desde ese día ocuparon mi cama, yo no pude hacer nada para evitarlo.

Nunca tuve intimidad con los vecinos por parecerme muy fatigoso. Prefería mi soledad, mi independencia; sin embargo, nos saludábamos al encontrarnos en la escalera, en los pasillos, en la calle... Con la llegada de Moisés y de Gaspar las cosas cambiaron. En todos los departamentos que en tan corto tiempo recorrimos, los vecinos me cobraron un odio feroz. Llegó un momento en que tenía yo miedo de entrar en el edificio o salir de mi departamento. Cuando regresaba tarde por la noche, después de haber estado con Susy, temía ser agredido. Oía las puertas que se abrían cuando pasaba, o pisadas detrás de mí, furtivas, silenciosas, alguna respiración... Cuando por fin entraba en mi departamento lo hacía bañado en sudor frío y temblando de pies a cabeza.

Al poco tiempo tuve que abandonar mi empleo, temía que si los dejaba solos podían matarlos. ¡Había tanto odio en los ojos de todos! Resultaba fácil forzar la puerta del departamento o, tal vez, el mismo portero les podría abrir; él también los odiaba. Dejé el trabajo y sólo me quedaron, como fuente de ingresos, los libros que acostumbraba llevar en casa, pequeñas cuentas que me dejaban una cantidad mínima, con la cual no podía vivir. Salía muy temprano, casi oscuro, a comprar los alimentos que yo mismo preparaba. No volvía a la calle sino cuando iba a entregar o a recoger algún libro, y esto, de prisa, casi corriendo, para no tardar. No volví a ver a Susy por falta de dinero y de tiempo. Yo no podía dejarlos solos ni de día ni de noche y ella jamás accedería a volver al departamento. Comencé a gastar poco a poco mis ahorros; después el dinero que Leónidas me legó. Lo que ganaba era una miseria, no alcanzaba ni para comer, menos aún para mudarse constantemente de un lado a otro. Entonces tomé la decisión de partir.

Con el dinero que aún me quedaba compré una pequeña y vieja finca que encontré fuera de la ciudad y unos cuantos e indispensables muebles. Era una casa aislada y semiderruida. Allí viviríamos los tres, lejos de todos, pero a salvo de las acechanzas, estrechamente unidos por un lazo invisible, por un odio desencadenado y frío y por un designio indescifrable.

Todo está listo para la partida, todo, o más bien lo poco que hay que llevar. Moisés y Gaspar esperan también el momento de la marcha. Lo sé por su nerviosidad. Creo que están satisfechos. Les brillan los ojos. ¡Si pudiera saber lo que piensan...! Pero no, me asusta la posibilidad de hundirme en el sombrío misterio de su ser. Se me acercan silenciosamente, como tratando de olfatear mi estado de ánimo o, tal vez, queriendo conocer mi pensamiento. Pero yo sé que ellos lo sienten, deben sentirlo por el júbilo que muestran, por el aire de triunfo que los invade cuando yo anhelo su destrucción. Y ellos saben que no puedo, que nunca podré llevar a cabo mi más ardiente deseo. Por eso gozan... ¡Cuántas veces los habría matado si hubiera estado en libertad de hacerlo! ¡Leónidas, Leónidas, ni siquiera puedo juzgar tu decisión! Me querías, sin duda, como yo te quise, pero con tu muerte y tu legado has deshecho mi vida. No quiero pensar ni creer que me condenaste fríamente o que decidiste mi ruina. No, sé que es algo más fuerte que nosotros. No te culpo. Leónidas: si lo hiciste fue porque así tenía que ser... "Podríamos haber dado mil vueltas y llegar siempre al punto de partida..."

INÉS ARREDONDO
(Culiacán, Sin., 1928)

Inés Arredondo reúne en *La señal* (1965), catorce cuentos. Ella tuvo la suerte de elegir su nombre, su infancia y su mundo literario. Sus relatos están ubicados en el cálido ambiente de huertas y pájaros de la hacienda Eldorado, entre el mar y la margen norte del río San Lorenzo. A un paso se tienden playas suaves, en el interior de la casa se agrandan los patios, la vida pasa entre las tareas cotidianas, el sopor de la siesta y la inquietud nocturna. En este marco se asoman rostros femeninos de variadas edades, características y situaciones, prontos a revelar su secreto. En todos los casos el sentimiento amoroso ha dejado su huella: la mayoría de las veces la marca del fracaso. Con dolorosa paciencia Inés Arredondo espera "cazar la señal" para reconstruir los hechos que den sustancia verdadera a esas vidas, para fijarlas en su total dimensión y fulgor instantáneo por medio del arte literario, conservando, sobre todo, "la inexplicable ambigüedad de la existencia".

La tarea de la autora consiste entonces en reconstruir las sensaciones físicas producto del deslumbramiento del amor; describir el halo impalpable que comunica dos cuerpos; acechar el chispazo de un presentimiento que en una mirada se adueña de la voluntad y vacía el pensamiento; señalar las verdades ásperas por las cuales el deseo tropieza y se encarniza con sus víctimas.

Parejas que se encuentran, se pierden o se intercambian. Parejas felices, desconcertantes, monstruosas, imposibles. Evas, serpientes, Sunamitas, Yocastas, desterradas todas y ajenas, viven el drama eterno de los celos, el desamor, la ausencia, la confusión, el asco. Bajo una superficie de silenciosa obediencia, resignación, mentira, crepita el fuego, ruge la lujuria, crece la culpa, se ahonda la soledad, se esparce la ceniza.

"La Sunamita" es ya un cuento clásico. Tiene como punto de partida el conocido episodio bíblico del *Libro de los reyes* que se refiere a la hermosa joven que calentaba la vejez del Rey David "pasmado de frío", y le servía... Luisa llega a la casa de su infancia, la de su tío Apolonio, apremiada por la noticia de su muerte inminente. Entre la esperanza remota de alivio y los síntomas fatales, se prolonga la espera. Con el pretexto de heredar una fortuna, presionada por los consejos de parientes y amigos, acepta casarse con el viejo.

Pero el enfermo se reanima bajo el poder de la lujuria. Ante el dilema que se ha convertido en problema moral, Luisa no puede resistir mucho y se pliega a las circunstancias. Finalmente Apolonio muere en paz. La imagen de aquella muchacha que llegó altiva, sosteniendo las miradas encendidas de los hombres, en medio de un verano ardiente, es otra. Consumida por aquella misma llama implacable, se siente sucia, despojada, porque "ahora la vileza y la malicia brillan en los ojos de los hombres que me miran y yo me siento ocasión de pecado para todos..."

La Sunamita *

> Y buscaron una moza hermosa por todo el término de Israel, y hallaron a Abisag Sunamita, y trajéronla al rey.
> Y la moza era hermosa, la cual calentaba al rey, y le servía: mas el rey nunca la conoció.
>
> *Reyes*, I, 3-4

AQUÉL FUE un verano abrasador. El último de mi juventud. Tensa, concentrada en el desafío que precede a la combustión, la ciudad ardía en una sola llama reseca y deslumbrante. En el centro de la llama estaba yo, vestida de negro, orgullosa, alimentando el fuego con mis cabellos rubios, sola. Las miradas de los hombres resbalaban por mi cuerpo sin mancharlo y mi altivo recato obligaba al saludo deferente. Estaba segura de tener el poder de domeñar las pasiones, de purificarlo todo en el aire encendido que me cercaba y no me consumía.

Nada cambió cuando recibí el telegrama; la tristeza que me trajo no afectaba en absoluto la manera de sentirme en el mundo: mi tío Apolonio se moría a los setenta y tantos años de edad; quería verme por última vez puesto que yo había vivido en su casa como una hija durante mucho tiempo, y yo sentía un sincero dolor ante aquella muerte inevitable.

* Arredondo, Inés. *La señal*. Colección Alacena. Editorial Era. México, 1965.

Todo esto era perfectamente normal, y ningún estremecimiento, ningún augurio me hizo sospechar nada. Hice los rápidos preparativos para el viaje en aquel mismo centro intocable en que me envolvía el verano estático.

Llegué al pueblo a la hora de la siesta.

Caminando por las calles solitarias con mi pequeño veliz en la mano, fui cayendo en el entresueño privado de realidad y de tiempo que da el calor excesivo. No, no recordaba, vivía a medias, como entonces: "Mira, Licha, están floreciendo las amapas." La voz clara, casi infantil. "Para el dieciséis quiero que te hagas un vestido como el de Margarita Ibarra." La oía, la sentía caminar a mi lado, un poco encorvada, ligera a pesar de su gordura, alegre y vieja; yo seguía adelante con los ojos entrecerrados, atesorando mi vaga, tierna angustia, dulcemente sometida a la compañía de mi tía Panchita, la hermana de mi madre. —"Bueno, hija, si Pepe no te gusta... pero no es un mal muchacho."— Sí, había dicho eso justamente aquí, frente a la ventana de la Tichi Valenzuela, con aquel gozo suyo, inocente y maligno. Caminé un poco más, nublados ya los ladrillos de la acera, y cuando las campanadas resonaron pesadas y reales, dando por terminada la siesta y llamando al rosario, abrí los ojos y miré verdaderamente el pueblo: era otro, las amapas no habían florecido y yo estaba llorando, con mi vestido de luto, delante de la casa de mi tío.

El zaguán se encontraba abierto, como siempre, y en el fondo del patio estaba la bugambilia. Como siempre. Pero no igual. Me sequé las lágrimas y no sentí que llegaba, sino que me despedía. Las cosas aparecían inmóviles, como en el recuerdo, y el calor y el silencio lo marchitaban todo. Mis pasos resonaron desconocidos, y María salió a mi encuentro.

—¿Por qué no avisaste? Hubiéramos mandado...

Fuimos directamente a la habitación del enfermo. Al entrar casi sentí frío. El silencio y la penumbra precedían a la muerte.

—Luisa, ¿eres tú?

Aquella voz cariñosa se iba haciendo queda y pronto enmudecería del todo.

—Aquí estoy, tío.

—Bendito sea Dios, ya no me moriré solo.

—No diga eso, pronto se va a aliviar.

Sonrió tristemente; sabía que le estaba mintiendo, pero no quería hacerme llorar.

—Sí, hija, sí. Ahora descansa, toma posesión de la casa y luego ven a acompañarme. Voy a tratar de dormir un poco.

Más pequeño que antes, enjuto, sin dientes, perdido en la cama enorme y sobrenadando sin sentido en lo poco que le quedaba de vida, atormentaba como algo superfluo, fuera de lugar, igual que tantos moribundos. Esto se hacía evidente al salir del corredor caldeado y respirar hondamente, por instinto, la luz y el aire.

Comencé a cuidarlo y a sentirme contenta de hacerlo. La casa era *mi* casa y muchas mañanas al arreglarla tarareaba olvidadas canciones. La calma que me rodeaba venía tal vez de que mi tío ya no esperaba la muerte como una cosa inminente y terrible, sino que se abandonaba a los días, a un futuro más o menos corto o largo, con una dulzura inconsciente de niño. Repasaba con gusto su vida y se complacía en la ilusión de dejar en mí sus imágenes, como hacen los abuelos con sus nietos.

—Tráeme el cofrecito ese que hay en el ropero grande. Sí, ése. La llave está debajo de la carpeta, junto a San Antonio, tráela también.

Y revivían sus ojos hundidos a la vista de sus tesoros.

—Mira, este collar se lo regalé a tu tía cuando cumplimos diez años de casados, lo compré en Mazatlán a un joyero polaco que me contó no sé qué cuentos de princesas austriacas y me lo vendió bien caro. Lo traje escondido en la funda de mi pistola y no dormí un minuto en la diligencia por miedo a que me lo robaran...

La luz del sol poniente hizo centellear las piedras jóvenes y vivas en sus manos esclerosadas.

—...este anillo de montura tan antigua era de mi madre, fíjate bien en la miniatura que hay en la sala y verás que lo tiene puesto. La prima Begoña murmuraba a sus espaldas que un novio...

Volvían a hablar, a respirar aquellas señoras de los retratos a quienes él había visto, tocado. Yo las imaginaba, y me parecía entender el sentido de las alhajas de familia.

—¿Te he contado de cuando fuimos a Europa en 1908, antes de la Revolución? Había que ir en barco a Colima... y en Venecia tu tía Panchita se encaprichó con estos aretes. Eran demasiado caros y se lo dije: "Son para una reina"... Al día siguiente se los compré. Tú no te lo puedes imaginar porque cuando naciste ya hacía mucho de esto, pero entonces, en 1908, cuando estuvimos en Venecia, tu tía era tan joven, tan...

—Tío, se fatiga demasiado, descanse.

—Tienes razón, estoy cansado. Déjame solo un rato y llévate el cofre a tu cuarto, es tuyo.

—Pero tío...

—Todo es tuyo, ¡y se acabó!... Regalo lo que me da la gana.

Su voz se quebró en un sollozo terrible: la ilusión se desvanecía, y se encontraba de nuevo a punto de morir, en el momento de despedirse de sus cosas más queridas. Se dio vuelta en la cama y me dejó con la caja en las manos sin saber qué hacer.

Otras veces me hablaba del "año del hambre", del "año del maíz amarillo", de la peste, y me contaba historias muy antiguas de asesinos y aparecidos. Alguna vez hasta canturreó un corrido de su juventud que se hizo pedazos en su voz cascada. Pero me iba heredando su vida, estaba contento. El médico decía que sí, que veía una mejoría, pero no había que hacerse ilusiones, no tenía remedio, todo era cuestión de días más o menos.

Una tarde oscurecida por nubarrones amenazantes, cuando estaba recogiendo la ropa tendida en el patio, oí el grito de María. Me quedé quieta, escuchando aquel grito como un trueno, el primero de la tormenta. Después el silencio, y yo sola en el patio, inmóvil. Una abeja pasó zumbando y la lluvia no se desencadenó. Nadie sabe como yo lo terrible que son los presagios que se quedan suspensos sobre una cabeza vuelta al cielo.

—Lichita, ¡se muere!, ¡está boqueando!

—Vete a buscar al médico... ¡No! Iré yo... llama a doña Clara para que te acompañe mientras vuelvo.

—Y el padre... Tráete al padre.

Salí corriendo, huyendo de aquel momento insoportable, de aquella inminencia sorda y asfixiante. Fui, vine, regresé a la casa, serví café, recibí a los parientes que empezaron a llegar ya medio vestidos de luto, encargué velas, pedí reliquias, continué huyendo enloquecida para no cumplir con el único deber que en ese momento tenía: estar junto a mi tío. Interrogué al médico: le había puesto una inyección por no dejar, todo era inútil ya. Vi llegar al señor cura con el Viático, pero ni entonces tuve fuerzas para entrar. Sabía que después tendría remordimientos. —*Bendito sea Dios, ya no me moriré solo*—, pero no podía. Me tapé la cara con las manos y empecé a rezar.

Vino el señor cura y me tocó en el hombro. Creí que todo había terminado y un escalofrío me recorrió la espalda.

—Te llama. Entra.

No sé cómo llegué hasta el umbral. Era ya de noche y la habitación iluminada por una lámpara veladora parecía enorme. Los muebles, agigantados, sombríos, y un aire extraño estancado en torno a la cama. La piel se me erizó, por los poros respiraba el horror a todo aquello, a la muerte.

—Acércate —dijo el sacerdote.

Obedecí yendo hasta los pies de la cama, sin atreverme a mirar ni las sábanas.

—Es la voluntad de tu tío, si no tienes algo que oponer, casarse contigo *in articulo mortis*, con la intención de que heredes sus bienes. ¿Aceptas?

Ahogué un grito de terror. Abrí los ojos como para abarcar todo el espanto que aquel cuarto encerraba. "¿Por qué me quiere arrastrar a la tumba?"... Sentí que la muerte rozaba mi propia carne.

—Luisa...

Era don Apolonio. Tuve que mirarlo: casi no podía articular las sílabas, tenía la quijada caída y hablaba moviéndola como un muñeco de ventrílocuo.

—...por favor.

Y calló, extenuado.

No podía más. Salí de la habitación. Aquél no era mi tío, no se le parecía... Heredarme, sí, pero no los bienes solamente, las historias, la vida... Yo no quería nada, su vida, su muerte. No quería. Cuando abrí los ojos estaba en el patio y el cielo seguía encapotado. Respiré profundamente, dolorosamente.

—¿Ya?... —Se acercaron a preguntarme los parientes, al verme tan descompuesta.

Yo moví la cabeza, negando. A mi espalda habló el sacerdote.

—Don Apolonio quiere casarse con ella en el último momento, para heredarla.

—¿Y tú no quieres? —preguntó ansiosamente la vieja criada. No seas tonta, sólo tú te lo mereces. Fuiste una hija para ellos y te has matado cuidándolo. Si no te casas, los sobrinos de México no te van a dar nada. ¡No seas tonta!

—Es una delicadeza de su parte...

—Y luego te quedas viuda y rica y tan virgen como ahora —rio nerviosamente una prima jovencilla y pizpireta.

—La fortuna es considerable, y yo, como tío lejano tuyo, te aconsejaría que...

—Pensándolo bien, el no aceptar es una falta de caridad y de humildad.

"Eso es verdad, eso sí que es verdad." No quería darle un último gusto al viejo, un gusto que después de todo debía agradecer, porque mi cuerpo joven, del que en el fondo estaba tan satisfecha, no tuviera ninguna clase de vínculos con la muerte. Me vinieron náuseas y fue el último pensamiento claro que tuve esa noche. Desperté como de un sopor hipnótico cuando me obligaron a tomar la mano cubierta de sudor frío. Me vino otra arcada, pero dije "Sí".

Recordaba vagamente que me habían cercado todo el tiempo, que todos hablaban a la vez, que me llevaban, me traían, me hacían firmar, y responder. La sensación que de esa noche me quedó para siempre fue la de una maléfica ronda que giraba vertiginosamente en torno mío y reía, grotesca, cantando

Yo soy la viudita que manda la ley

y yo en medio era una esclava. Sufría y no podía levantar la cara al cielo.

Cuando me di cuenta, todo había pasado, y en mi mano brillaba el anillo torzal que vi tantas veces en el anular de mi tía Panchita: no había habido tiempo para otra cosa.

Todos empezaron a irse.

—Si me necesita, llámeme. Déle mientras tanto las gotas cada seis horas.

—Que Dios te bendiga y te dé fuerzas.

—Feliz noche de bodas —susurró a mi oído con una risita mezquina la prima jovencita.

Volví junto al enfermo. "Nada ha cambiado, nada ha cambiado". Por lo menos mi miedo no había cambiado. Convencí a María de que se quedara conmigo a velar a don Apolonio, y sólo recobré el control de mis nervios cuando vi que amanecía. Había empezado a llover, pero sin rayos, sin tormenta, quedamente.

Continuó lloviznando todo el día, y el otro, y el otro aún. Cuatro días de agonía. No teníamos apenas más visitas que las del médico y el señor cura; en días así nadie sale de su casa, todos se recogen y esperan a que la vida vuelva a comenzar. Son días espirituales, casi sagrados.

Si cuando menos el enfermo hubiera necesitado muchos cuidados mis horas hubieran sido menos largas, pero lo que se podía hacer por aquel cuerpo aletargado era bien poco.

La cuarta noche María se acostó en una pieza próxima y me quedé a solas con el moribundo. Oía la lluvia monótona y rezaba sin conciencia de lo que decía, adormilada y sin miedo, esperando. Los dedos se me fueron aquietando, poniendo morosos sobre las cuentas del rosario, y al acariciarlas sentía que por las yemas me entraba ese calor ajeno y propio que vamos dejando en las cosas y que nos es devuelto transformado: compañero, hermano que nos anticipa la dulce tibieza *del otro*, desconocida y sabida, nunca sentida y que habita en la medula de nuestros huesos. Suavemente, con delicia, distendidos los nervios, liviana la carne, fui cayendo en el sueño.

Debo haber dormido muchas horas: era la madrugada cuando desperté; me di cuenta porque las luces estaban apagadas y la planta eléctrica deja de funcionar a las dos de la mañana. La habitación, apenas iluminada por la lámpara de aceite que ardía sobre la cómoda a los pies de la Virgen, me recordó la noche de la boda, de *mi* boda... Hacía mucho tiempo de eso, una eternidad vacía.

Desde el fondo de la penumbra llegó hasta mí la respiración fatigosa y quebrada de don Apolonio. Ahí estaba todavía, pero no él, el despojo persistente e incomprensible que se obstinaba a seguir aquí sin finalidad, sin motivo aparente alguno. La muerte da miedo, pero la vida mezclada, imbuida en la muerte, da un horror que tiene muy poco que ver con la muerte y con la vida. El silencio, la corrupción, el hedor, la deformación monstruosa, la desaparición final, eso es doloroso, pero llega a un clímax y luego va cediendo, se va diluyendo en la tierra, en el recuerdo, en la historia. Y esto no, el pacto terrible entre la vida y la muerte que se manifestaba en ese estertor inútil, podía continuar eternamente. Lo oía raspar la garganta insensible y se me ocurrió que no era aire lo que entraba en aquel cuerpo, o más bien que no era un cuerpo humano el que lo aspiraba y lo expelía; se trataba de una máquina que resoplaba y hacía pausas caprichosas por juego, para matar el tiempo sin fin. No había allí un ser humano, alguien jugaba con aquel ronquido. Y el horror contra el que nada pude me conquistó: empecé a respirar al ritmo entrecortado de los estertores, respirar, cortar de pronto, ahogarme, respirar, ahogarme... sin poderme ya detener, hasta que me di cuenta de que me había engañado en cuanto al sentido que tenía el juego, porque lo que en realidad sentía era el sufrimiento y la asfixia de un moribundo. De todos modos, seguí, seguí, hasta que no quedó más que un solo respirar, un solo aliento inhumano, una sola agonía. Me sentí más tranquila, aterrada pero tranquila: había quitado la barrera, podía abandonarme simplemente y esperar el final común. Me pareció que con mi abandono, con mi alianza incondicional, *aquello* se resolvería con rapidez, no podría continuar, habría cumplido su finalidad y su búsqueda persistente en el vacío.

Ni una despedida, ni un destello de piedad hacia mí. Continué el juego mortal largamente, desde un lugar donde el tiempo no importaba ya.

La respiración común se fue haciendo más regular, más calmada, aunque también más débil. Me pareció regresar. Pero estaba tan cansada que no podía moverme, sentía el letargo definitivamente anidado dentro de mi cuerpo. Abrí los ojos. Todo estaba igual.

No. Lejos, en la sombra, hay una rosa; sola, única y viva. Está ahí, recortada, nítida, con sus pétalos carnosos y leves, resplandeciente. Es una presencia hermosa y simple. La miro y mi mano se mueve y recuerdo su contacto y la acción sencilla de ponerla en el vaso. La miré entonces, ahora la conozco. Me muevo un poco, parpadeo, y ella sigue ahí, plena, igual a sí misma.

Respiro libremente, con mi propia respiración. Rezo, recuerdo, dormito, y la rosa intacta monta la guardia de la luz y del secreto. La muerte y la esperanza se transforman.

Pero ahora comienza a amanecer y en el cielo limpio veo, ¡al fin!, que los días de lluvia han terminado. Me quedo largo rato contemplando por la ventana cómo cambia todo al nacer el sol. Un rayo poderoso entra y la agonía me parece una mentira; un gozo injustificado me llena los pulmones y sin querer sonrío. Me vuelvo a la rosa como a una cómplice, pero no la encuentro: el sol la ha marchitado.

Volvieron los días luminosos, el calor enervante; las gentes trabajaban, cantaban, pero don Apolonio no se moría, antes bien parecía mejorar. Yo lo seguía cuidando, pero ya sin alegría, con los ojos bajos y descargando en el esmero por servirlo toda mi abnegación remordida y exacerbada: lo que deseaba, ya con toda claridad, era que aquello terminara pronto, que se muriera de una vez. El miedo, el horror que me producían su vista, su contacto, su voz, eran injustificados, porque el lazo que nos unía no era real, no podía serlo, y sin embargo yo lo sentía sobre mí como un peso, y a fuerza de bondad y de remordimiento quería desembarazarme de él.

Sí, don Apolonio mejoraba a ojos vistas. Hasta el médico estaba sorprendido, no podía explicarlo.

Precisamente la mañana en que lo senté por primera vez recargado sobre los almohadones sorprendí aquella mirada en los ojos de mi tío. Hacía un calor sofocante y lo había tenido que levantar casi en vilo. Cuando lo dejé acomodado me di cuenta: el viejo estaba mirando con una fijeza estrábica mi pecho jadeante, el rostro descompuesto y las manos temblorosas inconscientemente tendidas hacia mí. Me retiré instintivamente, desviando la cabeza.

—Por favor, entrecierra los postigos, hace demasiado calor.

Su cuerpo casi muerto se calentaba.

—Ven aquí, Luisa. Siéntate a mi lado. Ven.

—Sí, tío —me senté encogida a los pies de la cama, sin mirarlo.

—No me llames tío, dime Polo, después de todo ahora somos más cercanos parientes—. Había un dejo burlón en el tono con que lo dijo.

—Sí, tío.

—Polo, Polo —su voz era otra vez dulce y tersa—. Tendrás que perdonarme muchas cosas; soy viejo y estoy enfermo, y un hombre así es como un niño.

—Sí.

—A ver, dí "Sí, Polo".

—Sí, Polo.

Aquel nombre pronunciado por mis labios me parecía una aberración, me producía una repugnancia invencible.

Y Polo mejoró, pero se tornó irritable y quisquilloso. Yo me daba cuenta de que luchaba por volver a ser el que había sido; pero no, el que resucitaba no era él mismo, era otro.

—Luisa, tráeme... Luisa, dame... Luisa, arréglame las almohadas... dame agua... acomódame esta pierna...

Me quería todo el día rodeándolo, alejándome, acercándome, tocándolo. Y aquella mirada fija y aquella cara descompuesta del primer día reaparecían cada vez con mayor frecuencia, se iban superponiendo a sus facciones como una máscara.

—Recoge el libro. Se me cayó debajo de la cama, de este lado.

Me arrodillé y metí la cabeza y casi todo el torso debajo de la cama, pero tenía que alargar lo más posible el brazo para alcanzarlo. Primero me pareció que había sido mi propio movimiento, o quizá el roce de la ropa, pero ya con el libro cogido y cuando me reacomodaba para salir, me quedé inmóvil, anonadada por aquello que había presentido, esperado: el desencadenamiento, el grito, el trueno. Una rabia nunca sentida me estremeció cuando pude creer que era verdad aquello que estaba sucediendo, y que aprovechándose de mi asombro su mano temblona se hacía más segura y más pesada y se recreaba, se aventuraba ya sin freno palpando y recorriendo mis caderas; una mano descarnada que se pegaba a mi carne y la estrujaba con deleite, una mano muerta que buscaba impaciente el hueco entre mis piernas, una mano sola, sin cuerpo.

Me levanté lo más rápidamente que pude, con la cara ardiéndome de coraje y vergüenza, pero al enfrentarme a él me olvide de mí y entré como una autómata en la pesadilla: se reía quedito, con su boca sin dientes. Y luego, poniéndose serio de golpe, con una frialdad que me dejó aterrada:

—¡Qué! ¿No eres mi mujer ante Dios y ante los hombres? Ven, tengo frío, caliéntame la cama. Pero quítate el vestido, lo vas a arrugar.

Lo que siguió ya sé que es mi historia, mi vida, pero apenas lo puedo recordar como un sueño repugnante, no sé siquiera si muy corto o muy largo. Hubo una sola idea que me sostuvo durante los primeros tiempos: "Esto no puede continuar, no puede continuar". Creí que Dios no podría permitir aquello, que lo impediría de alguna manera. Él, personalmente. Antes tan temida, ahora la muerte me parecía la única salvación. No la de Apolonio, no, él era un demonio de la muerte, sino la mía, la justa y necesaria muerte para mi carne corrompida. Pero nada sucedió. Todo continuó suspendido en el tiempo, sin futuro posible. Entonces, una mañana, sin equipaje, me marché.

Resultó inútil. Tres días después me avisaron que mi marido se estaba muriendo y me llamaba. Fui a ver al confesor y le conté mi historia.

—Lo que lo hace vivir es la lujuria, el más horrible pecado. Eso no es la vida, padre, es la muerte, ¡déjelo morir!

—Moriría en la desesperación. No puede ser.

—¿Y yo?

—Comprendo, pero si no vas será un asesinato. Procura no dar ocasión, encomiéndate a la Virgen, y piensa que tus deberes...

Regresé. Y el pecado lo volvió a sacar de la tumba. Luchando, luchando sin tregua, pude vencer al cabo de los años, vencer mi odio, y al final, muy al final, también vencí a la bestia: Apolonio murió tranquilo, dulce, él mismo.

Pero yo no pude volver a la que fui. Ahora la vileza y la malicia brillan en los ojos de los hombres que me miran y yo me siento ocasión de pecado para todos, peor que la más abyecta de las prostitutas. Sola, pecadora, consumida totalmente por la llama implacable que nos envuelve a todos los que, como hormigas, habitamos este verano cruel que no termina nunca.

CARLOS FUENTES

(México, D. F., 1929)

Junto con los grandes narradores latinoamericanos de la hora, Carlos Fuentes ha contribuido a que se conozca y reconozca la calidad literaria y la fuerza innovadora de las producciones novelescas de Cortázar, Vargas Llosa, García Márquez, Onetti, Rulfo y otros. Todos ellos son profesionales de las letras; abundan las traducciones de sus obras, así como los comentarios y estudios en su derredor, realizados por nacionales y extranjeros. Este fenómeno muestra el lugar de privilegio que ocupa en estas tierras la literatura escrita por "los nuestros" y el interés que ha despertado en otros medios su particular manera de concebir la realidad.

Juan José Arreola, estimulador de los escritores jóvenes, fue el editor de "Los presentes". En esta serie de libritos apareció, con el número tres, la primera obra de Fuentes, una colección de cuentos: *Los días enmascarados* (1954). Pero su verdadera revelación como escritor la consigue cuatro años después con su novela *La región más transparente*. Desde entonces hasta la reciente *Terra nostra* (1975), cada uno de los nuevos escritos de Fuentes ha despertado opiniones contradictorias e interés permanente. Trabajador, concienzudo, creador inagotable, crítico sagaz, ha reunido en poco más de veinte años de labor, una obra amplia, variada, sorprendente, insólita, audaz. El mundo de Fuentes ya no es ancho ni ajeno. Él se ha propuesto caminar todos los caminos, acercarse a los mitos, hacer suyos el pasado remoto y el pasado inmediato, manejar sus símbolos y entrar en contacto con la "segunda realidad".

Cada creación de Fuentes representa una experiencia vital y un experimento técnico; una revisión constante de actitudes que evolucionan y por tanto se rectifican, se complementan o se contradicen. Manuel Durán considera que el arte de Fuentes es producto de tres factores: su voluntad de estilo —el deseo de dominar su lenguaje—; su fantasía poética, y su experiencia humana y literaria. En sus reflexiones sobre la novela hispanoamericana Fuentes discurre acerca de la necesidad que el creador actual tiene de inventar un lenguaje, lo que significa decir "todo lo que la historia ha callado" y darle también la pluralidad, la impertinencia, la nerviosidad, el desorden, la inestabilidad, el humor que lo identifica y justifica con el momento presente.

El *Laberinto de la soledad* (1950), de Octavio Paz, resume, ordena, analiza y amplía las teorías acerca del ser mexicano que expusieron Samuel Ramos, Rodolfo Usigli y posteriormente el grupo de "jóvenes filósofos" llamado Hyperión. Este libro pone en crisis los falsos valores atribuidos al mexicano y exhibe con extraordinaria penetración los orígenes de las expresiones, actitudes y preferencias que lo singularizan. En lo que se refiere a sus modos de expresión, Paz afirma que el mexicano es un ser que cuando se expresa se oculta; "sus palabras y gestos son casi siempre máscaras". Éste es un país —dice— "que se ha hecho contra su pasado, contra dos localismos, dos inercias y dos casticismos; el indio y el español". Tal parece que Fuentes, apoyado en las tesis de Octavio Paz, ha emprendido una larga discusión acerca de lo que implica estar arraigado en un terreno sin firmeza, rastreando su propia idendad, en permanente conflicto con prejuicios, prohibiciones y barreras, abrumado por las tensiones de la vida moderna en una gran ciudad. Ciudad grande en la que el hombre es víctima de la intolerancia, el anonimiato y en consecuencia de la soledad. Ha buscado otra verdad en la vida provinciana, en el tiempo de la niñez perdida; otro rostro en el pasado revolucionario; alguna evidencia más en la frivolidad del *jet-set;* otra imagen diferente sobre el puente tendido entre el pasado prehispánico y el momento actual y, finalmente, ha querido alcanzar la síntesis total, creativa y crítica de nuestra tradición cultural. Dos Passos, Faulkner, D. H. Lawrence y Huxley ayudaron a Fuentes a encontrar su camino, pero él se mueve en un dilatado marco cultural no sólo como lector minucioso, sino como conocedor directo de varias lenguas y países y como escritor relacionado con otros escritores que participan de inquietudes semejantes a las suyas.

Aunque Carlos Fuentes haya hecho incursiones en casi todos los géneros literarios y sea un excelente ensayista, cuentista afortunado, guionista sin éxito, dramaturgo entusiasta, es la novela el campo en que más ha descollado. La amplitud de su facultad creadora, su necesidad de experimentación constante, su impaciencia por rebasar obstáculos, por despreocuparse de los golpes prohibidos si hay que dar la batalla en un gimnasio y por tratar de ser el solista en un concierto sinfónico, así lo demuestran. Por esa habilidad que ha afinado al inventar en cada caso un estilo que refleje la realidad que descubre —persiguiendo una determinada intención—, que traduzca lo que piensan y sienten los personajes mejor que reproducir lo que dicen; por ese rechazo a la retórica y a la solemnidad; por ese descontento al contemplar un mundo mutilado por falsedades, la palabra es en sus manos arma o torrente. Hiere, ultraja, arrastra y limpia. Fuentes no disimula el origen de sus recursos expresivos; todos pueden ser suyos en el momento en que los necesita.

Tan importantes como sus novelas más reconocidas: *La región más transparente, Aura, La muerte de Artemio Cruz, Cambio de piel, Terra nostra*, son sus dos libros de cuentos: *Los días enmascarados* y *Cantar de ciegos*. Fuentes piensa como Cortázar que un cuento debe crear su universo propio y hacer que lo increíble se haga aceptable. Y a fe que lo logra en estas dos colecciones entre las que median diez años de distancia. En el primer libro, según testimonio del autor, están ya presentes temas que han de ser constantes en sus obras posteriores, principalmente "la ciudad de México —tan misteriosa y en algunos sentidos tan abominable— y la realidad social del país. Uno y otro temas están allí enfrentados a las supervivencias del México antiguo". Pero es importante consignar que también ahí está la fórmula literaria que le parece más consecuente con su intento de expresarse mediante un "realismo que sólo puede ser comprensible y totalizante a través de símbolos", o sea el del realismo simbólico.

En algún sentido "La casa tomada" de Cortázar y el Chac-Mool de Fuentes se asemejan en la descripción de angustia de quien siente que momento a momento algo o alguien está apoderándose de su vida privada, de su libertad; y que fatalmente acabará por desplazarlo. El ingrediente novedoso en Fuentes es que la presencia extraña, la deidad de la lluvia —aparentemente una réplica "razonable" del Chac-Mool— va sufriendo ciertos cambios de textura y color que denotan que algo misterioso ocurre. En efecto, la transformación se realiza. Y mientras el Chac-Mool convertido en un indio amarillo y extravagante se adueña de la situación, Filiberto incapaz de resistir la disminución progresiva de su seguridad, huye y muere. El manejo de los planos de realidad y fantasía conserva el equilibrio necesario para mantener el interés de la historia, pero no se puede pasar por alto el simbolismo que encierra: en México los antiguos dioses indígenas no han muerto del todo. Reviven en ciertos ritos, en muchas creencias y en actitudes y comportamientos que nos son peculiares.

"Tlactocatzine, del jardín de Flandes" crea, desde el presente, una atmósfera irreal en una mansión de Puente de Alvarado donde la sombra de la Emperatriz Carlota en sus últimos años de vejez y locura, continúa aferrada a la ilusión de su amor, recogiendo en el jardín húmedo, rocío y tréboles. Este mismo ambiente de fantasía e irrealidad, de personajes imaginarios que pertenecen al pasado y se desdoblan en el presente e influyen en él, reelaborado y enriquecido aparece en *Aura*, una de las novelas de Fuentes que ha recibido elogiosos comentarios por su aliento lírico, por su ritmo cinematográfico, por la fusión de elementos opuestos, porque en su brevedad, como en el caso de "Tlactocatzine...", está dicho lo necesario y sugerido un mundo de leyenda, de historia y de nostalgia.

Cantar de ciegos es la prueba de que el escritor mejor dotado se perfecciona y renueva en el ejercicio constante. Después de una experiencia muy fructífera en el terreno de la novela, vuelve Fuentes al cuento para aplicar, con el rigor que el género reclama, novedosos tratamientos a los asuntos que le preocupan. Se ha empeñado en demostrar que en las obras de creación, la fotografía congela, paraliza e invalida la dinámica y la libertad que caracterizan al impulso creador. Y que el propósito del artista es entregar una literatura viva, plural y ambigua.

Vistos con cierta distancia, como lo ha podido lograr Fuentes, los mexicanos tienen un aire de personajes caricaturescos. A menudo por su falsa actitud intelectual propensa a la imitación del desparpajo y la libertad de moda, como en el caso de Elena la joven, o en el de Isabel, la de "A la víbora..." tan insegura, tan desvalida en un mundo ajeno. Tan necesitada de afecto que a la primera muestra de interés, aunque éste sea fingido, se entrega con todo y los ahorros de toda su vida en brazos de un vividor. Ciega por terror a lo desconocido, incapaz de valerse, incapaz de comunicarse en su inglés trabajoso, no mira lo obvio y resulta ofendida y frustrada.

Tanto en el tratamiento de la frivolidad como en el de la inseguridad, estos dos cuentos presentan finales de notable virtuosismo y de fría crueldad que cierran una situación pero abren una inquietud.

Por la hendidura de un recuerdo que evoca una infancia compartida y feliz, el protagonista de "Muñeca reina" pretende rescatar el pasado y con él a su amiga de años atrás. Sus pesquisas lo llevan a comprobar que si bien el recuerdo había embellecido el pasado, el presente resultaba de una monstruosidad que él no hubiera podido siquiera imaginar. En "Vieja moralidad" un adolescente cuenta sus experiencias durante el tiempo que vivió en casa de su abuelo, un viejo pícaro y sensual que no esconde sus debilidades ni su gozosa intención de extraer a sus últimos años la miel que puedan darle. La decisión de sus tías de arrancarlo de esa vida inmoral, lo sepulta en la casa de la tía Benedicta, en Morelia, veinte años más vieja que él, pero que tiene la carne blanca y suave. La pista "en bruto" que da el relato sin adornos ni reflexiones por boca de un muchacho aparentemente ingenuo, adquiere un sentido que fija la intención de Fuentes en las falsas apariencias y en la hipocresía.

Cantar de ciegos expone irregularidades y deformaciones de la convivencia como parte consustancial de la rutina diaria. Pero el hecho de que se den en nuestro medio les añade un matiz peculiar por la insuperada tendencia a simular, enmascarar, ocultar las verdades.

La evidencia expresada con frialdad de tal comportamiento, en el presente ya inadmisible, nos mantiene disminuidos, ciegos, ineptos para resolver el enigma de nuestra identidad y las disyuntivas de supervivencia que el mundo de hoy propone en un contexto universal, fuera de los límites que nos han marcado nuestras aisladas provincias latinoamericanas.

Las dos Elenas *

A José Luis Cuevas

—No sé de dónde le salen esas ideas a Elena. Ella no fue educada de ese modo. Y usted tampoco, Víctor. Pero el hecho es que el matrimonio la ha cambiado. Sí, no cabe duda. Creí que le iba a dar un ataque a mi marido. Esas ideas no se pueden defender, y menos a la hora de la cena. Mi hija sabe muy bien que su padre necesita comer en paz, si no, en seguida le sube la presión. Se lo ha dicho el médico. Y después de todo, este médico sabe lo que dice. Por algo cobra a doscientos pesos la consulta. Yo le ruego que hable con Elena. A mí no me hace caso. Dígale que le soportamos todo. Que no nos importa que desatienda su hogar por aprender francés. Que no nos importa que vaya a ver esas películas rarísimas a unos antros llenos de melenudos. Que no nos importan esas medias rojas de payaso. Pero que a la hora de la cena no le diga a su padre que una mujer puede vivir con dos hombres para complementarse... Víctor, por su propio bien usted debe sacarle esas ideas de la cabeza a su mujer.

Desde que vio *Jules et Jim* en un cine-club, Elena tuvo el duende de llevar la batalla a la cena dominical con sus padres —la única reunión obligatoria de la familia—. Al salir del cine, tomamos el MG y nos fuimos a cenar al Coyote Flaco en Coyoacán. Elena se veía, como siempre, muy bella con el suéter negro y la falda de cuero y las medias que no le gustan a su mamá. Además, se había colgado una cadena de oro de la cual pendía un tallado en jadeíta que, según un amigo antropólogo, describe al príncipe Uno Muerte de los

* Fuentes, Carlos. *Cantar de ciegos*. Serie del Volador. Editorial Joaquín Mortiz. México, 1964.

mixtecas. Elena, que es siempre tan alegre y despreocupada, se veía, esa noche, intensa: los colores se le habían subido a las mejillas y apenas saludó a los amigos que generalmente hacen tertulia en ese restaurante un tanto gótico. Le pregunté qué deseaba ordenar y no me contestó; en vez, tomó mi puño y me miró fijamente. Yo ordené dos pepitos con ajo mientras Elena agitaba su cabellera rosa pálido y se acariciaba el cuello:

—Víctor, nibelungo, por primera vez me doy cuenta que ustedes tienen razón en ser misóginos y que nosotras nacimos para que nos detesten. Ya no voy a fingir más. He descubierto que la misoginia es la condición del amor. Ya sé que estoy equivocada, pero mientras más necesidades exprese, más me vas a odiar y más me vas a tratar de satisfacer. Víctor, nibelungo, tienes que comprarme un traje de marinero antiguo como el que saca Jeanne Moreau.

Yo le dije que me parecía perfecto, con tal de que lo siguiera esperando todo de mí. Elena me acarició la mano y sonrió.

—Ya sé que no terminas de liberarte, mi amor. Pero ten fe. Cuando acabes de darme todo lo que yo te pida, tú mismo rogarás que otro hombre comparta nuestras vidas. Tú mismo pedirás ser Jules. Tú mismo pedirás que Jim viva con nosotros y soporte el peso. ¿No lo dijo el Güerito? Amémonos los unos a los otros, cómo no.

Pensé que Elena podría tener razón en el futuro; sabía después de cuatro años de matrimonio que al lado suyo todas las reglas morales aprendidas desde la niñez tendían a desvanecerse naturalmente. Eso he amado siempre en ella: su naturalidad. Nunca niega una regla para imponer otra, sino para abrir una especie de puerta, como aquellas de los cuentos infantiles, donde cada hoja ilustrada contiene el anuncio de un jardín, una cueva, un mar a los que se llega por la apertura secreta de la página anterior.

—No quiero tener hijos antes de seis años —dijo una noche, recostada sobre mis piernas, en el salón oscuro de nuestra casa, mientras escuchábamos discos de Cannonball Adderley; y en la misma casa de Coyoacán que hemos decorado con estofados policromos y máscaras coloniales de ojos hipnóticos: —Tú nunca vas a misa y nadie dice nada. Yo tampoco iré y que digan lo que quieran; y en el altillo que nos sirve de recámara y que en las mañanas claras recibe la luz de los volcanes: —Voy a tomar el café con Alejandro hoy. Es un gran dibujante y se cohibiría si tú estuvieras presente y yo necesito que me explique a solas algunas cosas; y mientras me sigue por los tablones que comunican los pisos inacabados del conjunto de casas que construyó en el Desierto de los Leones: —Me voy diez días a viajar en tren por la República; y al tomar un café apresurado en el Tirol a media tarde, mientras muevo los dedos en señal de saludo a los amigos que pasan por la calle de Hamburgo: —Gracias por llevarme a conocer el burdel, nibelungo. Me pareció como de tiempos de Toulouse-Lautrec, tan inocente como un cuento de Maupassant. ¿Ya ves? Ahora averigüé que el pecado y la depravación no están allí, sino en otra parte; y después de una exhibición privada de *El ángel exterminador:* —Víctor, lo moral es todo lo que da vida y lo inmoral todo lo que quita vida, ¿verdad que sí?

Y ahora lo repitió, con un pedazo de sandwich en la boca: —¿Verdad que tengo razón? Si un *ménage á trois* nos da vida y alegría y nos hace mejores en nuestras relaciones personales entre tres de lo que éramos en la relación entre dos, ¿verdad que eso es moral?

Asentí mientras comía, escuchando el chisporroteo de la carne que se asaba a lo largo de la alta parrilla. Varios amigos cuidaban de que sus rebanadas estuvieran al punto que deseaban y luego vinieron a sentarse con nosotros y Elena volvió a reir y a ser la de siempre. Tuve la mala idea de recorrer los rostros de nuestros amigos con la mirada e imaginar a cada uno instalado en mi casa, dándole a Elena la porción de sentimiento, estímulo, pasión o inteligencia que yo, agotado en mis límites, fuese incapaz de obsequiarle. Mientras observaba este rostro agudamente dispuesto a escuchar (y yo a veces me canso de oírla), ése amablemente ofrecido a colmar las lagunas de los razonamientos (y yo prefiero que su conversación carezca de lógica o de consecuencias); aquél más inclinado a formular preguntas precisas y, según él, reveladoras (y yo nunca uso la palabra, sino el gesto o la telepatía para poner a Elena en movimiento), me consolaba diciéndome que, al cabo, lo poco que podrían darle se lo darían a partir de cierto extremo de mi vida con ella, como un postre, un cordial, un añadido. Aquél, el del peinado a lo Ringo Starr, le preguntó precisa y reveladoramente por qué seguía siéndome fiel y Elena le contestó que la infidelidad era hoy una regla, igual que la comunión todos los viernes antes, y lo dejó de mirar. Ése, el del cuello de tortuga negro, interpretó la respuesta de Elena añadiendo que, sin duda, mi mujer quería decir que ahora la fidelidad volvía a ser la actitud rebelde. Y éste, el del perfecto saco eduardiano, sólo invitó con la mirada intensamente oblicua a que Elena hablara más: él sería el perfecto auditor. Elena levantó los brazos y pidió un café express al mozo.

Caminamos tomados de la mano por las calles empedradas de Coyoacán, bajo los fresnos, experimentando el contraste del día caluroso que se prendía a nuestras ropas y la noche húmeda que, después del aguacero de la tarde, sacaba brillo a nuestros ojos y color a nuestras mejillas. Nos gusta caminar, en silencio, cabizbajos y tomados de la mano, por las viejas calles que han sido, desde el principio, un punto de encuentro de nuestras comunes inclinaciones a la asimilación. Creo que de esto nunca hemos hablado Elena y yo. Ni hace falta. Lo cierto es que nos da placer hacernos de cosas viejas, como si las rescatáramos de algún olvido doloroso o al tocarlas les diéramos nueva vida o al buscarles el sitio, la luz y el ambiente adecuados en la casa, en realidad nos estuviéramos defendiendo contra un olvido semejante en el futuro. Queda esa manija con fauces de león que encontramos en una hacienda de Los Altos y que acariciamos al abrir el zaguán de la casa, a sabiendas de que cada caricia la desgasta; queda la cruz de piedra en el jardín, iluminada por una luz amarilla, que representa cuatro ríos convergentes de corazones arrancados, quizás, por las mismas manos que después tallaron la piedra, y quedan los caballos negros de algún carrusel hace tiempo desmontado, así como los mascarones de proa de bergantines que yacerán en el fondo del mar, si no muestran su esqueleto de madera en alguna playa de cacatúas solemnes y tortugas agonizantes.

Elena se quita el suéter y enciende la chimenea, mientras yo busco los discos de Cannonball, sirvo dos copas de ajenjo y me recuesto a esperarla sobre el tapete. Elena fuma con la cabeza sobre mis piernas y los dos escuchamos el lento saxo del Hermano Lateef, a quien conocimos en el Gold Bug de Nueva York con su figura de brujo congolés vestido por Disraeli, sus ojos dormidos y gruesos como dos boas africanas, su barbilla de Svengali segregado y sus labios morados unidos al saxo que enmudece al negro para hacerlo hablar con una elocuencia tan ajena a su seguramente ronco tartamudeo de la vida diaria, y las notas lentas, de una plañidera afirmación, que nunca alcanzan a decir todo lo que quieren porque sólo son, de principio a fin, una búsqueda y una aproximación llenas de un extraño pudor, le dan un gusto y una dirección a nuestro tacto, que comienza a reproducir el sentido del instrumento de Lateef: puro anuncio, puro preludio, pura limitación a los goces preliminares que, por ello, se convierten en el acto mismo.

—Lo que están haciendo los negros americanos es voltearle el chirrión por el palito a los blancos —dice Elena cuando tomamos nuestros consabidos lugares en la enorme mesa chippendale del comedor de sus padres—. El amor, la música, la vitalidad de los negros obligan a los blancos a justificarse. Fíjense que ahora los blancos persiguen físicamente a los negros porque al fin se han dado cuenta de que los negros los persiguen psicológicamente a ellos.

—Pues yo doy gracias de que aquí no haya negros —dice el padre de Elena al servirse la sopa de poro y papa que le ofrece, en una humeante sopera de porcelana, el mozo indígena que de día riega los jardines de la casota de las Lomas.

—Pero eso qué tiene que ver, papá. Es como si los esquimales dieran gracias por no ser mexicanos. Cada quien es lo que es y ya. Lo interesante es ver qué pasa cuando entramos en contacto con alguien que nos pone en duda y sin embargo sabemos que nos hace falta. Y que nos hace falta porque nos niega.

—Anda, come. Estas conversaciones se vuelven más idiotas cada domingo. Lo único que sé es que tú no te casaste con un negro, ¿verdad? Higinio, traiga las enchiladas.

Don José nos observa a Elena, y a mí y a su esposa con aire de triunfo, y doña Elena madre, para salvar la conversación languideciente, relata sus actividades de la semana pasada, yo observo el mobiliario de brocado color palo-derosa, los jarrones chinos, las cortinas de gasa y las alfombras de piel de vicuña de esta casa rectilínea detrás de cuyos enormes ventanales se agitan los eucaliptos de la barranca. Don José sonríe cuando Higinio le sirve las enchiladas copeteadas de crema y sus ojillos verdes se llenan de una satisfacción casi patriótica, la misma que he visto en ellos cuando el Presidente agita la bandera el 15 de septiembre, aunque no la misma —mucho más húmeda— que los enternece cuando se sienta a fumar un puro frente a su sinfonola privada y escucha boleros. Mis ojos se detienen en la mano pálida de doña Elena, que juega con el migajón de bolillo y recuenta, con fatiga, todas las ocupaciones que la mantuvieron activa desde la última vez que nos vimos. Escucho de lejos esa catarata de idas y venidas, juegos de canasta, visitas al dispensario de niños pobres, novenarios, bailes de caridad, búsqueda de cortinas nuevas, pleitos con las criadas, largos telefonazos con los amigos, suspiradas visitas a curas, bebés, modistas, médicos, relojeros, pasteleros, ebanistas y enmarcadores. He detenido la mirada en sus dedos pálidos, largos y acariciantes, que hacen pelotitas con la migaja.

—...les dije que nunca más vinieran a pedirme dinero a mí, porque yo no manejo nada. Que yo los enviaría con gusto a la oficina de tu padre y que allí la secretaria los atendería...

...la muñeca delgadísima, de movimientos lánguidos, y la pulsera con medallones del Cristo del Cubilete, el Año Santo en Roma y la visita del Presidente Kennedy, realzados en cobre y en oro, que chocan entre sí mientras doña Elena juega con el migajón...

—...bastante hace una con darles su apoyo moral, ¿no te parece? Te busqué el jueves para ir juntas a ver el estreno del *Diana*. Hasta mandé al chofer desde temprano a hacer cola, ya ves qué colas hay el día del estreno...

...y el brazo lleno, de piel muy transparente, con las venas trazadas como un segundo esqueleto, de vidrio, dibujado detrás de la tersura blanca.

—...invité a tu prima Sandrita y fui a buscarla con el coche pero nos entretuvimos con el niño recién nacido. Está precioso. Ella está muy sentida porque ni siquiera has llamado a felicitarla. Un telefonazo no te costaría nada, Elenita...

...y el escote negro abierto sobre los senos altos y apretados como un nuevo animal capturado en un nuevo continente...

—...después de todo, somos de la familia. No puedes negar tu sangre. Quisiera que tú y Víctor fueran al bautizo. Es el sábado entrante. La ayudé a escoger los ceniceritos que van a regalarles a los invitados. Vieras que se nos fue el tiempo platicando y los boletos se quedaron sin usar.

Levanté la mirada. Doña Elena me miraba. Bajó en seguida los párpados y dijo que tomaríamos el café en la sala.

Don José se excusó y se fue a la biblioteca, donde tiene esa rocola eléctrica que toca sus discos favoritos a cambio de un falso veinte introducido por la ranura. Nos sentamos a tomar el café y a lo lejos el *jukebox* emitió un glu-glu y empezó a tocar *Nosotros* mientras doña Elena encendía el aparato de televisión, pero dejándolo sin sonido, como lo indicó llevándose un dedo a los labios. Vimos pasar las imágenes mudas de un programa de tesoro escondido, en el que un solemne maestro de ceremonias guiaba a los cinco concursantes —dos jovencitas nerviosas y risueñas peinadas como colmenas, un ama de casa muy modosa y dos hombres morenos, maduros y melancólicos— hacia el cheque escondido en el apretado estudio repleto de jarrones, libros de cartón y cajitas de música.

Elena sonrió, sentada junto a mí en la penumbra de esa sala de pisos de mármol y alcatraces de plástico. No sé de dónde sacó ese apodo ni qué tiene que ver conmigo, pero ahora empezó a hacer juegos de palabras con él mientras me acariciaba la mano:

—Nibelungo. Ni Ve Lungo. Nibble Hongo. Niebla lunga.

Los personajes grises, rayados, ondulantes buscaban su tesoro ante nuestra vista y Elena, acurrucada, dejó caer los zapatos sobre la alfombra y bostezó mientras doña Elena me miraba, interrogante, aprovechada de la oscuridad, con esos ojos negros muy abiertos y rodeados de ojeras profundas. Cruzó una pierna y se arregló la falda sobre las rodillas. Desde la biblioteca nos llegaban los murmullos del bolero; nosotros, que tanto nos quisimos y quizás, algún gruñido del sopor digestivo de don José.

Doña Elena dejó de mirarme para fijar sus grandes ojos· negros en los eucaliptos agitados detrás del ventanal. Seguí su nueva mirada. Elena bostezaba y ronroneaba, recostada sobre mis rodillas. Le acaricié la nuca. A nuestras espaldas, la barranca que cruza como una herida salvaje las Lomas de Chapultepec parecía guardar un fondo de luz secretamente subrayado por la noche móvil que doblaba la espina de los árboles y despeinaba sus cabelleras pálidas.

—¿Recuerdas Veracruz? —dijo, sonriendo, la madre a la hija; pero doña Elena me miraba a mí. Elena asintió con un murmullo, adormilada sobre mis piernas, y yo contesté:

—Sí. Hemos ido muchas veces juntos.

—¿Le gusta? —doña Elena alargó la mano y la dejó caer sobre el regazo.

—Mucho —le dije—. Dicen que es la última ciudad mediterránea. Me gusta la comida. Me gusta la gente. Me gusta sentarme horas en los portales y comer molletes y tomar café.

—Yo soy de allí —dijo la señora; por primera vez noté sus hoyuelos.

—Sí. Ya lo sé.

—Pero hasta he perdido el acento —rio, mostrando las encías—. Me casé de veintidós años. Y en cuanto vive una en México pierde el acento jarocho. Usted ya me conoció, pues, madurita.

—Todos dicen que usted y Elena parecen hermanas.

Los labios eran delgados pero agresivos: —No. Es que ahora recordaba las noches de tormenta en el Golfo. Como que el sol no quiere perderse, ¿sabe usted?, y se mezcla con la tormenta y todo queda bañado por una luz muy verde, muy pálida, y una se sofoca detrás de los batientes esperando que pase el agua. La lluvia no refresca en el trópico. No más hace más calor. Y no sé por qué los criados tenían que cerrar los batientes cada vez que venía una tormenta. Tan bonito que hubiera sido dejarla pasar con las ventanas muy abiertas.

Encendí un cigarrillo: —Sí, se levantan olores muy espesos. La tierra se desprende de sus perfumes de tabaco, de café, de pulpa...

—También las recámaras.

Doña Elena cerró los ojos.

—¿Cómo?

—Entonces no había closets. —Se pasó la mano por las ligeras arrugas cercanas a los ojos—. En cada cuarto había un ropero y las criadas tenían la costumbre de colocar hojas de laurel y orégano entre la ropa. Además, el sol nunca secaba bien algunos rincones. Olía a moho, ¿cómo le diré?, a musgo...

—Sí, me imagino. Yo nunca he vivido en el trópico. ¿Lo echa usted de menos?

Y ahora se frotó las muñecas, una contra otra, y mostró las venas saltonas de las manos: —A veces. Me cuesta trabajo acordarme. Figúrese, me casé de dieciocho años y ya me consideraban quedada.

—¿Y todo esto se lo recordó esa extraña luz que ha permanecido en el fondo de la barranca?

La mujer se levantó —Sí. Son los *spots* que José mandó poner la semana pasada. Se ven bonitos, ¿no es cierto?

—Creo que Elena se ha dormido.

Le hice cosquillas en la nariz y Elena despertó y regresamos en el MG a Coyoacán.

—Perdona esas latas de los domingos —dijo Elena cuando yo salía a la obra la mañana siguiente—. Qué remedio. Alguna liga debía quedarnos con la familia y la vida burguesa, aunque sea por necesidad de contraste.

—¿Qué vas a hacer hoy? —le pregunté mientras enrollaba mis planos y tomaba mi portafolios.

Elena mordió un higo y se cruzó de brazos y le sacó la lengua a un cristo bizco que encontramos una vez en Guanajuato. —Voy a pintar toda la mañana. Luego voy a comer con Alejandro para mostrarle mis últimas cosas. En su estudio. Sí, ya lo terminó. Aquí en el Olivar de los Padres. En la tarde iré a la clase de francés. Quizás me tome un café y luego te espero en el cine-club. Dan un western mitológico: *High Noon*. Mañana quedé en verme con esos chicos negros.

Son de los Black Muslims y estoy temblando por saber qué piensan en realidad. ¿Te das cuenta que sólo sabemos de eso por los periódicos? ¿Tú has hablado alguna vez con un negro norteamericano, nibelungo? Mañana en la tarde no te atrevas a molestarme. Me voy a encerrar a leerme Nerval de cabo a rabo. Ni crea Juan que vuelve a apantallarme con el soleil noir de la mélancolie y llamándose a sí mismo el viudo y el desconocido. Ya lo caché y le voy a dar un baño mañana en la noche. Sí, va a "tirar" una fiesta de disfraces. Tenemos que ir vestidos de murales mexicanos. Más vale asimilar eso de una vez. Cómprame unos alcatraces, Víctor nibelunguito, y si quieres vístete del cruel conquistador Alvarado que marcaba con hierros candentes a las indias antes de poseerlas. —Oh Sade, where is thy whip? Ah, y el miércoles toca Miles Davies en Bellas Artes. Es un poco passé, pero de todos modos me alborota el hormonamen. Compra boletos.. Chao, amor.

Me besó la nuca y no pude abrazarla por los rollos de proyectos que traía entre manos, pero arranqué en el auto con el aroma del higo en el cuello y la imagen de Elena con mi camisa puesta, desabotonada y amarrada a la altura del ombligo y sus estrechos pantalones de torero y los pies descalzos, disponiéndose a... ¿iba a leer un poema o a pintar un cuadro? Pensé que pronto tendríamos que salir juntos de viaje. Eso nos acercaba más que nada. Llegué al periférico. No sé por qué, en vez de cruzar el puente de Altavista hacia el Desierto de los Leones, entré al anillo y aceleré. Sí, a veces lo hago. Quiero estar solo y correr y reírme cuando alguien me la refresca. Y, quizás, guardar durante media hora la imagen de Elena al despedirme, su naturalidad, su piel dorada, sus ojos verdes, sus infinitos proyectos, y pensar que soy muy feliz a su lado, que nadie puede ser más feliz al lado de una mujer tan vivaz, tan moderna, que... que me... que me complementa tanto.

Paso al lado de una fundidora de vidrio, de una iglesia barroca, de una montaña rusa, de un bosque de ahuehuetes. ¿Dónde he escuchado esa palabrita? Complementar. Giro alrededor de la fuente de Petróleos y subo por el Paseo de la Reforma. Todos los automóviles descienden al centro de la ciudad, que reverbera al fondo detrás de un velo impalpable y sofocante. Yo asciendo a las Lomas de Chapultepec, donde a estas horas sólo quedan los criados y las señoras, donde los maridos se han ido al trabajo y los niños a la escuela y seguramente mi otra Elena, mi complemento, debe esperar en su cama tibia con los ojos negros y ojerosos muy azorados y la carne blanca y madura y honda y perfumada, como la ropa en los bargueños tropicales.

La muñeca reina

A María Pilar y José Donoso

VINE PORQUE aquella tarjeta, tan curiosa, me hizo recordar su existencia. La encontré en un libro olvidado cuyas páginas habían reproducido un espectro de la caligrafía infantil. Estaba acomodando, después de mucho tiempo de no hacerlo, mis libros. Iba de sorpresa en sorpresa, pues algunos, colocados en las estanterías más altas, no fueron leídos durante mucho tiempo. Tanto, que el filo de las hojas se había granulado, de manera que sobre mis palmas abiertas cayó una mezcla de polvo de oro y escama grisácea, evocadora del barniz que cubre ciertos cuerpos entrevistos primero en los sueños y después en la decepcionante realidad de la primera función de ballet a la que somos conducidos. Era un libro de mi infancia —acaso de la de muchos niños— y relataba una serie de historias ejemplares más o menos truculentas que poseían la virtud de arrojarnos sobre las rodillas de nuestros mayores para preguntarles, una y otra vez, ¿por qué? Los hijos que son desagradecidos con sus padres, las mozas que son raptadas por caballerangos y regresan avergonzadas a la casa, así como las que de buen grado abandonan el hogar, los viejos que a cambio de una hipoteca vencida exigen la mano de la muchacha más dulce y adolorida de la familia amenazada, ¿por qué? No recuerdo las respuestas. Sólo sé que de entre las páginas manchadas cayó, revoloteando, una tarjeta blanca con la letra atroz de Amilamia: *Amilamia no olbida a su amigito y me buscas aquí como te lo divujo.*

Y detrás estaba ese plano de un sendero que partía de la X que debía indicar, sin duda, la banca del parque donde yo, adolescente rebelde a la educación prescrita y tediosa, me olvidaba de los horarios de clase y pasaba varias horas leyendo libros que, si no fueron escritos por mí, me lo parecían: ¿cómo iba a dudar que sólo de mi imaginación podían surgir todos esos corsarios, todos esos correos del zar, todos esos muchachos, un poco más jóvenes que yo, que bogaban el día entero sobre una barcaza a lo largo de los grandes ríos americanos? Prendido al brazo de la banca como a un arzón milagroso, al principio no escuché los pasos ligeros que, después de correr sobre la grava del jardín, se detenían a mis espaldas. Era Amilamia y no supe cuánto tiempo me habría acompañado en silencio si su espíritu travieso, cierta tarde, no hubiese optado por hacerme cosquillas en la oreja con los vilanos de un amargón que la niña soplaba hacia mí con los labios hinchados y el ceño fruncido.

Preguntó mi nombre y después de considerarlo con el rostro muy serio, me dijo el suyo con una sonrisa, si no cándida, tampoco demasiado ensayada. Pronto me di cuenta que Amilamia había encontrado, por así decirlo, un punto intermedio de expresión entre la ingenuidad de sus años y las formas de mímica adulta que los niños bien educados deben conocer, sobre todo para los momentos solemnes de la presentación y la despedida. La gravedad de Amilamia, más bien, era un don de su naturaleza, al grado de que sus momentos de espontaneidad, en contraste, parecían aprendidos. Quiero recordarla, una tarde y otra, en una sucesión de imágenes fijas que acaban por sumar a Amilamia entera. Y no deja de sorprenderme que no pueda pensar en ella como realmente fue, o como en verdad se movía, ligera, interrogante, mirando de un lado a otro sin cesar. Debo recordarla detenida para siempre, como en un álbum. Amilamia a lo lejos, un punto en el lugar donde la loma caía, desde un lago de tréboles, hacia el prado llano donde yo leía sentado sobre la banca: un punto de sombra y sol fluyentes y una mano que me saludaba desde allá arriba. Amilamia detenida en su carrera loma abajo, con la falda blanca esponjada y los calzones de florecillas apretados con ligas alrededor de los muslos, con la boca abierta y los ojos entrecerrados porque la carrera agitaba el aire y la niña lloraba de gusto. Amilamia sentada bajo los eucaliptos, fingiendo un llanto para que yo me acercara a ella. Amilamia boca abajo con una flor entre las manos: los pétalos de un amento que, descubrí más tarde, no crecía en este jardín, sino en otra parte, quizás en el jardín de la casa de Amilamia, pues la única bolsa de su delantal de cuadros azules venía a menudo llena de esas flores blancas. Amilamia viéndome leer, detenida con ambas manos a los barrotes de la banca verde, inquiriendo con los ojos grises: recuerdo que nunca me preguntó qué cosa leía, como si pudiese adivinar en mis ojos las imágenes nacidas de las páginas. Amilamia riendo con placer cuando yo la levantaba del talle y la hacía girar sobre mi cabeza y ella parecía descubrir otra perspectiva del mundo en ese vuelo lento. Amilamia dándome la espalda y despidiéndose con el brazo en alto y los dedos alborotados. Y Amilamia en las mil posturas que adoptaba alrededor de mi banca: colgada de cabeza, con las piernas al aire y los calzones abombados; sentada sobre la grava, con las piernas cruzadas y la barbilla apoyada en el pecho; recostada sobre el pasto, exhibiendo el ombligo al sol; tejiendo ramas de los árboles, dibujando animales en el lodo con una vara, lamiendo los barrotes de la banca, escondida bajo el asiento, quebrando sin hablar las cortezas sueltas de los troncos añosos, mirando fijamente el horizonte más allá de la colina, canturreando con los ojos cerrados, imitando las voces de pájaros, perros, gatos, gallinas, caballos. Todo para mí, y sin embargo, nada. Era su manera de estar conmigo, todo esto que recuerdo, pero también su manera de estar a solas en el parque. Sí; quizás la recuerdo fragmentariamente porque mi lectura alternaba con la contemplación de la niña mofletuda, de cabello liso y cambiante con los reflejos de la luz: ora pajizo, ora de un castaño quemado. Y sólo hoy pienso que Amilamia, en ese momento, establecía el otro punto de apoyo para mi vida, el que creaba la tensión entre mi propia infancia irresuelta y el mundo abierto, la tierra prometida que empezaba a ser mía en la lectura.

Entonces no. Entonces soñaba con las mujeres de mis libros, con las hembras —la palabra me trastornaba— que asumían el disfraz de la Reina para comprar el collar en secreto, con las invenciones mitológicas —mitad seres reconocibles, mitad salamandras de pechos blancos y vientres húmedos— que esperaban a los monarcas en sus lechos. Y así, imperceptiblemente, pasé de la indiferencia hacia mi compañía infantil a una aceptación de la gracia, y gravedad de la niña, y de allí a un rechazo impensado de esa presencia inútil. Acabó por irritarme, a mí que ya tenía catorce años, esa niña de siete que no era, aún, la memoria y su nostalgia, sino el pasado y su actualidad. Me había dejado arrastrar por una flaqueza. Juntos habíamos corrido, tomados de la mano, por el prado. Juntos habíamos sacudido los pinos y recogido las piñas que Amilamia guardaba con celo en la bolsa del delantal. Juntos habíamos fabricado barcos de papel para seguirlos, alborozados, al borde de la acequia. Y esa tarde, cuando juntos rodamos por la colina, en medio de gritos de alegría, y al pie de ella caímos juntos. Amilamia sobre mi pecho, yo con el cabello de la niña en mis labios, y sentí su jadeo en mi oreja y sus bracitos pegajosos de dulce alrededor de mi cuello, le retiré con enojo los brazos y la dejé caer. Amilamia lloró, acariciándose la rodilla y el codo heridos, y yo regresé a mi banca. Luego Amilamia se fue y al día siguiente regresó, me entregó el papel sin decir palabra y se perdió, canturreando, en el bosque. Dudé entre rasgar la tarjeta o guardarla en las páginas del libro. *Las tardes de la granja*. Hasta mis lecturas se estaban infantilizando al lado de Amilamia. Ella no regresó al parque. Yo, a los pocos días, salí de vacaciones y después regresé a los deberes del primer año de bachillerato. Nunca la volví a ver.

II

Y ahora, casi rechazando la imagen que es desacostumbrada sin ser fantástica y por ser real es más dolorosa, regreso a ese parque olvidado y, detenido ante la alameda de pinos y eucaliptos, me doy cuenta de la pequeñez del recinto boscoso, que mi recuerdo se ha empeñado en dibujar con una amplitud que pudiera dar cabida al oleaje de la imaginación. Pues aquí habían nacido, hablado y muerto Strogoff y Huckleberry, Milady de Winter y Genoveva de Brabante: en un pequeño jardín rodeado de rejas mohosas, plantado de escasos árboles viejos y descuidados, adornado apenas con una banca de cemento que imita la madera y que me obliga a pensar que mi hermosa banca de hierro forjado, pintada de verde, nunca existió o era parte de mi ordenado delirio retrospectivo. Y la colina... ¿Cómo pude creer que era eso, el promontorio que Amilamia bajaba y subía durante sus diarios paseos, la ladera empinada por donde rodábamos juntos? Apenas una elevación de zacate pardo sin más relieve que el que mi memoria se empeñaba en darle.

Me buscas aquí como te lo divujo. Entonces habría que cruzar el jardín, dejar atrás el bosque, descender en tres zancadas la elevación, atravesar ese breve campo de avellanos —era aquí, seguramente, donde la niña recogía los pétalos blancos—, abrir la reja rechinante del parque y súbitamente recordar, saber, encontrarse en la calle, darse cuenta de que todas aquellas tarde de la adolescencia, como por milagro, habían logrado suspender los latidos de la ciudad circundante, anular esa marea de pitazos, campanadas, voces, llantos, motores, radios, imprecaciones: ¿cuál era el verdadero imán: el jardín silencioso o la ciudad febril? Espero el cambio de luces y paso a la otra acera sin dejar de mirar el iris rojo que detiene el tránsito. Consulto el papelito de Amilamia. Al fin y al cabo, ese plano rudimentario es el verdadero imán del momento que vivo, y sólo pensarlo me sobresalta. Mi vida, después de las tardes perdidas de los catorce años, se vio obligada a tomar los cauces de la disciplina y ahora, a los veintinueve, debidamente diplomado, dueño de un despacho, asegurado de un ingreso módico, soltero aún, sin familia que mantener, ligeramente aburrido de acostarme con secretarias, apenas excitado por alguna salida eventual al campo o a la playa, carecía de una atracción central como las que antes me ofrecieron mis libros, mi parque y Amilamia. Recorro la calle de este suburbio chato y gris. Las casas de un piso se suceden monótonamente, con sus largas ventanas enrejadas y sus portones de pintura descascarada. Apenas el rumor de ciertos oficios rompe la uniformidad del conjunto. El chirreo de un afilador aquí, el martilleo de un zapatero allá. En las cerradas laterales, juegan los niños del barrio. La música de un organillo llega a mis oídos, mezclada con las voces de las rondas. Me detengo un instante a verlos, con la sensación, también fugaz, de que entre esos grupos de niños estaría Amilamia, mostrando impúdicamente sus calzones floreados, colgada de las piernas desde un balcón, afecta siempre a sus extravagancias acrobáticas, con la bolsa del delantal llena de pétalos blancos. Sonrío y por vez primera quiero imaginar a la señorita de veintidós años que, si aún vive en la dirección apuntada, se reirá de mis recuerdos o acaso habrá olvidado las tardes pasadas en el jardín.

La casa es idéntica a las demás. El portón, dos ventanas enrejadas, con los batientes cerrados. Un solo piso, coronado por un falso barandal neoclásico que debe ocultar los menesteres de la azotea: la ropa tendida, los tinacos de agua, el cuarto de criados, el corral. Antes de tocar el timbre, quiero desprenderme de cualquier ilusión. Amilamia ya no vive aquí. ¿Por qué iba a permanecer quince años en la misma casa? Además, pese a su independencia y soledad prematuras, parecía una niña bien educada, bien arreglada, y este barrio ya no es elegante; los padres de Amilamia, sin duda, se han mudado. Pero quizás los nuevos inquilinos saben a dónde.

Aprieto el timbre y espero. Vuelvo a tocar. Ésa es otra contingencia: que nadie esté en casa. Y yo, ¿sentiré otra vez la necesidad de buscar a mi amiguita? No, porque ya no será posible abrir un libro de la adolescencia y encontrar, al azar, la tarjeta de Amilamia. Regresaría a la rutina, olvidaría el momento que sólo importaba por su sorpresa fugaz.

Vuelvo a tocar. Acerco la oreja al portón y me siento sorprendido: una respiración ronca y entrecortada se deja escuchar del otro lado; el soplido trabajoso, acompañado por un olor desagradable a tabaco rancio, se filtra por los tablones resquebrajados del zaguán.

136

—Buenas tardes. ¿Podría decirme...?

Al escuchar mi voz, la persona se retira con pasos pesados e inseguros. Aprieto de nuevo el timbre, esta vez gritando:

—¡Oiga! ¡Ábrame! ¿Qué le pasa? ¿No me oye?

No obtengo respuesta. Continúo tocando el timbre, sin resultados. Me retiro del portón, sin alejar la mirada de las mínimas rendijas, como si la distancia pudiese darme perspectiva e incluso penetración. Con toda la atención fija en esa puerta condenada, atravieso la calle caminando hacia atrás; un grito agudo me salva a tiempo, seguido de un pitazo prolongado y feroz, mientras yo, aturdido, busco a la persona cuya voz acaba de salvarme, sólo veo el automóvil que se aleja por la calle y me abrazo a un poste de luz, a un asidero que, más que seguridad, me ofrece un punto de apoyo para el paso súbito de la sangre helada a la piel ardiente, sudorosa. Miro hacia la casa que fue, era, debía ser la de Amilamia. Allá, detrás de la balaustrada, como lo sabía, se agita la ropa tendida. No sé qué es lo demás: camisones, pijamas, blusas, no sé; yo veo ese pequeño delantal de cuadros azules, tieso, prendido con pinzas al largo cordel que se mece entre una barra de fierro y un clavo del muro blanco de la azotea.

III

En el Registro de la Propiedad me han dicho que ese terreno está a nombre de un señor R. Valdivia, que alquila la casa. ¿A quién? Eso no lo saben. ¿Quién es Valdivia? Ha declarado ser comerciante. ¿Dónde vive? ¿Quién es usted?, me ha preguntado la señorita con una curiosidad altanera. No he sabido presentarme calmado y seguro. El sueño no me alivió de la fatiga nerviosa. Valdivia. Salgo del Registro y el sol me ofende. Asocio la repugnancia que me provoca el sol brumoso y tamizado por las nubes bajas —y por ello más intenso— con el deseo de regresar al parque sombreado y húmedo. No, no es más que el deseo de saber si Amilamia vive en esa casa y por qué se me niega la entrada. Pero lo que debo rechazar, cuanto antes, es la idea absurda que no me permitió cerrar los ojos durante la noche. Haber visto el delantal secándose en la azotea, el mismo en cuya bolsa guardaba las flores, y creer por ello que en esa casa vivía una niña de siete años que yo había conocido catorce o quince antes... Tendría una hijita. Sí. Amilamia, a los veintidós años, era madre de una niña que quizás se vestía igual, se parecía a ella, repetía los mismos juegos, ¿quién sabe?, iba al mismo parque.

137

Y cavilando llego de nuevo hasta el portón de la casa. Toco el timbre y espero el resuello agudo del otro lado de la puerta. Me he equivocado. Abre la puerta una mujer que no tendrá más de cincuenta años. Pero envuelta en un chal, vestida de negro y con zapatos de tacón bajo, sin maquillaje, con el pelo estirado hasta la nuca, entrecano, parece haber abandonado toda ilusión o pretexto de juventud y me observa con ojos casi crueles de tan indiferentes.

—¿Deseaba?

—Me envía el señor Valdivia. —Toso y me paso una mano por el pelo. Debí recoger mi cartapacio en la oficina. Me doy cuenta de que sin él no interpretaré bien mi papel.

—¿Valdivia? —la mujer me interroga sin alarma, sin interés.

—Sí. El dueño de la casa.

Una cosa es clara: la mujer no delatará nada en el rostro. Me mira impávida.

—Ah, sí. El dueño de la casa.

—¿Me permite?...

Creo que en las malas comedias el agente viajero adelanta un pie para impedir que le cierren la puerta en las narices. Yo lo hago, pero la señora se aparta y con un gesto de la mano me invita a pasar a lo que debió ser una cochera. Al lado hay una puerta de cristal y madera despintada. Camino hacia ella, sobre los azulejos amarillos del patio de entrada, y vuelvo a preguntar, dando la cara a la señora que me sigue con paso menudo:

—¿Por aquí?

La señora asiente y por primera vez observo que entre sus manos blancas lleva una camándula con la que juguetea sin cesar. No he vuelto a ver esos viejos rosarios desde mi infancia y quiero comentarlo, pero la manera brusca y decidida con que la señora abre la puerta me impide la conversación gratuita. Entramos a un aposento largo y estrecho. La señora se apresura a abrir los batientes, pero la estancia sigue ensombrecida por cuatro plantas perennes que crecen en los macetones de porcelana y vidrio incrustado. Sólo hay en la sala un viejo sofá de alto respaldo enrejado de bejuco y una mecedora. Pero no son los escasos muebles o las plantas lo que llama mi atención. La señora me invita a tomar asiento en el sofá antes de que ella lo haga en la mecedora.

A mi lado, sobre el bejuco, hay una revista abierta.

—El señor Valdivia se excusa de no haber venido personalmente.

La señora se mece sin pestañear. Miro de reojo esa revista de cartones cómicos.

—La manda saludar y...

Me detengo, esperando una reacción de la mujer. Ella continúa meciéndose. La revista está garabateada con un lápiz rojo.

—...y me pide informarle que piensa molestarla durante unos cuantos días...

Mis ojos buscan rápidamente.

—...Debe hacerse un nuevo avalúo de la casa para el catastro. Parece que no se hace desde... ¿Ustedes llevan viviendo aquí...?

Sí; ese lápiz labial romo está tirado debajo del asiento. Y si la señora sonríe lo hace con las manos lentas que acarician la camándula: allí siento, por un instante, una burla veloz que no alcanza a turbar sus facciones. Tampoco esta vez me contesta.

—...¿por lo menos quince años, no es cierto...?

No afirma. No niega. Y en sus labios pálidos y delgados no hay la menor señal de pintura...

—...¿usted, su marido y...?

Me mira fijamente, sin variar de expresión, casi retándome a que continúe. Permanecemos un instante en silencio, ella jugueteando con el rosario, yo inclinado hacia adelante, con las manos sobre las rodillas. Me levanto.

—Entonces, regresaré esta misma tarde con mis papeles...

La señora asiente mientras, en silencio, recoge el lápiz labial, toma la revista de caricaturas y los esconde entre los pliegues del chal.

IV

La escena no ha cambiado. Esta tarde, mientras yo apunto cifras imaginarias en un cuaderno y finjo interés en establecer la calidad de las tablas opacas del piso y la extensión de la estancia, la señora se mece y roza con las yemas de los dedos los tres dieces del rosario. Suspiro al terminar el supuesto inventario de la sala y le pido que pasemos a otros lugares de la casa. La señora se incorpora, apoyando los brazos largos y negros sobre el asiento de la mecedora y ajustándose el chal a las espaldas estrechas y huesudas.

Abre la puerta de vidrio opaco y entramos a un comedor apenas más amueblado. Pero la mesa con patas de tubo, acompañada de cuatro sillas de níquel y hulespuma, ni siquiera poseen el barrunto de distinción de los muebles de la sala. La otra ventana enrejada, con los batientes cerrados, debe iluminar en ciertos momentos este comedor de paredes desnudas, sin cómodas ni repisas. Sobre la mesa sólo hay un frutero de plástico con un racimo de uvas negras, dos melocotones y una corona zumbante de moscas.

La señora, con los brazos cruzados y el rostro inexpresivo, se detiene detrás de mí. Me atrevo a romper el orden: es evidente que las estancias comunes de la casa nada me dirán sobre lo que deseo saber.

—¿No podríamos subir a la azotea? —pregunto—. Creo que es la mejor manera de cubrir la superficie total.

La señora me mira con un destello fino y contrastado, quizás; con la penumbra del comedor.

—¿Para qué? —dice, por fin—. La extensión la sabe bien el señor... Valdivia...

Y esas pausas, una antes y otra después del nombre del propietario, son los primeros indicios de que algo, al cabo, turba a la señora y la obliga, en defensa, a recurrir a cierta ironía.

—No sé —hago un esfuerzo por sonreir—. Quizás prefiero ir de arriba hacia abajo y no... —mi falsa sonrisa se va derritiendo—... de abajo hacia arriba.

—Usted seguirá mis indicaciones —dice la señora con los brazos cruzados sobre el regazo y la cruz de plata sobre el vientre oscuro.

Antes de sonreir débilmente, me obligo a pensar que en la penumbra mis gestos son inútiles, ni siquiera simbólicos. Abro con un crujido de la pasta el cuaderno y sigo anotando con la mayor velocidad posible, sin apartar la mirada, los números y apreciaciones de esta tarea cuya ficción —me lo dice el ligero rubor de las mejillas, la definida sequedad de la lengua— no engaña a nadie. Y al llenar la página cuadriculada de signos absurdos, de raíces cuadradas y fórmulas algebraicas, me pregunto qué cosa me impide ir al grano, preguntar por Amilamia y salir de aquí con una respuesta satisfactoria. Nada. Y sin embargo, tengo la certeza de que por ese camino, si bien obtendría una respuesta, no sabría la verdad. Mi delgada y silenciosa acompañante tiene una silueta que en la calle no me detendría a contemplar, pero que en esta casa de mobiliario ramplón y habitantes ausentes, deja de ser un rostro anónimo de la ciudad para convertirse en un lugar común del misterio. Tal es la paradoja, y si las memorias de Amilamia han despertado otra vez mi apetito de imaginación, seguiré las reglas del juego, agotaré las apariencias y no reposaré hasta encontrar la respuesta —quizás simple y clara, inmediata y evidente— a través de los inesperados velos que la señora del rosario tiende en mi camino. ¿Le otorgo a mi anfitriona renuente una extrañeza gratuita? Si es así, sólo gozaré más en los laberintos de mi invención. Y las moscas zumban alrededor del frutero, pero se posan sobre ese punto herido del melocotón, ese trozo mordisqueado —me acerco con el pretexto de mis notas— por unos dientecillos que han dejado su huella en la piel aterciopelada y la carne ocre de la fruta. No miro hacia donde está la señora. Finjo que sigo anotando. La fruta parece mordida pero no tocada. Me agacho para verla mejor, apoyo las manos sobre la mesa, adelanto los labios como si quisiera repetir el acto de morder sin tocar. Bajo los ojos y veo otra huella cerca de mis pies; la de dos llantas que me parecen de bicicleta, dos tiras de goma impresas sobre el piso de madera despintada que llegan hasta el filo de la mesa y luego se retiran, cada vez más débiles, a lo largo del piso, hacia donde está la señora...

Cierro mi libro de notas.

—Continuemos, señora.

Al darle la cara, la encuentro de pie con las manos sobre el respaldo de una silla. Delante de ella, sentado, tose el humo de su cigarrillo negro un hombre de espaldas cargadas y mirar invisible: los ojos están escondidos por esos párpados arrugados, hinchados, gruesos y colgantes, similares a un cuello de tortuga vieja, que no obstante parecen seguir mis movimientos. Las mejillas mal afeitadas, hendidas por mil surcos grises, cuelgan de los pómulos salientes y las manos verdosas están escondidas entre las axilas: viste una camisa burda, azul, y su pelo revuelto semeja, por lo rizado, un fondo de barco cubierto de caramujos. No se mueve y el signo real de su existencia es ese jadeo difícil (como si la respiración debiera vencer los obstáculos de una y otra compuerta de flema, irritación, desgaste) que ya había escuchado entre los resquicios del zaguán.

Ridículamente, murmuro: —Buenas tardes...— y me dispongo a olvidarlo todo: el misterio, Amilamia, el avalúo, las pistas. La aparición de este lobo asmático justifica una pronta huida. Repito "Buenas tardes", ahora en son de despedida. La máscara de la tortuga se desbarata en una sonrisa atroz: cada poro de esa carne parece fabricado de goma quebradiza, de hule pintado y podrido. El brazo se alarga y me detiene.

—Valvidia murió hace cuatro años —dice el hombre con esa voz sofocada, lejana, situada en las entrañas y no en la laringe: una voz tipluda y débil.

Arrastrado por esa garra fuerte, casi dolorosa, me digo que

es inútil fingir. Los rostros de cera y caucho que me observan nada dicen y por eso puedo, a pesar de todo, fingir por última vez, inventar que me hablo a mí mismo cuando digo:

—Amilamia...

Sí: nadie habrá de fingir más. El puño que aprieta mi brazo afirma su fuerza sólo por un instante, en seguida afloja y al fin cae, débil y tembloroso, antes de levantarse y tomar la mano de cera que le tocaba el hombro: la señora, perpleja por primera vez, me mira con los ojos de un ave violada y llora con un gemido seco que no logra descomponer el azoro rígido de sus facciones. Los ogros de mi invención, súbitamente, son dos viejos solitarios, abandonados, heridos, que apenas pueden confortarse al unir sus manos con un estremecimiento que me llena de vergüenza. La fantasía me trajo hasta este comedor desnudo para violar la intimidad y el secreto de dos seres expulsados de la vida por algo que yo no tenía el derecho de compartir. Nunca me he despreciado tanto. Nunca me han faltado las palabras de manera tan burda. Cualquier gesto es vano: ¿voy a acercarme, voy a tocarlos, voy a acariciar la cabeza de la señora, voy a pedir excusas por mi intromisión? Me guardo el libro de notas en la bolsa del saco. Arrojo al olvido todas las pistas de mi historia policial: la revista de dibujos, el lápiz labial, la fruta mordida, las huellas de la bicicleta, el delantal de cuadros azules... Decido salir de esta casa sin decir nada. El viejo, detrás de los párpados gruesos, ha debido fijarse en mí. El resuello tipludo me dice:

—¿Usted la conoció?

Ese pasado tan natural, que ellos deben usar a diario, acaba por destruir mis ilusiones. Allí está la respuesta. Usted la conoció, ¿Cuántos años? ¿Cuántos años habrá vivido el mundo sin Amilamia, asesinada primero por mi olvido, resucitada, apenas ayer, por una triste memoria impotente? ¿Cuándo dejaron esos ojos grises y serios de asombrarse con el deleite de un jardín siempre solitario? ¿Cuándo esos labios de hacer pucheros o de adelgazarse en aquella seriedad ceremoniosa con la que, ahora me doy cuenta, Amilamia descubría y consagraba las cosas de una vida que, acaso, intuía fugaz?

—Sí, jugamos juntos en el parque. Hace mucho.

—¿Qué edad tenía ella? —dice, con la voz aún más apagada el viejo.

—Tendría siete años. Sí, no más de siete.

La voz de la mujer se levanta, junto con los brazos que parecen implorar:

142

—¿Cómo era, señor? Díganos cómo era, por favor...

Cierro los ojos. Amilamia también es mi recuerdo. Sólo podría compararla a las cosas que ella tocaba, traía y descubría en el parque. Sí. Ahora la veo, bajando por la loma. No, no es cierto que sea apenas una elevación de zacate. Era una colina de hierba y Amilamia habría trazado un sendero con sus idas y venidas y me saludaba desde lo alto antes de bajar, acompañada por la música, sí, la música de mis ojos, las pinturas de mi olfato, los sabores de mi oído, los olores de mi tacto... mi alucinación... ¿me escuchan?... bajaba saludando, vestida de blanco, con un delantal de cuadros azules... el que ustedes tienen tendido en la azotea...

Toman mis brazos y no abro los ojos.

—¿Cómo era, señor?

—Tenía los ojos grises y el color del pelo le cambiaba con los reflejos del sol y la sombra de los árboles...

Me conducen suavemente, los dos; escucho el resuello del hombre, el golpe de la cruz del rosario contra el cuerpo de la mujer...

—Díganos, por favor...

—El aire la hacía llorar cuando corría; llegaba hasta mi banca con las mejillas plateadas por un llanto alegre...

No abro los ojos. Ahora subimos. Dos, cinco, ocho, nueve, doce peldaños. Cuatro manos guían mi cuerpo.

—¿Cómo era, cómo era?

—Se sentaba bajo los eucaliptos y hacía trenzas con las ramas y fingía el llanto para que yo dejara mi lectura y me acercara a ella...

Los goznes rechinan. El olor lo mata todo: dispersa los demás sentidos, toma asiento como un mogol amarillo en el trueno de mi alucinación, pesado como un cofre, insinuante como el crujir de una seda drapeada, ornamentado como un cetro turco, opaco como una veta honda y perdida, brillante como una estrella muerta. Las manos me sueltan. Más que el llanto, es el temblor de los viejos lo que me rodea. Abro lentamente los ojos: dejo que el mareo líquido de mi córnea primero, en seguida la red de mis pestañas, descubran el aposento sofocado por esa enorme batalla de perfumes, de vahos y escarchas de pétalos casi encarnados, tal es la presencia de las flores que aquí, sin duda, poseen una piel viviente: dulzura del jaramago, náusea del ásaro, tumba del nardo, templo de la gardenia: la pequeña recámara sin ventanas, iluminada por las uñas incandescentes de los pesados cirios chisporroteantes, introduce su rastro de cera seca y flores húmedas hasta el centro del plexo y sólo de allí, del sol de la vida, es posible revivir para contemplar, detrás de los cirios y entre las flores dispersas, el cúmulo de juguetes usados, los aros de colores y los globos arrugados, sin aires, viejas ciruelas transparentes; los caballos de madera con las crines destrozadas, los patines del diablo, las muñecas despelucadas y ciegas, los osos vaciados de serrín, los patos de hule perforado, los perros devorados por la polilla, las cuerdas de saltar roídas, los jarrones de vidrio repletos de dulces secos, los zapatitos gastados, el triciclo —¿tres ruedas?; no; dos; y no de bicicleta; dos ruedas paralelas, abajo—, los zapatitos de cuero y estambre; y al frente, al alcance de mi mano, el pequeño féretro levantado sobre cajones azules decorados con flores de papel, esta vez flores de la vida, claveles y girasoles, amapolas y tulipanes, pero como aquéllas, las de la muerte, parte de un asativo que cocía todos los elementos de este invernadero funeral en el que reposa, dentro del féretro plateado y entre las sábanas de seda negra y junto al acolchado de raso blanco, ese rostro inmóvil y sereno, enmarcado por una cofia de encaje, dibujado con tintes de color de rosa: cejas que el más leve pincel trazó, párpados cerrados, pestañas reales, gruesas, que arrojan una sombra tenue sobre las mejillas tan saludables como en los días del parque. Labios serios, rojos, casi en el puchero de Amilamia cuando fingía un enojo para que yo me acercara a jugar. Manos unidas sobre el pecho. Una camándula, idéntica a la de la madre, estrangulando ese cuello de pasta. Mortaja blanca y pequeña del cuerpo impúber, limpio, dócil.

Los viejos se han hincado, sollozando.

Yo alargo la mano y rozo con los dedos el rostro de porcelana de mi amiga. Siento el frío de esas facciones dibujadas de la muñeca-reina que preside los fastos de esta cámara real de la muerte. Porcelana, pasta y algodón. *Amilamia no olbida a su amigito y me buscas aquí como te lo divujo.*

Aparto los dedos del falso cadáver. Mis huellas digitales quedan sobre la tez de la muñeca.

Y la náusea se insinúa en mi estómago, depósito del humo de los cirios y la peste del ásaro en el cuarto encerrado. Doy la espalda al túmulo de Amilamia. La mano de la señora toca mi brazo. Sus ojos desorbitados no hacen temblar la voz apagada:

—No vuelva, señor. Si de veras la quiso, no vuelva más.

Toco la mano de la madre de Amilamia, veo con los ojos mareados la cabeza del viejo, hundida entre sus rodillas, y salgo del aposento a la escalera, a la sala, al patio, a la calle.

V

Si no un año, sí han pasado nueve o diez meses. La memoria de aquella idolatría ha dejado de espantarme. He perdido el olor de las flores y la imagen de la muñeca helada. La verdadera Amilamia ya regresó a mi recuerdo y me he sentido, si no contento, sano otra vez: el parque, la niña viva, mis horas de lectura adolescente, han vencido a los espectros de un culto enfermo. La imagen de la vida es más poderosa que la otra. Me digo que viviré para siempre con mi verdadera Amilamia, vencedora de la caricatura de la muerte. Y un día me atrevo a repasar aquel cuaderno de hojas cuadriculadas donde apunté los datos falsos del avalúo. Y de sus páginas, otra vez, cae la tarjeta de Amilamia con su terrible caligrafía infantil y su plano para ir del parque a la casa. Sonrío al recogerla. Muerdo uno de los bordes, pensando que los pobres viejos, a pesar de todo, aceptarían esté regalo.

Me pongo el saco y me anudo la corbata, chiflando. ¿Por qué no visitarlos y ofrecerles ese papel con la letra de la niña?

Me acerco corriendo a la casa de un piso. La lluvia comienza a caer en gotones aislados que hacen surgir de la tierra, con una inmediatez mágica, ese olor de bendición mojada que parece remover los humus y precipitar las fermentaciones de todo lo que existe con una raíz en el polvo.

Toco el timbre. El aguacero arrecia e insisto. Una voz chillona grita: ¡Voy!, y espero que la figura de la madre, con su eterno rosario, me reciba. Me levanto las solapas del saco. También mi ropa, mi cuerpo, transforman su olor al contacto con la lluvia. La puerta se abre.

—¿Qué quiere usted? ¡Qué bueno que vino!

Sobre la silla de ruedas, esa muchacha contrahecha detiene una mano sobre la perilla y me sonríe con una mueca inasible. La joroba del pecho convierte el vestido en una cortina del cuerpo: un trapo blanco al que, sin embargo, da un aire de coquetería el delantal de cuadros azules. La pequeña mujer extrae de la bolsa del delantal una cajetilla de cigarros y enciende uno con rapidez, manchando el cabo con los labios pintados de color naranja. El humo le hace guiñar los hermosos ojos grises. Se arregla el pelo cobrizo, apajado, peinado a la permanente, sin dejar de mirarme con un aire inquisitivo y desolado, pero también anhelante, ahora miedoso.

—No, Carlos. Vete. No vuelvas más.

Y desde la casa escucho, al mismo tiempo, el resuello ti-pludo del viejo, cada vez más cerca:

—¿Dónde estás? ¿No sabes que no debes contestar las llamadas? ¡Regresa! ¡Engendro del demonio! ¿Quieres que te azote otra vez!

Y el agua de la lluvia me escurre por la frente, por las mejillas, por la boca, y las pequeñas manos asustadas dejan caer sobre las losas húmedas la revista de historietas.

SALVADOR ELIZONDO

(México, D. F., 1932)

La obra literaria de Salvador Elizondo comprende: *Poemas* (1960); dos novelas, *Farabeuf o la crónica de un instante* (1965) y *El hipogeo secreto* (1968); cuentos y textos breves: *Narda o el verano* (1966), *El retrato de Zoe y otras mentiras* (1969), *Cuaderno de escritura* (1969), *El grafógrafo* (1972), *Contextos* (1973). Su *Autobiografía* fue publicada en 1966, y en 1974 *Museo poético* y *Antología personal*.

Una sólida y variada cultura literaria, cinematográfica y filosófica, una experiencia de años de estudios en el extranjero, unidos a vivencias concretas en que Salvador Elizondo se ha enfrentado al absurdo, al sadismo, a la locura, forman los elementos esenciales que han dado a su vocación de escritor un rumbo definido y poco explorado en la narrativa de nuestros días. La primera novela de Elizondo, *Farabeuf o la crónica de un instante* (1965) atrajo la atención de la crítica por su naturaleza erótica, oscura, enigmática; por la estrecha relación entre la sensualidad y la muerte; por la importancia que adquieren el I-ching oriental y sus exagramas simbólicos, al lado de la tabla ouija occidental y sus poderes mágicos; por lo que implica el problema de la identidad y el valor —salvación, nulificación— del tiempo.

En su *Autobiografía*, Elizondo expone su relación con la obra del marqués de Sade y con la de Georges Bataille. A través de *Les larmes d'Eros*, de Bataille, tuvo conocimiento "de una fotografía realizada a principios de este siglo y que representaba la ejecución de un suplicio chino..." Esta imagen desconcertante lo atrajo poderosamente y en torno a ella tramó "una historia turbiamente concebida sobre las relaciones amorosas de un hombre y una mujer". Así nació *Farabeuf*.

La lectura apasionada de Ezra Pound lo encamina "hacia el descubrimiento de ciertos aspectos de la cultura china". Después se aplica al conocimiento de esta escritura y del pensamiento de las culturas orientales. Así penetra en el significado de algunos conceptos como el del erotismo y el de la poesía

—palabra y eternidad—, cuyas presencias son constantes en la obra de este escritor.

Su cercanía con Poe y Thomas Mann, su amistad con William Burroughs, el influjo del *nouveau roman*, las relaciones con algunas obras de Cortázar y con la concepción cinematográfica de Buñuel, Bergman, Fellini, dan luces para acercarse a la obra de Elizondo con mayores probabilidades de aceptar la revelación de su belleza alucinada y terrible, de su tensión dolorosa.

La segunda novela, *El hipogeo secreto*, es "la historia de una historia" en la que el autor aparece como personaje de la obra que él mismo está creando. Según Manuel Durán "es el relato de una aventura metafísica en que la mayor parte de los personajes lleva una existencia precaria: viven únicamente en la medida que los sostiene la imaginación creadora de un escritor".

En los cuentos de *Narda o el verano* se hace notable ese afán de inmovilizar o eternizar el instante vivido. El protagonista de "Puente de piedra" dice que "de la perfección de un instante dependía la realización de un sueño", porque él presiente que de alguna manera ha de manifestarse la revelación que impida el verdadero contacto con su amiga, lo que ocurrió, en efecto, a través del horror.

Ese es el mismo sentimiento que experimenta la mujer internada en el manicomio cuando al romper el misterio de la puerta que tanto la ha inquietado, lo que mira es su propio rostro reflejado en un espejo.

En "La playa", el escritor consigue plasmar la desesperación del perseguido prolongando la tensión de sus momentos de angustia. No retrata una emoción ya que no da antecedentes ni razones; se filma una secuencia en que a la torpeza del perseguido se opone la indudable pericia del perseguidor. El final esperado pasa a segundo lugar.

En *Narda o el verano*, dos amigos pasan vacaciones en una villa italiana a la orilla del mar y, "por economía y curiosidad", deciden compartir una sola mujer. Narda, que pertenecía a una rica familia de relojeros y estudiaba filología en el Politécnico de Zurich, trabaja en un cabaret de negros y el verano anterior había sido mujer de Tchimba, el caníbal, quien la ofrece a los extranjeros. El erotismo y el misterio flotan en un ambiente siniestro y sucio al que no son ajenos la estafa, la embriaguez y el crimen. Los hechos son parte de una aventura que podría resultar horrenda si la ironía y la frivolidad no lograran aligerarla.

"La historia según Pao-Cheng" plantea los enigmas que enlazan el pasado con el futuro y significa la prevalencia de la realidad imaginada sobre la vivida y de sus contrarias interpretaciones.

En el texto titulado "La mariposa" que abre *El retrato de*

Zoe y otras mentiras, se dice que las mariposas, como la escritura, las mujeres y el mundo son invención china.

Mezclada con la presencia de la muerte en la imagen de la difícil agonía de este "animal instantáneo", aparece la descripción supuestamente erudita de la paciente confección y funcionamiento de una mariposa, "burla alada de la técnica y la magia", que podría entenderse como la contrapartida del mundo alucinado de magia y horror tan propio de Elizondo.

Los espejos y las fotografías poseen capacidad para retener esa materia fluida e inapresable que es el momento fugaz. Reconstruyen con nostalgia los detalles insufribles de la ausencia, de la historia que ha dejado de ser. Esto es lo que parecen decir cuentos como "El retrato de Zoe" o "Los testigos".

Para Elizondo la narración es "un prodigioso y arduo juego del espíritu y de la escritura" en el cual el lector tratará de encontrar "el sustrato ilógico e inquietante de la experiencia original".

La puerta *

LLEVABA cuatro meses encerrada en esa casa de salud, pero si le hubieran pedido una descripción exacta de ella no hubiera sabido hacerla. Sí, conocía los cuartos, pintados de verde pálido que se sucedían los unos a los otros a lo largo de los oscuros corredores, los baños con muros de azulejo blanco que nadie usaba, los sanitarios inmanentemente fétidos de los que cada mañana las afanadoras recogían los pedacitos de papel manchados de excremento, de flemas, de sangre o de semen que las internas arrojaban sobre los mosaicos ajedrezados del piso durante el día. Con su bata raída de algodón blanco, manchada y sucia de sudor en el escote, recorría descalza ese edificio de fachada presuntuosa al que se llegaba cruzando un jardín estúpidamente bien cuidado que se extendía ante la gran puerta de acero inoxidable y vidrio; luego el vestíbulo de mármol gris y las salas de visita, pintadas también de verde pálido, ajuareadas con muebles forrados de cuero artificial y sobre las que presidía la mirada paciente y angélica de un Sagrado Corazón de Jesús, o la cabeza despectiva, indiferente dentro de los bien organizados pliegues de su manto rojo, de la *Fabiola* de Henner.

* Elizondo, Salvador. *Narda o el verano.* Colección Alacena. Editorial Era. México, 1966.

Traspuesta la segunda puerta se extendía ese mundo aparentemente apacible, silencioso de la locura. Los prados de césped verde sobre los que las mujeres escupían gruesas flemas, sobre todo en la mañana; las canchas de tenis abandonadas, carcomido el pavimento de polvo de ladrillo; la piscina lamosa, recubierta de azulejo blanquecino en la que nadie se bañaba ya y cuyo fondo resbaladizo, surcado intermitentemente de gruesas ratas, ya sólo era un abismo inquietante, insondable, escudriñado por contemplaciones turbias, demenciales y en cuyo borde se sentaban las internas a hablar deshilvanadamente mientras fumaban cigarrillos corrientes que luego arrojaban al fondo.

Largo rato, desde la terraza en que estaban las dos mesas de ping-pong, había estado contemplando cómo la luz de la tarde hacía vibrar las últimas hojas de los ciruelos que se arrastraban lentamente por las veredas trazadas entre los mantos de césped. "El otoño...", pensó dejando escapar, muy lentamente entre sus labios heridos por las convulsiones de los *electroshocks*, una bocanada de humo que el viento se llevaba hasta la piscina en que dos internas, sentadas en el borde, fumaban, también, calladamente.

Al cabo de cuatro meses se había acostumbrado a la rutina del manicomio; el aseo sumario de la mañana, cuando todavía se oía cantar a los gallos más allá de la alta barda de ladrillo rojo, el estruendo precipitado y súbito de los grandes camiones que pasaban frente a la clínica, por la carretera; luego el desayuno: café con leche tibio, avena, bizcochos... Pero no; antes del desayuno, una voz que recorría los largos pasadizos desiertos, tres veces a la semana... ¿los lunes, miércoles y viernes?, ¿los martes, jueves y sábados? "Insulina...", gritaba la voz que recorría presurosa esos corredores al amanecer, "Insu-liiiiii-na", hasta que se perdía en un resquicio de la casa enorme. Al poco tiempo se escuchaban los pasos descalzos de las enfermas que, semidesnudas o apenas arropadas en sucias pijamas de franela, acudían adormiladas, sin asearse, a ese llamado que era como una convocación secreta hacia una cámara de tortura en la que se cumplía el rito propiciatorio para iniciar el día. Después del desayuno la distribución de cigarrillos. Había algo en todo esto que desentonaba: las monjas austeras, como grandes pájaros de plumaje blanco blandían, ante las enfermas que se apiñaban en su torno, las cajetillas multicolores de tabaco negro que les eran arrebatadas ávidamente. A ella siempre le recordaba a la cigarrera del Peepin' Tom's aquella noche en que se le habían subido las copas y en que había bailado hasta la hora de cerrar. Al amanecer había salido de la cama como impulsada por una urgencia inaplazable de alejarse de esa respiración satisfecha y apenas perceptible que alentaba a su lado. Se había dirigido a la ventana y había descorrido las cortinas. La ciudad, cubierta de niebla gris se extendía interminable ante sus ojos y tuvo la sensación, por primera vez en su vida, de que aquél era un día marcado, un día en que el alba grisácea, opresiva, perduraría para siempre. Largo rato permaneció junto a la ventana viendo la calle desierta. Encendió un cigarrillo: *Peepni Tom's... música y baile... todas las noches... dos orquestas...* Depositó el cigarrillo consumido en el reborde de la ventana. Por su mente cruzaron fugazmente las palabras de aquella canción :"Acércate más... y más... y más... pero mucho más..." Su boca balbució casi imperceptiblemente esas palabras: "Come clo... ser to meee...." y el vidrio de la ventana se empañó con su aliento cálido. Con la punta del dedo, sobre el vaho, trazó sus iniciales en letras de imprenta: JHS, el monograma de Cristo...

Esa imagen era quizá la última que recordaba con claridad de su vida anterior. Lo demás eran sólo fragmentos informes. Tenía la sensación de que había ido hasta la recámara de su hijo y lo había mirado dormir, de que se había sentado en el borde de la cama, de que, agitada febrilmente, había vuelto a su cuarto. El camisón de seda había resbalado por sus hombros, a lo largo de su talle y de sus piernas. Desnuda, se tendió en la alfombra. Sintió frío y, apoyando la cabeza sobre las rodillas, abrigándose el pecho con las manos alargadas y blancas se había abandonado un instante a la sensación excitante que su cabello suave le producía rozando sus muslos ateridos. Luego sintió cómo su saliva y sus lágrimas silenciosas le resbalaban por los senos y por las piernas hasta el pubis. Eso era todo. No podía recordar nada más.

"El otoño...", volvió a pensar. Una ráfaga fría trataba empecinadamente de arrancar las últimas hojas al follaje de los ciruelos y de las jacarandas. Las hojas caían como una lluvia de oro sobre el césped en donde el viento todavía jugueteaba unos instantes con ellas antes de empujarlas, como si fuera con una tenacidad imperceptible hacia la piscina. Dejó de pensar en la rutina de todos los días que había pasado allí. A lo largo de esos cuatro meses lo único significativo era el recuerdo de su hijo, un ser que ahora le era lejano y ajeno y la esperanza, la esperanza que solía renacer a cada instante, la esperanza de salir de ahí o de que, cuando menos, alguien viniera a visitarla. Una esperanza totalmente infundada.

Lanzó la última bocanada de humo y trató de arrojar el cigarrillo consumido a la piscina, pero no lo logró. El cigarrillo, humeante todavía, cayó a unos pasos del borde y el viento lo atizaba sin moverlo, arrancándole agitadas y pequeñas humaredas. Se puso de pie y se dirigió a su cuarto.

Después de cruzar los corredores oscuros, la sucesión de puertas entreabiertas detrás de las cuales se escuchaban, a veces, canciones populares salidas de los radios de transistores, imprecaciones apenas balbucidas, conversaciones informes plagadas de palabras obscenas, gemidos producidos por las convulsiones, llegó hasta su pequeño cuarto de paredes desnudas, pintadas de verde pálido, un color como el de los cadáveres, y se tendió en la cama. Instintivamente se llevó las manos cruzadas al pecho como si tratara de cubrir sus senos desnudos. Muchas veces se tendía así para pensar en su esperanza que poco a poco se le había ido muriendo, pero siempre cruzaba las piernas a la altura de los tobillos para no parecer un cadáver. Una superstición que ella había inventado desde que era niña. Pero ese día, tendida ahí, sobre esa cama estrecha, sobre las sábanas de manta arrugadas, contemplaba fijamente el cielo de la tarde, un cielo gris y sin sentido como aquel cielo del alba que había estado mirando desde la ventana de su cuarto el día en que la habían traído ahí y por mirar ese cielo que le recordaba la libertad perdida olvidó cruzar las piernas.

Se percató al cabo de un rato de que yacía sobre esa cama un cuerpo quieto, inanimado, que era el cuerpo de ella: su cadáver. Un escalofrío de terror le cruzó la espina y en un instante su frente se cubrió de sudor con el bochorno opresivo que le produjo la revelación súbita del rompimiento de todas las cosas de su vida. Todo, en ese momento, le fue ajeno, menos ese cuerpo blanco, suave, doliente que yacía sobre la cama sucia como un objeto deteriorado y sin sentido.

Trató de pensar en otra cosa; pero a su mente no acudió más que una sola imagen: la de la puerta.

Esa puerta formaba parte del misterio de la casa de descanso. Al final de un largo pasillo se erguía como una barrera infranqueable, un sexo secreto e inviolado. Cuántas veces, en su afán por dirimir las horas caminando a lo largo de aquellos corredores, en las tardes de lluvia, había llegado hasta ella sin explicarse ese término violento de la continuidad del pasillo que representaba la puerta. ¿Hubiera osado abrirla? No; parecía encerrar un misterio tenebroso, como si detrás de aquellas relucientes y pesadas hojas de cedro, con su cerradura de bronce pulido, estuviera oculto un cadáver; su cadáver tal vez. En las noches había llegado a soñar con esa puerta, pero ni los sueños le habían revelado su misterio. Se había soñado perseguida, unas veces por el médico del establecimiento cuya bata blanca y almidonada adivinaba cruzar como una aparición siniestra por entre los corredores, siguiéndola hasta el último confín de la casa, amenazándola con un pequeño bisturí que relucía en la penumbra. De pronto llegaba ante la puerta, pero no osaba abrirla y prefería, en su angustia, entregarse a las caricias cruentas que el médico le prodigaba en todo el cuerpo, reteniéndola de pie, en un abrazo marmóreo, contra el marco barnizado. Otras veces la perseguía una caterva de perros rabiosos seguidos de los vigilantes y las afanadoras que vociferaban insultos soeces a sus espaldas. Al llegar a la puerta le daban alcance y entonces despertaba bañada en sudor frío, convulsa, gimiente. Se incorporaba sobre la almohada y lloraba hasta que el sueño la vencía nuevamente.

La sola imagen de esa puerta la estremecía; por eso, cuando la imaginó en esa tarde que como el alba grisácea de su locura parecía interminable, sintió como un afán imperioso por vencer esa imagen que era ya, en el abandono total en que vivía, la única posibilidad de un encuentro trascendental; el encuentro consigo misma, con un tigre o con un asesino, con su propio cadáver entregado para siempre, desnudo, a la otra ella que con una mano temblorosa abriría la puerta. Se incorporó y trató de contener el temblor que había invadido sus piernas. Miró una vez más hacia la ventana. El atardecer era un enorme paño gris que le cegaba. Sus manos recorrieron agitadas la carne de su cuello y de sus senos como buscando en el ritmo de su respiración convulsa una vez más la certidumbre de su cuerpo que, pensó, era lo único que aún le pertenecía. Oprimiendo sus sienes se puso de pie y luego se dirigió al pasillo, volvió la cabeza a un lado y otro. El sol de la tarde se colaba en pequeños manchones intermitentes de luz mortecina a lo largo del corredor. Al fondo estaba la puerta, apenas visible en la penumbra. Una carcajada demente llegó, saliendo de uno de los cuartos hasta donde ella estaba. Pero la música de los radios como que se había ocultado y sólo el silencio, el agitado palpitar de su corazón abrumado por el imperativo de su angustia, se escuchaban. Corrió y al llegar ante la puerta se detuvo jadeante. Se sentía desfallecer. Cerrando los ojos trató de recobrar el aliento.

Alargó la mano temblorosa hasta tocar la cerradura reluciente y fría. Volvió a abrir los ojos y a mirar su mano que como la garra de una arpía retenía epilépticamente la bola de bronce. "Come clo... ser to meeee..." sonaron las palabras zumbando en sus oídos. Haciendo acopio de todas sus fuerzas dio vuelta a la manija y tiró.

Un rostro la miraba fijamente desde ese resquicio sombrío. El terror de esa mirada la subyugó. Se acercó todavía más al pequeño espejo que relucía en la penumbra. El rostro sonreía dejando escapar, por la comisura de los labios, un hilillo de sangre que caía, goteando lentamente, en el quicio. De pronto no lo reconoció, pero al cabo de un momento se percató de que era el suyo.

La historia según Pao Cheng

EN UN DÍA de verano, hace más de tres mil quinientos años, el filósofo Pao Cheng se sentó a la orilla de un arroyo a adivinar su destino en el caparazón de una tortuga. El calor y el murmullo del agua pronto hicieron, sin embargo, vagar sus pensamientos y olvidándose poco a poco de las manchas del carey, Pao Cheng comenzó a inferir la historia del mundo a partir de ese momento. "Como las ondas de este arroyuelo, así corre el tiempo. Este pequeño cauce crece conforme fluye, pronto se convierte en un caudal hasta que desemboca en el mar, cruza el océano, asciende en forma de vapor hacia las nubes, vuelve a caer sobre la montaña con la lluvia y baja, finalmente, otra vez convertido en el mismo arroyo..." Éste era, más o menos, el curso de su pensamiento y así, después de haber intuido la redondez de la tierra, su movimiento en torno al sol, la traslación de los demás astros y la propia rotación de la galaxia y del mundo, "¡Bah!", exclamó, "este modo de pensar me aleja de la Tierra de Han y de sus hombres que son el centro inamovible y el eje en torno al que giran todas las humanidades que en él habitan..." Y pensando nuevamente en el hombre, Pao Cheng pensó en la historia. Desentrañó, como si estuvieran escritos en el caparazón de la tortuga, los grandes acontecimientos futuros, las guerras, las migraciones, las pestes y las epopeyas de todos los pueblos a lo largo de varios milenios. Ante los ojos de su imaginación caían las grandes naciones y nacían las pequeñas que después se hacían grandes y poderosas antes de ser abatidas a su vez. Surgieron también todas las razas y las ciudades habitadas por ellas que se alzaban un instante majestuosas y luego caían por tierra para confundirse con la ruina y la escoria de innumerables generaciones. Una de estas ciudades entre todas las que existían en ese futuro imaginado por Pao Cheng llamó poderosamente su atención y su divagación se hizo más precisa en cuanto a los detalles que la componían, como si en ella estuviera encerrado un enigma relacionado con su persona. Aguzó su mirada interior y trató de penetrar en los resquicios de esa topografía increada. La fuerza de su imaginación era tal que se sentía caminar por sus calles, levantando la vista azorado ante la grandeza de las construcciones y la belleza de los monumentos. Largo rato paseó Pao Cheng por aquella ciudad mezclándose a los hombres ataviados con extrañas vestiduras y que hablaban una lengua lentísima, incomprensible, hasta que de pronto se detuvo ante una casa en cuya fachada parecían estar inscritos los signos indescifrables de un misterio que lo atraía irresistiblemente. A través de una de las ventanas pudo vislumbrar a un hombre que estaba escribiendo. En ese mismo momento Pao Cheng sintió que allí se dirimía una cuestión que lo atañía íntimamente. Cerró los ojos y acariciándose la frente perlada de sudor con las puntas de sus dedos alargados trató de penetrar, con el pensamiento, en el interior de la habitación en la que el hombre estaba escribiendo. Se elevó volando del pavimento y su imaginación traspuso el reborde de la ventana que estaba abierta y por la que se colaba una ráfaga fresca que hacía temblar las cuartillas, cubiertas de incomprensibles caracteres, que yacían sobre la mesa. Pao Cheng se acercó cautelosamente al hombre y miró por encima de sus hombros, conteniendo la respiración para que éste no notara su presencia. El hombre no lo hubiera notado pues parecía absorto en su tarea de cubrir aquellas hojas de papel con esos signos cuyo contenido todavía escapaba al entendimiento de Pao Cheng. De vez en cuando el hombre se detenía, miraba pensativo por la ventana, aspiraba un pequeño cilindro blanco que ardía en un extremo y arrojaba una bocanada de humo azulado por la boca y por las narices, luego volvía a escribir. Pao Cheng miró las cuartillas terminadas que yacían en desorden sobre un extremo de la mesa y conforme pudo ir descifrando el significado de las palabras que estaban escritas en ellas, su rostro se fue nublando y un escalofrío de terror cruzó, como la reptación de una serpiente venenosa, el fondo de su cuerpo. "Este hombre está escribiendo un cuento", se dijo. Pao Cheng volvió a leer las palabras escritas sobre las cuartillas. "El cuento se llama *La Historia según Pao Cheng* y trata de un filósofo de la antigüedad que un día se sentó a la orilla de un arroyo y se puso a pensar en... ¡Luego yo soy un recuerdo de ese hombre y si ese hombre me olvida moriré...!"

El hombre, no bien había escrito sobre el papel las palabras "...si ese hombre me olvida moriré", se detuvo, volvió a aspirar el cigarrillo y mientras dejaba escapar el humo por la boca, su mirada se ensombreció como si ante él cruzara una nube cargada de lluvia. Comprendió, en ese momento, que se había condenado a sí mismo, para toda la eternidad, a seguir escribiendo la historia de Pao Cheng, pues si su personaje era olvidado y moría, él, que no era más que un pensamiento de Pao Cheng, también desaparecería.

JUAN GARCÍA PONCE

(Mérida, Yuc., 1932)

Aunque Juan García Ponce inició su carrera literaria como dramaturgo, la narración y la crítica literaria y artística forman la parte de mayor excelencia de su amplia bibliografía. Sus libros de cuentos son *Imagen primera* (1963), *La noche* (1963) y *Encuentros* (1970). *Figura de paja* (1964), *La casa en la playa* (1966), *La cabaña* (1969), *La vida perdurable* (1970), algunas de sus novelas. *Cruce de caminos* (1965), *Desconsideraciones* (1968) y *Cinco ensayos* (1969), se cuentan entre sus libros de ensayos.

Lector ávido desde muy joven, García Ponce ha manifestado sus preferencias por los novelistas norteamericanos, alemanes —Thomas Mann, Herman Broch, Gunter Grass— y en especial por el austriaco Robert Musil, así como por la concepción artística y la vida atormentada del italiao Cesare Pavese.

Como en el caso de sus maestros, en el universo de García Ponce se advierte la confrontación de varias vidas interiores que "se tocan pero no se encuentran", lo cual hace más patética e imponente la soledad de cada una. El hombre tiene miedo de arriesgarse, de contraer responsabilidades; por ello acepta la paradoja de buscar compañía y comunicación sumiéndose en el aislamiento entre desconocidos, perdido en la indiferenciada vida colectiva en la que no participa y en la que no encuentra un sentido preciso.

Imagen prímera contiene las experiencias del autor al reencontrar a su regreso, años después, su infancia de Mérida y Campeche. Afirma entonces su primera relación con el mundo y alcanza el sentido original de la realidad. Cerca de estas primeras imágenes de infancia y adolescencia en la provincia y en la capital, aparece un intenso miedo "por la fragilidad de la inocencia, y por el desamparo en que nos encontramos todos frente a la fuerza insospechada del mal".

A lo largo de toda la obra de Juan García Ponce se percibe la sensación de que la materia humana es cambiante, inestable, huidiza y que cuando el escritor intenta seguir el flujo de sus variaciones, se enfrenta al desorden y a la confusión. Sin embargo, esos elementos aparentemente insospechados o negativos, son los que dan a la obra realidad, variedad y riqueza.

Al través de su sostenida tarea de escritor, García Ponce ha llegado a perfeccionar esa sensación de distancia que media entre él y los sucesos que narra con tanta prolijidad. Tal parece que los detalles se deslizan sobre la superficie de personas y cosas sin tocar los móviles verdaderos de los actos ni su significado. Sin embargo el narrador ficticio que generalmente habla en primera persona, va hilvanando su historia "desde dentro", tal y como va naciendo, contradictoria y confusa, ambigua y reiterada, como se da en la profundidad de la conciencia. Así, la materia novelesca retiene su misterio y guarda sus símbolos.

En los cuentos de García Ponce, imágenes, encuentros o acontecimientos de la vida cotidiana se presentan con las características que distinguen a su obra narrativa en general. La distancia con que se asoma a los falsos dramas y al ambiente seudointelectual de "Reunión de familia" o de "Cariátides", se acentúa con la desesperanza de la ironía. Al cambiar "el placer de la irresponsabilidad" por la amenaza de tener un hijo, de un amor tranquilo, rutinario se transforma lentamente en la aniquilación de Amelia. En "Tajimara" se enlazan dos intrincadas historias de amor que reflejan más alucinación erótica que sentimientos amorosos y por tanto apagan su avidez en un fracaso esperado o en un matrimonio convencional. "Después de la cita" es la imagen de la soledad en el café, en el parque, en la calle, entre la multitud... Aparentemente nada ha ocurrido.

Bajo la indiferencia de una ciudad grande y promiscua se genera el suicidio, la locura, el incesto y toda una gama de pequeños y grandes dramas en que los hombres se destruyen por la vía de la autocompasión, del desenfreno y de la incomunicación. Ese ambiente no es otro sino el que respiramos y hace continuo acto de presencia en detalles y hechos en los que cada uno podría ser actor, cómplice o morboso testigo.

Después de la cita *

ERA OTOÑO. Algunos de los árboles habían perdido por completo las hojas y sus intrincados esqueletos resistían silenciosamente el paso del aire, que hacía murmurar y cantar

* García Ponce, Juan. *Imagen primera*. Ficción. Universidad Veracruzana. Xalapa, México, 1963.

las de aquéllos que aún conservaban unas cuantas, amarillas y cada vez más escasas. A través de las ramas, podían verse las luces brillando tras las ventanas, a pesar de las pálidas cortinas de gasa. Tal vez hacía demasiado frío para ser noviembre.

Ella caminaba no muy rápidamente, por sobre el pasto húmedo y muelle, en el centro de la avenida. Podía tener quince o veinticinco años. Bajo la amplia gabardina sus formas se perdían borrosamente. Sus cabellos, cortos, despeinados, enmarcaban una cara misteriosamente vieja e infantil. No estaba pintada y el frío le había enrojecido la nariz, que era chica, pero bien dibujada. Una bolsa grande y deteriorada colgaba desmañadamente de su hombro izquierdo.

Caminando en diagonal, salió del camellón, atravesó la calle y siguió avanzando por la banqueta. Al llegar a la primera bocacalle una súbita corriente de aire despeinó más aún sus cabellos. Metió las manos hasta el fondo de su gabardina y apresuró un poco el paso. El aire cesó casi por completo apenas hubo alcanzado el primer edificio. Una de las ventanas de la planta baja estaba iluminada. Instintivamente se detuvo y miró hacia dentro. Un hombre y una mujer, muy viejos, se sonreían, afectuosa, calurosamente, desde cada uno de los extremos de la mesa, que era, como las sillas y el aparador, grande, fuerte, resistente. Ella tenía un chal de punto gris sobre los hombros; él una camisa sin cuello y un grueso chaleco de lana. Los restos de la cena estaban todavía sobre la mesa. De pronto la mujer se levantó, recogió los platos y salió de la habitación. La muchacha no quiso ver más. Suspiró inexplicablemente y siguió caminando. Al atravesar una nueva bocacalle el viento volvió a despeinarla. Tras la ventana el viejo se levantó, avanzó lentamente y abandonó el comedor. La luz dejó de reflejarse en la calle.

La muchacha, siempre sin motivo aparente, dejó la calle y regresó al camellón. En una de las bancas un bulto se perfiló en la oscuridad. Cuando pasó junto a él, se dividió en dos y una risa nerviosa se extendió en el aire. Los miró sin poder distinguirles las caras y siguió su camino. Un halo de soledad se desprendía de la débil luz que la interminable fila de faroles proyectaba sobre el piso brillante.

La bolsa golpeaba rítmicamente contra su cadera y su peso hacía que sintiera el hombro izquierdo ligeramente más bajo que el otro. Caminó unos pasos más y se la cambió al otro lado.

Poco antes de llegar al cine, un niño le ofreció un periódico y ella le entregó el importe olvidándose de recoger el papel.

Se detuvo un momento frente a un carro ambulante que despedía un agradable calor y poco después se alejó, masticando con cuidado para no quemarse. Ahora todo estaba tranquilo y ella se sintió como si estuviera dentro de un agujero en el centro del aire. Abandonó la idea de entrar a ver el final de cualquier película y pasó rápidamente frente a la taquilla, resistiendo la tentación de detenerse a mirar los carteles que anunciaban los próximos estrenos.

Durante largas horas había esperado inútilmente, aterida de frío, impaciente, unas cuantas calles atrás. Nada de eso importaba ya. Sólo el cansancio y el sabor incierto de la espera le recordaban esos momentos. Quería caminar y olvidarlo todo: la alegría y la esperanza y después el principio de las dudas y al final la certeza de que no vendría, junto con la necesidad angustiosa de decir a alguien todas las palabras que tenía guardadas para él.

Las ventanas iluminadas y el brillo del cine quedaron atrás. A los lados de la calle sólo había árboles y flores marchitas brotando mágicamente de la semioscuridad. El ruido de los automóviles y sus faros deslumbrantes se hizo cada vez más lejano y ella se sentó en una de las bancas sin mirar en su derredor. Descubrió que estaba cansada. Del fondo de la bolsa sacó un cigarro. La débil llama de su encendedor se extinguió tres veces antes de que lograra prenderlo. Luego fumó larga y ávidamente, mientras las hojas, tan ruidosas como la lluvia, caían a su alrededor.

Cuando el niño, silenciosamente, se sentó a su lado, el lejano silbato de un tren cubrió de melancolía y tristeza los densos rumores de la noche. Ella lo miró sin asombrarse. Parecía tener frío. Estaba descalzo, despeinado y sucio. Le pidió que le regalara un cigarro y después, mientras fumaba vorazmente, mirándola y sonriendo, le contó que dormía en la calle y que todavía no había comido. Sintió una lástima extraña, que la abarcaba a ella misma; volvió a buscar en la bolsa y le regaló casi todo lo que traía. Después se levantó y caminó hasta que los faros de los coches volvieron a deslumbrarla ininterrumpidamente.

Antes de que la lluvia se hiciera torrencial llegó a la esquina y se subió al primer camión que atendió su llamada. Estaba casi vacío y avanzaba lentamente. Sin embargo, allí, mirando a los demás pasajeros y sintiendo el olor, viscoso y penetrante, que el día había dejado y al que ahora se unía el que provocaba la lluvia mientras los vidrios se cubrían de un espeso vaho, se sintió protegida, cálida y tranquila. Prendió otro cigarro y miró por la ventanilla la calle mojada, recordando otros días, otros años, las risas y la alegría, la emoción del conocimiento, la sensación de ser comprendida, y la soledad de ahora, hasta que el vaho le impidió toda visibilidad. Entonces observó con cariño, casi con gratitud a los demás pasajeros: dos obreros, albañiles seguramente, con sus portaviandas a los pies, y la cara, el pelo y la ropa manchados de cal; un señor gordo y canoso, con un traje negro raído hasta parecer verde, que leía el periódico desdoblándolo cuidadosamente; un muchacho flaco con barros y ojos tristes, que le devolvió la mirada con malicia y sonrió ambiguamente; una mujer, no muy joven, a la que el muchacho había estado mirando continuamente antes de que ella subiera; una vieja, mal vestida, que respondía pacientemente a todas las inesperadas preguntas que le dirigía la niña que llevaba de la mano, y al fondo, mirándose, sonriéndose, bajo la luz tenue y gastada, una pareja de edad indefinida, compañeros de oficina probablemente. El chofer, cansado, miraba de vez en cuando a los pasajeros por el espejo y el camión chillaba y se quejaba mientras los coches lo pasaban rápidamente. Todo parecía mortecino y agónico. La lluvia repiqueteaba monótonamente sobre el techo de lámina. La sensación de soledad y abandono volvió a apoderarse de ella, que la acogió casi con ternura.

El muchacho con barros se cambió al asiento de atrás y poco después al de junto a ella; pero no pudo ir más allá de pedirle un cerillo, que ella le regaló sin sentirse ofendida y, unas cuadras más adelante, se bajó detrás de la señora no muy joven. El señor gordo terminó su periódico y lo dejó a su lado, olvidándose de recogerlo al bajarse. Subieron otros dos jóvenes y el sonido de sus risas siguió molestándole hasta varias cuadras después de que se bajaran. El chofer avisó que allí terminaba el recorrido y ella se bajó, silenciosa e indecisa, detrás de la vieja con la niña, los dos obreros y la pareja de oficinistas.

La lluvia se había convertido en una llovizna punzante y helada que volvió a enrojecerle la nariz, mientras caminaba sin rumbo fijo, detrás de la pareja de oficinistas mirando los aparadores iluminados. Libros, discos, pieles, vestidos, alhajas, curiosidades. La calle brillaba como un espejo y la ciudad entera parecía alegrarse por ello. De vez en cuando el sonido de un claxon, dispersándose en el aire, tapaba el de los motores. Las mesas vacías de un café, detrás de la amplia ventana cubierta de letreros, la hicieron recordar la hora. Pensó en su casa, en las preguntas y reproches y en las mentiras que tendría que inventar. El recuerdo de la espera le llenó nuevamente la boca, y los aparadores perdieron todo su encanto. Atravesó rápidamente y paró un taxi, tratando de evitar que el nudo en la garganta se convirtiera en lágrimas.

Cuando llegó a su casa, rechazó la cena, evitó las preguntas, se encerró en su cuarto y lloró larga, silenciosa, desesperadamente...

SERGIO PITOL

(Puebla, Pue., 1933)

Traductor, ensayista, narrador, Sergio Pitol ha escrito tres libros de cuentos —*Tiempo cercado* (1959), *El infierno de todos* (1964), *Los climas* (1966)— y una novela —*El tañido de una flauta* (1972). Su formación cultural se inició en Córdoba, Ver., y en la ciudad de México, donde llevó al cabo estudios superiores, pero su vocación literaria ha madurado en los largos años pasados en el extranjero, donde ha cumplido encargos culturales y diplomáticos.

Desde Viena, Nápoles, Varsovia, Pekín, Roma, Berlín, ha logrado una perspectiva más clara y profunda de la realidad de su país, esto es, el microcosmos que sustenta su obra narrativa con infinidad de motivos. Esa misma distancia lo ha llevado a compartir las angustias humanas, que no por darse en otros climas ha sentido ajenas; antes bien parecen ser ecos de circunstancias que directamente le atañen. Entre las cenizas del pasado, bajo la catarata de nombres con que se pretende llenar el vacío de la tierra natal, en la diaria comprobación de una convivencia sin más estímulo que el principio del odio, en la clausura total de cualquier ilusión, en todos los casos, en el momento inesperado está presente la revelación de la vacuidad del mundo.

En *Los climas* no se advierte ningún intento por luchar contra el destino. Y la actitud pesimista de Pitol parece tener su origen en la vida de sus primeros años, en Córdoba, que él recrea en *Tiempo cercado* —relatos que más tarde amplía y perfecciona en *Infierno de todos*. Estos cuentos no sólo configuran la particular imagen que el autor tiene de la vida familiar y su contorno, sino que constituyen el mundo novelesco que como creador le es propio. Se ha asomado al panorama de una realidad inagotable que entreteje con libertad hechos y experiencias en asociaciones libres donde el relato, las épocas, los personajes, forman una compleja atmósfera que cubre la esencia novelesca y su significado profundo, y que

163

se desarrolla en un presente continuo y en una ciudad determinada: Córdoba.

En este lugar la autoridad se ha mantenido, al través de generaciones, por la fuerza y el terror: "Mi padre ha seguido la obra de su padre y cuando a su vez él desaparezca, yo seré el señor de la comarca, me convertiré en el demonio, seré el Azote, el Fuego y el Castigo..."

Por siempre las ambiciones engendran crímenes. Los hermanos se matan, las familias se dispersan, crecen los odios y se multiplican las venganzas. El aire de severidad de los viejos se diluye en distancia y soledad. Las mujeres son mercancía que afianza la seguridad económica, amas de llaves que mantienen "el orden y la dignidad" de la casa, jovencitas cuya frescura vitaliza los insomnios de los señores mayores; trastos de desecho si equivocaron el camino tradicional; tías viejas que se toleran con vistas a un futuro promisorio. Relaciones secretas, abandonos inexplicables, amores despiadados, accidentes y muertes, locura y vergüenza.

Todos, los hombres de acción y los cavilosos melancólicos, los jóvenes y los viejos, las mujeres fuertes y las veleidosas, los pobres y los ricos, entrecruzan sus vidas como cómplices o verdugos. Arden en una misma insatisfacción, bajo la condena que cada quien construyó para su propia tortura.

Victorio Ferri cuenta un cuento *

Para Carlos Monsiváis

SÉ QUE ME LLAMO Victorio. Sé que creen que estoy loco (versión cuya insensatez a veces me enfurece, otras tan sólo me divierte). Sé que soy diferente a los demás, pero también mi padre, mi hermana, mi primo José y hasta Jesusa, son distintos, y a nadie se le ocurre pensar que están locos; cosas mucho peores se dicen de ellos. Sé que en nada nos parecemos al resto de la gente y que ni siquiera entre nosotros existe la menor semejanza. He oído comentar que mi padre es el demonio y aunque hasta ahora jamás haya llegado a descubrirle algún signo externo que lo identifique como tal, mi convicción de que es quien es se ha vuelto indestructible. No obstante que en ocasiones me enorgullece, en general ni me place ni me amedrenta el hecho de formar parte de la progenie del maligno.

* Pitol, Sergio. *Infierno de todos*. Universidad Veracruzana. Xalapa, México, 1964.

Cuando un peón se atreve a hablar de mi familia dice que nuestra casa es el infierno. Antes de oír por primera vez tan rotunda aseveración yo imaginaba que la morada de los diablos debía ser distinta (pensaba, es claro, en las tradicionales llamas), pero cambié de opinión y di crédito a sus palabras, cuando luego de un arduo y doloroso meditar se me vino a la cabeza que ninguna de las casas que conozco se parece a la nuestra. No habita el mal en ellas y en ésta sí.

La perversidad de mi padre de tanto prodigarse me fatiga; le he visto el placer en los ojos al ordenar el encierro de algún peón en los cuartos oscuros del fondo de la casa. Cuando los hace golpear y contempla la sangre que emana de sus espaldas laceradas muestra los dientes con expresión de júbilo. Es el único en la hacienda que sabe reír así, aunque también yo estoy aprendiendo a hacerlo. Mi risa se está volviendo de tal manera atroz que las mujeres al oírla se persignan. Ambos enseñamos los dientes y emitimos una especie de gozoso relincho cuando la satisfacción nos cubre. Ninguno de los peones, ni aún cuando están más trabajados por el alcohol, se atreve a reír como nosotros. La alegría, si la recuerdan, otorga a sus rostros una mueca temerosa que no se atreve a ser sonrisa.

El miedo se ha entronizado en nuestras propiedades. Mi padre ha seguido la obra de su padre, y cuando a su vez él desaparezca yo seré el señor de la comarca: me convertiré en el demonio: seré el Azote, el Fuego y el Castigo. Obligaré a mi primo José a que acepte en dinero la parte que le corresponde, y, pues prefiere la vida de la ciudad, se podrá ir a ese México del que tanto habla, que Dios sabe si existe o tan sólo lo imagina para causarnos envidia; y yo me quedaré con las tierras, las casas y los hombres, con el río donde mi padre ahogó a su hermano Jacobo, y, para mi desgracia, con el cielo que nos cubre cada día con un color distinto, con nubes que lo son sólo un instante para transformarse en otras, que a su vez serán otras. Procuro levantar la mirada lo menos posible, pues me atemoriza que las cosas cambien, que no sean siempre idénticas, que se me escapen vertiginosamente de los ojos. En cambio, Carolina, para molestarme, no obstante que al ser yo su mayor debería guardarme algún respeto, pasa ratos muy largos en la contemplación del celaje, y en la noche, mientras cenamos, cuenta, adornada por una estúpida mirada que no se atreve a ser éxtasis, que en el atardecer las nubes tenían un color oro sobre un fondo lila, o que en el crepúsculo el color del agua sucumbía al del fuego, y otras boberías por el estilo. De haber alguien verdaderamente poseído por la demencia en nuestra casa, sería ella. Mi padre, complaciente, finge una excesiva atención y la alienta a proseguir, ¡como si las necedades que en esos momentos escucha pudieran guardar para él algún sentido! Conmigo jamás habla durante las comidas, pero sería una necedad que me resintiera de ello, ya que por otra parte sólo a mí me está concedido disfrutar de su intimidad cada mañana, al amanecer, cuando yo apenas regreso a la casa y él, ya con una taza de café en la mano que sorbe apresuradamente, se dispone a lanzarse a los campos a embriagarse de sol y brutalmente aturdirse con las faenas más rudas. Porque el demonio (no me lo acabo de explicar pero así es) se ve acuciado por la necesidad de olvidarse de su crimen. Estoy seguro de que si yo ahogara a Carolina en el río no habría de sentir el menor remordimiento. Tal vez un día, cuando pueda librarme de estas sucias sábanas que nadie, desde que caí enfermo, ha venido a cambiar, lo haga. Entonces podré sentirme dentro de la piel de mi padre, conocer por mí mismo lo que en él intuyo, aunque, desgraciada, incomprensiblemente, entre nosotros una diferencia se interpondrá siempre: él amaba a su hermano más que nada en el mundo; más que a la palma que sembró frente a la galería, y que a su yegua alazana y a la potranca que parió su yegua; mientras Carolina es para mí sólo un peso estorboso y una incómoda presencia.

En estos días, la enfermedad me ha llevado a rasgar más de un velo hasta hoy intocado. A pesar de haber dormido desde siempre en este cuarto, puede decirse que apenas ahora entrega sus secretos. Nunca había, por ejemplo, reparado en que son diez las vigas que corren al través del techo, ni que en la pared frente a la cual yazgo hay dos grandes manchas producidas por la humedad, ni en que, y este descuido me resulta intolerable, bajo la pesada cómoda de caoba anidaran en tal profusión los ratones. El deseo de atraparlos y sentir en los labios el pulso y el latir de su agonía me atenaza. Pero tal placer por ahora me está vedado.

No se crea que la multiplicidad de descubrimientos que día tras día voy logrando me reconcilia con la enfermedad, ¡nada de eso! La añoranza, a cada momento más intensa, de mis correrías nocturnas es constante. A veces me pregunto si alguien estará sustituyéndome, si alguien cuyo nombre desconozco usurpa mis funciones. Tal súbita inquietud se desvanece en el momento mismo de nacer; me regocija el pensar que no hay en la hacienda quien pueda llenar los requisitos que tan laboriosa y delicada ocupación exige. Sólo yo· que soy conocido de los perros, de los caballos, de los animales domésticos, puedo acercarme a las chozas a escuchar lo que el peonaje murmura sin provocar el ladrido, el cacareo o el relincho con que tales animales denunciarían a cualquier otro.

Mi primer servicio lo hice sin darme cuenta. Averigüé que detrás de la casa de Lupe había fincado un topo. Tendido, absorto en la contemplación del agujero pasé varias horas en espera de que el animalejo apareciera. Me tocó ver, a mi pesar, cómo el sol era derrotado una vez más, y con su aniquilamiento me fue ganando un denso sopor contra el que toda lucha era imposible. Cuando desperté, la noche había cerrado. Dentro de la choza se oía el suave ronroneo de voces presurosas y confiadas. Pegué el oído a una ranura y fue entonces cuando por primera vez me enteré de las consejas que sobre mi casa corrían. Cuando reproduje la conversación mi servicio fue premiado. Parece ser que mi padre se sintió halagado al revelársele que yo, contra todo lo que esperaba, le podía llegar a ser útil. Me sentí feliz porque desde ese momento adquiría sobre Carolina una superioridad innegable.

Han pasado ya tres años desde que mi padre ordenó el castigo de la Lupe, por maledicente. El correr del tiempo me ha convertido en un hombre, y, gracias a mi trabajo, he sumado conocimientos que no por serme naturales dejan de parecerme prodigiosos: he logrado ver a través de la noche más profunda; mi oído se ha vuelto tan fino como lo puede ser el de una nutria; camino tan sigilosa, tan, si se puede decir, aladamente, que una ardilla envidiaría mis pasos; puedo tenderme en los tejados de los jacales y permanecer allí durante larguísimos ratos hasta que escucho las frases que más tarde repetirá mi boca. He logrado oler a los que van a hablar. Puedo decir, con soberbia, que mis noches rara vez resultan baldías, pues por sus miradas, por la forma en que su boca se estremece, por un cierto temblor que percibo en sus músculos, por un aroma que emana de sus cuerpos, identifico a los que una última vergüenza, o un rescoldo de dignidad, de rencor, de desesperanza, arrastrarán por la noche a las confidencias, a las confesiones, a la murmuración.

He conseguido que nadie me descubra en estos tres años; que se atribuya a satánicos poderes la facultad que mi padre tiene de conocer sus palabras y castigarlas en la debida forma. En su ingenuidad llegan a creer que ésa es una de las atribuciones del demonio. Yo me río. Mi certeza de que él es el diablo proviene de razones más profundas.

A veces, sólo por entretenerme, voy a espiar a la choza de

Jesusa. Me ha sido dado contemplar cómo su duro cuerpecito se entreteje con la vejez de mi padre. La lubricidad de sus contorsiones me trastorna. Me digo, muy para mis adentros, que la ternura de Jesusa debía dirigirse a mí, ya que somos de la misma edad, y no al maligno, que hace mucho cumplió los setenta.

En varias ocasiones ha estado aquí el doctor. Me examina con pretensiosa inquietud. Se vuelve hacia mi padre y con voz grave y misericordiosa declara que no tengo remedio, que no vale la pena intentar ningún tratamiento y que no hay más que esperar pacientemente la llegada de la muerte. Observo cómo en esos momentos el verde se torna más claro en los ojos de mi padre. Una mirada de júbilo (de burla) campea en ellos y ya para esos momentos no puedo contener una estruendosa risotada que hace palidecer de incomprensión y de temor al médico. Cuando al fin se va éste, el siniestro suelta también la carcajada, me palmea la espalda y ambos reímos hasta la locura.

Está visto que de entre los muchos infortunios que pueden aquejar al hombre, los peores son los que provienen de la soledad. Siento cómo ésta trata de abatirme, de romperme, de introducirme pensamientos. Hasta hace un mes yo era totalmente feliz. Las mañanas las entregaba al sueño; por las tardes correteaba en el campo, iba al río, o me tendía boca abajo en el pasto, esperando que las horas sucedieran a las horas. Durante la noche oía. Me era siempre doloroso pensar, y por eso constantemente evitaba hacerlo. Ahora, con frecuencia inusitada se me ocurren cosas y eso me aterra. Aunque sé que no voy a morir, que el médico se equivoca, que en El Refugio necesita haber siempre un hombre, pues cuando muere el padre el hijo ha de asumir el mando: así ha sido desde siempre y las cosas no pueden ya ocurrir de otra manera; por eso mi padre y yo, cuando se afirma lo contrario, estallamos de risa. Pero cuando solo, triste, al final de un largo día comienzo a pensar, las dudas me acongojan. He comprobado que nada sucede fatalmente de una sola manera. En la repetición de los hechos más triviales se dan las variantes. Las excepciones, los matices. ¿Por qué, pues, no habría de quedarse la hacienda sin el hijo que sustituyera al patrón? Una inquietud más lacerante aún ha venido a incrustárseme en los últimos días, al pensar que es posible que mi padre crea que voy a morir y su risa no sea, como he supuesto, de burla hacia la ciencia, sino producida por el gozo que la idea de mi desaparición le produce, la alegría de poder librarse al fin de mi voz y mi presencia. Es posible

que los que me odian le hayan llevado al convencimiento de
mi locura...

En la capilla que los Ferri poseen en la iglesia parroquial
de San Rafael hay una pequeña lápida donde puede leerse:

"Victorio Ferri.
Murió aún niño.
Su padre y hermana lo recuerdan con amor".

JOSÉ DE LA COLINA

(Santander, España, 1934)

El grupo de intelectuales españoles que con motivo de la guerra civil se incorporó a la vida cultural de México, contribuyó a una renovación dentro de las instituciones de enseñanza superior; a la creación de seminarios y revistas; a provocar nuevas inquietudes en las actividades artísticas. Quienes llegaron niños y aquí se han formado, están identificados con nuestra vida intelectual y buena parte de ellos vive, como lo hicieron sus padres, de la cátedra, el periodismo, el cine, el teatro y la televisión; de la pintura, la escultura, el trabajo editorial, es decir, del trato con el arte y las letras en sus variadas formas. José de la Colina pertenece a esta segunda generación. De sus primeros años le quedó la imagen borrosa de paisajes de frío, de confusión, de lenguas extrañas. Desde los seis años ha vivido en México, con alguna breve estancia en el extranjero. El sentimiento de la patria inalcanzable padecido con intensidad a través del recuerdo de los suyos le produjo la extraña sensación de vivir en dos mundos, sin pertenecer por entero a ninguno de ellos. En la tarea de escribir trata de encontrar la forma de trascender su sentimiento de inestabilidad, creando para sí "un universo paralelo al cotidiano en el cual podía, si no resolver esa dificultad de vivir, al menos fijarla y desentrañarla". Por la vía de la creación empieza a orientarse y a colmarse su avidez de lectura, su inconformidad, su inquietud, su curiosidad.

El primer libro de José de la Colina es *Cuentos para vencer a la muerte*, de 1955, en edición de Los Presentes. Como fruto típico de los veinte años es, sobre todo por el tono, una obra de afirmación y una promesa. De la Colina cree advertir que aún las vidas más solitarias y tediosas reciben el calor de alguna pequeña ilusión —no importa que ésta sea tardía. El amor está entrevisto como un tósigo, como un impulso, como un milagro, como una canción, como un ruego. Y la imagen de unión familiar que no podrá cumplirse, pintada con la tierna alegría de una realidad imposible.

Entre los cuentos de *Ven, caballo gris* (1959), hay varios sobresalientes. "El tercero", la recreación de un episodio de guerra, no es importante sólo por la técnica narrativa empleada —el asedio a una situación desde varios puntos de vista, y la superposición de planos—, sino por la intensidad dramática que logra al ir eliminando los hechos reales en favor de los imaginarios. Dos hombres, uno de ellos herido, pierden en la nieve las huellas de sus compañeros. El enfermo alterna sus quejas con las alusiones continuas a otro soldado inconforme, hosco, que fumaba su pipa y examinaba su reloj y que cayó abatido por una granada. Alberto, el soldado sano, acosado por la desesperación de saberse abandonado, por la imposibilidad de ayudar al compañero, por la ilusoria claridad de unas luces lejanas, emprende una carrera frenética y pierde el sentido de las cosas: "Se han metido las estrellas en la nieve, la nieve está arriba, la noche abajo, pisada por sus pies..." Su compañero lo llama cada vez desde más lejos, mientras una presencia jadeante le sigue los pasos: alguien que no habla, lleva una pipa en la boca y examina su reloj.

José de la Colina utiliza los símbolos en varios sentidos. El caballo gris... "con la cabeza alzada, las narices bebiendo el aire, las crines humeando contra el crepúsculo, todo el cuello enarcado desde los ijares hasta la quijada, los cascos chapoteando en las rojizas aguas de un río" significa en el recuerdo de un viejo soldado revolucionario, ahora más pobre que nunca, que revive sus glorias en la ronda de los muchachos de la vecindad, su primera gran aventura de hombre valiente, o la sensación de tibieza de la piel de una mujer. Por eso cuando se resiste a que lo saquen de su ruidoso cuarto no está defendiendo sólo esas paredes y ese techo, sino también el nido de su sueño de juventud, cabalgando bajo los cielos anchos entre remolinos de polvo y rugido de balas. La imagen del caballo gris es su única vía de regreso al calor de unos brazos morenos. Y aun ahora provoca los latidos de su cansado corazón con una imagen de belleza femenina fugaz e inalcanzable.

La pantera con su armonioso cuerpo oscuro, suave y silencioso, para acechar y atacar, de ojos amarillos y garras feroces, que se muestra y se esconde entre el vaivén de ramas y manchas de luz, es la imagen de lo bello y terrible que en cualquier momento vendrá a manifestarse ante la impaciencia o el anhelo de un joven en un incidente irrelevante, en un encuentro fortuito. Es la metáfora del amor, de su encuentro, de sus peligros. Es la sensación de ser perseguidor y perseguido en una verdadera "lucha con la pantera".

A la riqueza imaginativa y verbal de los cuentos de José de la Colina hay que añadir que su pasión por el cine le ha dado una especial manera de ver y de expresar los movimientos y las perspectivas. La cámara lenta captura los detalles más nimios para precisar el temblor de una sonrisa, el ritmo y la elasticidad con que se mueven los remos de un caballo o las piernas de una mujer; las grietas en que se quiebra un rostro por causa de un sentimiento venenoso.

De los cuentos de *Ven, caballo gris* y *La lucha con la pantera* (1962), se desprende la tentativa del autor por capturar, mantener y revelar la esencia de un fragmento de vida como quería Conrad. Su talento creador, su poder verbal han sabido componer este universo en el que aparece el exilio como *leitmotiv;* los símbolos como presencias determinantes y como elementos plásticos; la introspección como recurso aglutinante y el tono lírico como presencia intangible.

La lucha con la pantera *

> Deberás enfrentarte a la pantera, si deseas que te respetemos.
>
> *Emilio Salgari*

ATURDIDO por el hambre y el calor, por la húmeda y pegajosa atmósfera emanada de las enormes plantas de anchas hojas relucientes, el hombre se detuvo en el lujurioso corazón de la selva y esperó, con rostro demacrado, sudoroso y barbudo, con los ojos a la vez temerosos y esperanzados, la llegada de la pantera, pero la fiera tardaba, era imposible saber por dónde venía, qué esquina estaba doblando, y como el tiempo se estiraba de un modo insoportable, el joven se levantó del asiento del rincón, en el cafetín atestado de estudiantes, fue hasta la sinfonola, introdujo una moneda, escogió una de las piezas y volvió a su mesa mientras la melodía empezaba a ocupar el espacio, rítmica y suave, por encima de las conversaciones. Sentado ante su café americano, tamborileó con los dedos en la mesa, tap tataraptap, apostando a su propio rostro, que lo observaba desde el oscuro líquido, a que no venía, que sí venía. Solo en el calor, bajo los frondosos árboles que guarecían chilladores animales, respirando agitadamente, apretando en una mano la sudada cacha del revólver, listo para saltar a un lado y disparar cuando las silenciosas, aterciopeladas patas quebraran alguna rama. A que no viene, a que sí viene, y la melodía aleteaba perezosamente, siesta de piano y de batería, intentando llenar

---

* De la Colina, José. *La lucha con la pantera.* Universidad Veracruzana. Xalapa, México, 1962.

con una cálida, espesa miel oscura, las mil y mil minúsculas e insaciables celdillas de tiempo.

Escudriñó por todos lados, a través del intrincado tejido vegetal esponjado e insolente, agresivo de flores rojas, vivas y cegadoras, de gritos y chillidos sin fin, y era imposible no pensar que ellos, sentados en las otras mesas, hablando con ellas, no estaban vigilándolo, espiándolo aunque no lo miraran, preguntándose qué iba a hacer, si en realidad sabría afrontar, de una manera que la selva considerase digna, el salto veloz e imprevisible de la pantera, negro relámpago de garras y ojos incisivos. Dejaba que el café se enfriara, sin ganas de tomarlo en realidad, abandonando sus pensamientos, que iban evaporándose en la zona donde la música flotaba, la cacha sudando en la mano que había sostenido el arma durante muchos, incontables días, en la inacabable caminata a través de la selva, perseguidor y perseguido, buscando los amarillos, terribles y hermosos ojos que lo buscaban, el negro, armonioso cuerpo oscuro hecho para el silencio, para acechar y atacar en silencio con el mismo ritmo y la misma suavidad con que la música melifluía, miel oscura intentando llenar las sin número celdas de tiempo en espera. La primera vez que la había visto fue cuando ella entró en el salón de clases llevando en la mano una nota del director para los maestros (una alumna especial), y podía recordar clara y distintamente el gesto con que aguardó a que la profesora de inglés terminara de leer la misiva: el cuerpo erguido, enfundado en un suéter rojo y una falda negra, la cabeza alzada y la vista perdida en el techo, una mano en la cintura, el brazo doblado en ángulo, y la otra apoyada con las yemas de los dedos en el escritorio de la maestra, absolutamente descuidada, casi ofreciéndose a la pantera, como no sabiendo que la pantera caminaba silenciosamente en la noche, sus músculos moviéndose poderosos y lentos, la negra piel zigzagueada por reflejos lunares, avanzando, con sus ojos de fría fiebre, y él la había mirado desde su asiento, pensando alguno de los nombres que ella podía tener, esa indiferente muchacha, quizá Leonora, Patricia, Isolda, lluvia, inquietud, pantera... Taptarataptap, tamborileó en la mesa y miró hacia la mesera, que se había detenido, flaca, de dientes conejiles, de senos caídos, ante él.

—¿Otro café, joven?

—Por ahora no. Espero a otra persona.

Había recorrido un largo país de aventuras, había atravesado el desierto en la bamboleante joroba de un dromedario, fue perseguido por beduinos feroces cuyos disparos

174

silbaban levantando la arena de las dunas, sufrió sed, vio crueles oasis inexistentes, raptó hermosas princesas cuyo lenguaje desconocía, yació junto a bailarinas de templos escondidos, fue mordido por cobras inesperadas, combatió lanza en mano con asaltantes nocturnos en callejas retorcidas y finalmente (quizá no finalmente, quién podría decirlo) entró en la selva, persiguiendo y siendo perseguido, en una situación interminable, en un juego sólo sabido por la pantera y él. Una tarde él estaba en la biblioteca de la escuela, leyendo una tesis sobre los poetas del Siglo de Oro, algo sobre Garcilaso ("En amoroso fuego todo ardiendo..."), y un codo había rozado el suyo y una voz musitado "dispensa", y entonces él se había vuelto y la había visto, recién sentada a su lado, abriendo un libro y luego un cuaderno de apuntes, y de pronto ("En amoroso fuego todo ardiendo...") Garcilaso se había vuelto pequeño y gritaba desde las letras, y su voz ("En amoroso fuego todo ardiendo...") se perdía, minúscula y risible como la que podría tener una mosca que se ahoga en un vaso de agua, pero en cambio podía oírse, no como ruido sino como una irreal, atronadora cualidad del silencio, como un violento vibrar de todas las membranas del aire y de la noche, el rugido frenético y aterrador de la pantera, que cruzaba las puertas de la atemorizada ciudad, el rugido removiendo las hojas de las palmeras y arrugando la superficie de los estanques. Alguien había puesto otra moneda y escogido otra pieza en la sinfonola y ahora una voz masculina surgió del armatoste cantando una canción norteamericana, y la voz intentaba nuevamente llenar la espera, aquello que (ahora él lo sabía) nunca habría de llenarse con nada, salvo con el amor, o con la muerte, digamos con sólo apoyar un cañón de pistola, duro y frío en la calenturienta sien y luego disparar el gatillo, de modo que la detonación conmovía el silencio, dejando sólo una luz gris, una carta explicatoria y los ojos asombrados, doloridos, de todos los demás. Pero déjate de mariguanadas, haz el favor. Incontables veces, a lo largo del camino del hombre, los morenos indígenas de ojos oscuros y penetrantes hablaron de la pantera, de su terrible y astuta belleza, del silencioso pisar de sus garras asesinas, e insistieron en que era el animal que el hombre tenía el deber de perseguir, que había que enfrentarse a ella, a sus ojos sagrados. Una tarde habían ido con un grupo de condiscípulos al castillo de Chapultepec, y allá arriba, mientras anochecía sobre la ciudad, el viento la despeinaba, creando en torno a su cabeza un agitado halo de cabellos furiosos, de modo que él podía llamarla Leonora,

Medusa o inquietud y luego habían bajado a pie y los dos iban silenciosos detrás de los demás, que gritaban alegremente como para afirmarse en el anonimato de la noche, y ella lo había mirado un momento a través de la negra materialidad del aire, sus negros ojos acechando bajo el oscuro fleco, y él la hubiera llamado Patricia, Greta o locura. Mientras la canción sonaba en la voz del cantante norteamericano, empezó a dibujar en una servilleta, con trazos lentos, se diría que astutos, las formas elásticas pero inmóviles de la fiera inmortal. Entonces ella entró en el cafetín. Imaginemos la pantera, hermanos mortales. Su nombre es amor, muerte o locura. Sigilosa, en otro universo que el del ruido, lista siempre para saltar, armoniosa en su negra piel de eléctricos reflejos. Su nombre es amor, muerte o locura.

—¿Llevas mucho tiempo esperándome?

—No.

Llevaba esperándola tantos desiertos y sobresaltos que no podría contarlos, tantos nombres y cuerpos y noches y sed y frío. El hombre sintió que el terror se apoderaba de él, en amoroso fuego todo ardiendo, que los nervios se le alertaban, sabedores del peligro, y lamentó entonces no haber robado el talismán, el ojo mágico de la frente del dios oculto en el templo, sospechando que la pantera estaba a unos pasos, vigilando a la princesa que sonreía inmóvil frente a él.

Ella se había sentado junto al joven, el muslo de ella había rozado el de él, los ojos de ella miraron sus ojos, y poco a poco la virilidad de él fue irguiéndose, como en la oscuridad se alza la cabeza de la cobra para disparar su lengua venenosa, en amoroso fuego todo ardiendo, y entonces él pensó que podía llamarla cualquier cosa que un hombre perdido en la selva, sabiéndose perseguido y perseguidor, piensa como primer nombre que designe al peligro que se le acerca, que lo acecha desde no sabe qué lugar, con sus ojos amarillos, aprestando los silenciosos músculos para el salto definitivo. Tragó saliva y preguntó:

—¿Qué vas a tomar?

—Una coca.

—¡Una coca, señorita! —encargó a la mujer conejo.

Nuevamente ella lo miró, curiosa, sonriente, pasándose los dedos por el cabello, aparentemente arreglándolo pero en realidad despeinándolo más, desordenando estratégicamente algunos mechones sobre la frente, casi sobre los frioscuros acechantes ojos que él veía preguntándose (preguntar y preguntar y siempre preguntar sin dejar de preguntar) si en verdad ella le había dado alguna vez signo de interés, es decir: si ella se había enterado al menos de que él era algo más que un hombre y que un aparato de carne y hueso (y ojos, ciertamente) cumpliendo su anodina función de respirar, comer, digerir, evacuar, dormir, despertar y silbar como un tonto, o un irresponsable o un simple estudiante.

—¿Qué piensas hacer? —preguntó ella.

—¿Cómo?

—Que qué piensas hacer.

—Pst.

—¿No vas a hablar con él?

Con el profesor de Geografía Física, el joven profesor alto y fornido, de recortado bigote y ojos alegres, siempre tan buen mozo, tan atractivo para las muchachas, y tan ocurrente, tan rápido para definir a un alumno con unas cuantas palabras burlonas e hirientes, por más que él decía que nunca deseaba ofender.

—No. Que se vaya a...

—Pero te va a suspender.

Se encogió de hombros.

—De por sí ya estás mal en esa materia.

—Puedo prepararme para presentarla a título de suficiencia.

—No te hagas muchas ilusiones. Nadie sale vivo de eso.

Volvió a encogerse de hombros y el hombre recordó, como si las susurraran a su oído, las palabras de los indígenas que, antes de entrar él en la selva, le habían dicho que nadie salía vivo o cuerdo de allí, que la selva podía llamarse muerte o locura, pero que, fuera lo que fuese, el hombre debía entrar y conocerla, en amoroso fuego todo ardiendo, y hubiera querido saber si Garcilaso el pobre tonto enamorado, el serenamente furioso Garcilaso habría estado alguna vez en un cafetín afrontando los ojos inmortales del perseguidor perseguido, de la pantera, de la hermosa princesa india escapada del poder y el fausto de un enamorado maharajá?

—¿Y cómo se te ocurrió contestarle eso?

Contestarle al apuesto profesor que a él no lo humillaba nadie y que a los profesores les pagan para enseñar y no para humillar a los alumnos.

—No sé. Pensaba en otra cosa.

—¿Pensabas en otra cosa? Estabas en otro mundo, querrás decir.

Estaba en la selva, esperando a la pantera, como ahora.

—No quiso ofenderte —dijo ella—. Ya sabes que es muy bromista con todos. Y si todos fuéramos a ofendernos por sus ocurrencias.

—Yo entendía otra cosa. Además todos me estaban viendo como si...

—Puras imaginaciones tuyas.

Como si fuera de cristal y todo su interior se pudiera ver a través del transparente pellejo, o como si sus ojos estuvieran delatándolo, ya que en realidad siempre lo delataban, toda vez que tenía que atravesar en amoroso fuego todo ardiendo el patio de la escuela, pasando entre muchachas, delatado por sus ojos que se hacían vergonzosamente penetrables, incapaces de luchar con otros ojos. La vio, estaba a unos metros, encaramada en la copa de un árbol, midiéndolo con los ojos sagrados, inmóvil aunque bajo la lustrosa piel negra se advertía el trabajo de los músculos, su rítmico contraerse para el salto.

—Bueno —dijo ella—. Quedé en verme con Marta. Dijiste que tenías que decirme algo.

Y de repente, quebrando aquel hechizo sólo para crear otro más vasto y oscuro, desencadenando un tiempo que parecía no tener límites allí, en aquel claro de la selva, la elástica forma negra se desprendió del árbol, alada, silenciosamente, no como arrojándose hacia abajo, sino como si fuera a volar, y el cazador, totalmente indefenso, comprendió que sólo una entre mil probabilidades tenía de salir vivo de la selva, y por un momento, antes de enfrentarse al abrazo mortífero de la fiera, a sus ojos ardientes y a las silbantes garras sin piedad, miró la sonrisa inmóvil de la princesa, hermosa y sonriente entre la pantera y él, y algo le hizo saber, cuando las garras cortaban ya su piel, que la lucha aquella no sería única y que otras luchas, ignoraba cuántas, le esperaban a través de desiertos y selvas, de días y noches, en el interminable, siempre repetido y siempre nuevo y desconcertante juego del perseguidor y el perseguido, así que se quedó callado, mirando los ojos de ella y tratando de sonreír, previendo lo que ahora, dentro de un segundo, la voz de ella iba a decirle, estaba diciéndole, decía:

—¿De qué querías hablarme?

ERACLIO ZEPEDA

(Tuxtla Gutiérrez, Chis., 1937)

Eraclio Zepeda se reveló como poeta en los volúmenes colectivos *La espiga amotinada* (1960) y *Ocupación de la palabra* (1965). De su paso como maestro en la Universidad de Oriente, en Cuba, dan fe dos libros de poemas: *Asela* (1962), y *Compañía de combate* (1964). Su primer libro de cuentos, *Benzulul* (1959), fue publicado por la Universidad Veracruzana y el segundo, *Asalto nocturno* (1975), fue acreedor al Premio Nacional de Cuento, 1974.

Por la importancia numérica de la población indígena que tiene como metrópoli a San Cristóbal Las Casas y por las peculiaridades de su cultura, los tzotziles y tzeltales han cautivado la atención de antropólogos, historiadores y literatos. La corriente literaria conocida como el Ciclo de Chiapas que agrupa a Ricardo Pozas, Ramón Rubín, Carlo Antonio Castro, María Lombardo de Caso, Rosario Castellanos y Eraclio Zepeda, tiene como característica sobresaliente que el indio mismo exprese su realidad como ser humano; que se muestre la vigencia de mitos arraigados a sus costumbres actuales, la vitalidad de conceptos mágicos como el significado del nombre para la identidad personal, de las manifestaciones sobrenaturales, del valor del tiempo y de la presencia de la muerte.

En *Benzulul*, Eraclio Zepeda ha captado con procedimientos literarios la esencia del mundo primitivo que conoce en profundidad y maneja con natural soltura. El lenguaje que usa es eficaz en la medida en que traduce el pensamiento del indio, refleja sus estados de ánimo, pone de manifiesto sus sentimientos: amor, ternura, miedo, odio; su arraigo a la tierra, a las viejas costumbres. Con los largos monólogos interiores Zepeda refleja el caviloso malestar del indio cuando aparece el drama de su contacto con la astucia del ladino del que siempre será víctima. De esos continuos fracasos en que las antiguas enseñanzas recogidas de generación en generación empiezan a mostrar su ineficacia, nacen la desconfianza y el deseo de cambiar.

Después de caminar veintidós años por todos los caminos para estar seguro, para guardar su identidad, su semilla, Juan Rodríguez Benzulul quiere cambiar su nombre indio por un ladino, que le dé fuerza y poder para apropiarse de tierras y ganado, mujeres y siervos. Con la ayuda de la nana Porfiria en un rito especial se cambia el nombre por el de Encarnación Salvatierra, para que, como el ladino explotador, haga lo que haga, sea siempre respetado. Cuando Benzulul empieza a poner en práctica su nueva personalidad, Salvatierra castiga la osadía del indio colgándolo de un árbol y cortándole la lengua, porque quería robarle el nombre, sin el cual "uno se queda como sin defensa".

"Viento" transcribe el diálogo de un indio viejo con los poderes de la naturaleza, el viento y la culebra. Matías lo ha perdido todo, menos su facultad para llamar al viento sur para que se lleve el temporal. Sin embargo, parece que sus piernas no le ayudan y su voz carece de fuerza. Por medio de la retrospección el relato presenta sus antecedentes, sus relaciones con comerciantes ladinos y con ingenieros de carreteras, para volver a centrarse en el viejo que permanece inmóvil en espera del milagro. Sus relaciones sobrenaturales, su encuentro con la muerte, con la luna llena, con la culebra y por fin con el viento sur, tienen mayor sentido que las que podía establecer con quienes parecen ser sus semejantes.

La muerte, tema central de *Benzulul*, tiene en "No se asombre, sargento", una doble perspectiva: la del propio final como acontecimiento irremediable y esperado y la de la agonía y la muerte del padre del indio que cuenta con profunda naturalidad, en un largo monólogo, la historia de tardía comprensión que es común entre padres e hijos.

Asalto nocturno es una colección formada por ocho cuentos breves en los cuales el autor de *Benzulul* ha dejado atrás el indigenismo para intentar temas y técnicas varias en ambientes muy diferenciados: Pekín, y un matrimonio inglés; Cuba, y una mujer rusa; la ciudad de México, las playas distantes. Situaciones imaginarias o insólitas, con un tratamiento adecuado en cada caso y un tono irónico, desenfadado y certero.

"Los trabajos de la ballena", con base en un sucedido real o en un conocido cuento norteamericano, no alaba el heroísmo del pescador ni explota su angustia. Insiste, en cambio, en cómo una riqueza inesperada, cuando se es incapaz de beneficiarla, puede convertirse en una enorme masa putrefacta que causa más males que bienes.

No se asombre, sargento *

ESTO JUÉ entrando la nochecita; serían por ahi de las seis
de la tarde, porque ya los zanates se dejaban caer como
puñados de frijol sobre el zacatal. Yo tenía como dos diyas
de no dormir, esperando que en cualquier momento el viento
cambiara de camino y se llevara el ánima de mi tata que
ya se andaba queriendo morir desde dos semanas antes.
No se sabe qué es lo que tenía; el dotor nomás meneaba la
cabeza de un lado pal otro, igualito que un gavilán cuando
anda buscándole el ruido a los conejos: nomás eso hacía,
digo, y no declaraba qué es lo que había caido al tata que-
brándole el cuerpo con aquellos calenturones como de ter-
ciana. Que si era esto, que si era aquello, y no sé cuántos
decires más. La verdá es que desde que le echó la primera
revisada yo me quedé con la seguridá de que aquel dotor
nomás andaba dándole vueltas al bramadero sin saber en
donde meter el ñudo.

El tata era hombre macizo, cuerudo como decimos; pero
de pronto, cuando vino a ver, se le empezaron a poner los
ojos turbios, ya no aguantaba la boca, y ya no se pudo levantar del catre; ansina empezó la cosa: después pujaba y
echaba maldiciones porque se quería parar pa meter el hombro en las tareas, pero ya las juerzas no le daban cabalidá.
A yo me entraba un pálpito por los dedos cada vez que entraba al cuarto y le pasaba las manos por aquella cara que
parecía piedra de rescoldo por lo caliente. Y él nomás me
quedaba viendo y buscaba la manera de reírse conmigo, y yo
también le contestaba de la misma intención, pero por dentro
sentía que me quebraban el chaco y me cundía por todo el
cuerpo una retumbadera de hipos que parecía que ya merito
me iba a poner a chillar. Sólo por no darle un disgusto al
viejo jué que no se me pusieron de cristal los ojos con la
lloradera. Pero apenitas salía del cuarto me iba pal corral
y allá me hacía guaje hasta que me pasaba el sentimiento.

Yo, desde que cayó enjermo, sabía que ya se le había
pelado la fortaleza y que no era más que una cañita seca de
milpa. Supe que el tata no tenía pa cuando sanar; y lo más

---

* Zepeda, Eraclio. *Benzulul.* Ficción. Universidad Veracruzana. Xalapa,
México, 1959.

seguro era que ya no volviera a caminar más nunca. En las noches me jalaba los pelos y me mordía la boca pa no pegar de gritos, porque yo sabía que no quedaba otra cosa sino irle a buscar un lugarcito pa enterrarlo, porque era seguro que se me moría. Palabra que sentía un miedo como el que dan las cuevas de Cerro Hueco cuando uno las mira de chamaco; esa misma calazón que da la soledá y la negrura era la que me tenía golpeado en aquellos diyas de la gravedá del viejo. De la misma formalidá que si él me estuviera contando cosas de en antes, yo veía un montón de sucedidos que me pasaban por la cara, y eran cosas que habíamos visto juntos el viejo y yo. Ansina eran todas las noches: de la cruz a la firma del sueño yo no podía ni cabecear viendo aquellos recuerdos que se me metían por todos lados como avisándome que ya eran los últimos momentos que pasábamos juntos; algunos de esos recuerdos me hacían chillar de tristeza y hasta pueque también de alegría, y ésos eran los que se me encajaban en el corazón; pero otros me rechinaban los dientes de coraje y se me acomodaban en los camotes; otros se me clavaban por debajo y yo me sonreía de contento porque es que me había acordado de alguna mujer; pero otros de plano me hacían carcajiar y era que se me metían por los sobacos porque yo sentía que me cosquilleaban de al tiro. Así me pasaba aquellas noches: pensando y repensando recuerdos que me salían de quién sabe dónde, y yo los jugueteaba y aluego los volvía a surdir en la oscuridá, pa volverlos a sacar al rato como si juera uno de esos güeyes que nomás se la pasan eructando la comida pa volverla a masticar. Y en medio de todas esas revolcaderas en el catre, lo que más me calaba era que en toda la vida no había sabido gozar de la cercanía del tata; nomás muy de vez en cuando me le acercaba; pero casi siempre me la pasaba viéndolo de lejecitos como si sólo juera un conocido. La verdá es que él y yo habíamos vivido en una vecindá nomás, pero no muy platicamos de cosas de verdá. Y todo por mi culpa. Primero jué porque a las horas de juntarse yo prefería pelarme al monte a buscar animalitos pa matar; aluego porque me tenía que esconder de sus ojos pa echarme el pinche cigarrito. Y más en después, porque prefería cambalachear sus pláticas por las bebederas con los amigos o por seguirle el paso a alguna hembra. Ansina siempre, por cualquier babosada, yo me le pelaba al viejo y casi no lo había oído platicar de todo lo que él sabía. Sólo muy de cuando en cuando, en los campamentos, cuando a juerzas tenía que estar con él, es que me hablaba de lo que tenía guardado pa contármelo á mí, de lo que sabía, de lo que había visto o de lo que le había tocado hacer. Y yo me ponía más contento que una ceiba llena de pericos de oírle todas aquellas cosas. Y cuando regresábamos pa la casa yo les presumía a los compañeros de lo que había aprendido y me hacía el compromiso de ya no separarme del viejo pa seguir oyéndolo. Pero a los pocos diyas ya andaba por ahi haciéndome el amaldito buscando mis cosas lejos de su autoridá. Total y cuenta que ahora que el viejo se me andaba muriendo yo sentía un coraje de todos los diablos contra mí solito por no haber oído sus palabras que tanta falta me hacían ahora. Me daba cuenta que no había aprendido nada del viejo; que sólo de a por jueras lo conocía; pero de su carne no había agarrado nada por mi culpa. ¡Uno no sabe qué tal es la tierra hasta que la vende!

Me acuerdo cuando se murió mi nana: el viejo estaba como si le hubieran metido un balazo; hablaba nomás por hablar; pa que no dijeran que era llorón. Pero en su soledá el pobre se había quedado como uno de esos palos huecos al que las hormigas le han robado toda la interioridá. Yo era ansina de chamaquito, pero también estaba que no podía decir nada de la pena que me andaba pegando. Y quién sabe por qué, pero la tristeza del tata era lo que más me dejaba rompida el alma. Y yo, pishpilinito como estaba, me hice la obligación de cuidar al viejo, de ya no dejarlo solo, de que siempre me sintiera cerca del ruido de sus espuelas. Pero apenas acabamos de rezarle su novena a mi nana, ya cuanto hay me había olvidado del pensamiento, y ya andaba otra vez trotando con toda la chamacada buscando nidos de pajaritos. Y el viejo solo en su soledá.

Y ahora que el viejo se andaba muriendo me crecía la carga de conciencia, y también me maldecía por no haber sabido acompañarlo. Pero ya pa qué. Eso es lo que pensaba: ahora ya pa qué.

Ansina fueron pasando los diyas, cada vez me convencía más de que el viejo no tenía remedio. La enjermedá se lo estaba chupando. Ya no era ni su sombra lo que ahora se revolcaba bajo las chamarras del catre. Que me maldigan los santos si hice pecado, pero casi quería que ya se me muriera porque a las claras veía que estaba sufriendo más de la cuenta. Él, que siempre había sido como un muchacho por su fortaleza, debe de haber estado con el desconsuelo pudriéndole la agonía de ver que ya no le quedaban esperanzas. Al menos eso era lo que yo me figuraba. El tata se iba quedando con el puro pellejo untado sobre el esqueleto, y yo nomás lo veía y la tristeza me cundía de plano.

Un día amaneció sin calentura y yo me empecé a alegrar y a pensar que a lo mejor se salvaba. Pero cuando el dotor llegó me dijo que eso era lo pior. Que cuando la quemazón se acaba es que ya la vida se dio por vencida, y ya no quiere seguir pataleando. Y ansina jué realmente.

Ese día cayó un gran aguacero que duró desde que tempraneó la mañana hasta que se contó el ganadito. Toda la jornada jué un solo lloviznar, y macizo, como aquellos aguaceros que ya no se ven seguido. A mí eso me tenía encabritado porque mi nana se murió en día de llovizna, y ella decía que la nana grande también. se había pelado en medio de un temporal. Son esas señas que no fallan.

Como decía al principio, serían las seis de la tarde cuando el dotor salió con una cara larga como un tecomate, y todo pálido.

—Quién sabe si hice mal —me dijo—, pero su papá me preguntó que si tenía remedio y yo lo vi tan macho y tan seguro que no lo quise engañar y le hice ver que estaba grave y que se iba a morir. Así se lo dije.

Yo sentí como si me hubieran metido un palo ardiendo. Pegué un reparo y de un salto me paré del banquito en que estaba sentado y me quedé parado frente al dotor. Estaba con el coraje rebalsándome la boca. Hubiera querido agarrar el machete y darle por la madre allí mismo. Tenía piquetes en los ojos como si me hubieran untado chile. Pero aluego me puse a pensar que tal vez eso era lo más mejor; al tata siempre le habían gustado las cosas derechas y a lo macho. Recordé que una vez me había dicho que lo bueno aquí en el campo. es saber cuándo se va uno a morir; que en el campo la muerte no es más que un sucedido que a juerzas tiene que llegar y casi siempre es hasta una salida pa los problemas. Porque pensé todo esto, y porque el dotor, pa qué es más que la verdá, me quedó viendo muy machito, jué que me empecé a apaciguar, y con la cabeza le di a entender que lo que había hecho estaba bien. Aluego me voltié y me quedé viendo pa la pared, hasta que oí clarito los cascos del caballo del dotor pasando por las lajas de la tranca. Entonces respiré hasta onde pude y me juí pal cuarto del tata; me urgía verlo porque el pobre debía de estar queriendo consuelo.

Antecito de la puerta entuavía me detuve. Me quedé buscando la manera de hablarle. De que se olvidara de lo que le habían dicho, de que supiera que ahí estaba su hijo pa darle la mano en los momentos alrevesados, y sobre todo, me quedé parado pa coger valor, porque sentía que de las piernas me subían olitas de calosfrío y si el tata notaba que yo ya mero soltaba la lloradera se iba a poner enojado. Eso me quedé haciendo cuando oí que me llamaba. Ya sin pensarlo me eché el paso y me metí en su cuarto.

—Si viera usté que galán está lloviendo —le dije—, este año vamos a tener buen tiempo pa trabajar.

—Tenés que aprovecharlo. El gasto va a ser juerte. Así que ponte a pensar qué es lo que vas a hacer pa ir pagando las deudas que salgan.

Yo me hice guaje y me puse a ver por la ventanita como si no hubiera entendido lo que me había querido decir. Frente a la ventana pasó despacio el caballo del viejo y ya no más por hablar le dije:

—¡Si usté viera qué hermoso anda su caballo! Con estos diyitas de descanso se ha puesto como bestia de general por lo gordo. Le va a dar alegría cuando usté lo vuelva a montar. Caballo acostumbrado a buena rienda sólo a esa mano se encariña.

El viejo se empezó a sonreír pero aluego, de golpe, cortó el gusto y me dijo:

—Ese animal véndelo a una persona que sea muy de a caballo. Y que se lo lleven pronto pa que no le caiga sangre en su corazón de la tristeza de no encontrarme.

—Pa qué dice eso...

—Pos tal vez tú no estés sobre avisado, pero yo me voy a morir dentro de poco; ya me lo dijo el dotor.

—No piense eso, tata.

Entonces él me hizo una seña con la mano como diciéndome que me callara.

—Ahora tú vas a ser el que se quede al frente de todo. Procurá ser como son los hombres; siempre listo pa cualquier eventualidá y a resolverla como debe ser. No te echés pa atrás en nada de lo que sepás que tienes la razón y también reconocela cuando no la tengás.

Yo sentí que una chibola me subía y me bajaba por la garganta, pero el viejo me obligaba a ponerme hombrecito nomás con demostrarme su serenidá.

—El dotor me dijo que tal vez no pase la noche, ¿lo sabías?

Con una seña de la cabeza le dije que sí, y él me quedó viendo como esperando que yo le dijera más cosas:

—Desde la semana pasada supe que usté se iba a morir, y desde entonces he estado preparando todo lo necesario.

Clarito vide cómo al tata se le alegraron los ojos y yo entendí que era del gusto de verme controlado; aluego me puso su mano sobre la frente y yo la sentí fría, fría, como si la muerte ya le anduviera buscando la embocadura.

—Procurá que todo quede en orden. —Y aluego me acercó más la cabeza jalándome con su mano—. Y que no hayan gritos ni nada en el velorio. Si falta dinero pedile prestado a mi compadre José; él te dará lo que haga falta pal entierro. No es que tenga obligación; pero hemos sido muy amigos.

—Desde hace como siete diyas me dijo que todos los gastos corrían por su cuenta.

Mi tata se sonrió y movió la cabeza. Esos son amigos —dijo— que no fallan ni se escuenden cuando uno los precisa.

Y aluego como si no quisiera que se le fuera a ir ningún pensamiento de los que se le venían:

—Oí... ahí me buscás un lugarcito que no esté tan pior pa que me entierren.

Yo sentí que me puyaban los riñones, pero hice la juerza y ni siquiera moví la cara. Me lo quedé viendo y le di a entender que de eso ni tuviera cuidado. En después ya no pude aguantarme y le dije:

—¡Caray viejo! ¿Cómo puede usté estar tan macho hablando de estas cosas sin que siquiera le tiemble la voz?

El tata se sonrió.

—Cuando está uno viejo ya no hay miedo de nada. Uno anda tranquilo porque ya hizo de todo, y todo lo gozó y lo sufrió. Yo estoy contento de todo lo que vide y lo que arranqué y lo que sembré. Cuando te murás, ahí lo vas a ver, también estarás igual.

—Pos quién sabe. A yo se me arruga el cuero no más de pensarlo...

—No tenés porqué. La muerte no mata, lo que mata es la suerte, y siendo ansina pos pa qué alegar. Lo que sí, acordate siempre, nunca debes de sentirte solo; onde quiera que estés yo voy a andar contigo. Y cuando te murás yo voy a estar esperándote al ladito pa mostrarte el camino.

Así, con esa serenidá con que lo estoy contando me lo dijo. Hasta pué que más a lo macho, porque a yo, con todo y que ya pasaron sus añitos, entuavía siento una urgencia en el gañote cuando platico de estas cosas.

Me quedaba mirando como si se quisiera aprender de memoria mi cara para no olvidarme en el otro mundo y poderme reconocer cuando me viniera a enseñar el camino de los muertos de ley. Y yo sentí que sus ojos me picoteaban la cara.

En después me estuvo platicando sus recuerdos. De lo que

yo nunca había querido oírle me estuvo platicando. Y era como si de plano juéramos cuates más bien que padre y cría. Me contó de cuando anduvo con la carabina repartiendo muerte en la bola, de las ciudades que vio, de sus amigos, de sus enemigos, de sus risas y sus miedos; hasta de sus mujeres y de algunos hermanos que a lo mejor me dejó rodando por las rancherías. A las claras se veía que no quería llevarse ningún recuerdo pal entierro. Y yo los recibía como si juera lluvia de abril, porque a lo macho nunca he aprendido más cosas que esa noche. ¡Cómo sabía cosas el viejo!

Yo sentía que estaba recuperando todo el camino chueco que había caminado. Que en esos últimos decires el tata me abonaba la boca con sus cosas; que me dejaba de golpe todo lo que yo debí ir cargando poquito a poco. Pero me sentía tranquilo, porque ahora sí lo sentía a él cerquita del corazón como si lo tuviera adentro de la camisa.

—Acordate: cuando te murás yo te voy a estar esperando: no tengás miedo. Hay dos cosas a las que no tiene caso sacarles la vuelta: nacer y morirse. De una y otra forma que te caigan es lo mismo. Lo que sí, hay que ponerse listo pa hacer lo que se debe en la vida pa poderse morir tranquilo.

Y yo lo quedaba viendo.

—Otra cosa que debés recordar es que es mejor que te maten por lo que sabés que es la verdá que vivir jediendo a mentira.

Así estuvo hablando toda la noche y yo pegado a la orilla de su catre. A cada palabra que sacaba a las claras se veía que se iba quedando más acabado. Yo veía que se me estaba pelando, y me daba un rechinamiento de güesos el solo pensar que no le podía echar una manita pa nada. Cuando cantó el gallo me dijo: —Agarrame juerte la mano—. Y yo se la apreté y él se la jué poniendo más pálido. Movía la boca sin parar y cualquiera hubiera pensado que estaba rezando, pero yo que lo conocía bien sabía que nomás repasaba recuerdos pa no olvidarse de nada. De repente los chuchos empezaron a latir muy feo, como si tuvieran miedo o como si estuvieran llorando, y yo sentí que el tata me aflojaba la mano. Le besé la frente igual que cuando se iba pa cualquier viaje y le cerré los ojos. Aluego le prendí unas velas y me juí a arreglar lo necesario y a llamar a los amigos.

Ansina jué como se murió mi tata. Ansina me enseñó a morir. Ansina jué que me dijo lo que se debe hacer. Ansina jué que me prometió que siempre iba a andar a mi lado esperando a que me muriera pa vigilar que todo juera como es la obligación; pa que constatara que hijo de tigre tigrillo.

Por eso es que usté no debe espantarse que yo esté tan tranquilo. A cada palada de tierra que saco es una carga menos que tengo. Cuando acabe de abrir la tumba ya todo va a estar arreglado. Pero yo voy a andar entero porque es como hay que portarse, como es la obligación. Porque sé que en estas llanadas lo mejor es no patalear cuando nos llega la hora; porque sé que el tata tenía razón cuando me dijo que la muerte no viene a ser más que un caballo matrero al que algún día tenemos que montar. Por eso es que estoy tranquilo señor. Y usté, sargento, también debe de estar igual. Hoy le toca tirar a usté, mañana le tocará recibir.

—¡Bueno! yo ya acabé de hacer la tumba. No más le recomiendo que me entierren hasta el fondo. Usté dice, sargento, en dónde me pongo pa que me fusile.

Los trabajos de la ballena *

ESTE PUERTO que usted ve con su muelle de concreto, con su calle para ir y venir desde el principio al fin del caserío, con sus casas de ladrillo del lado de la tierra que es donde viven los pescadores y las barracas de madera junto al mar, en la playa, donde se sirve la comida a los fuereños, es ahora un puerto bueno. Pero cuando vinimos los primeros, aquí no había más que mar y soledad en abundancia.

Recuerdo que yo era pequeño y ya sabía de bucear las heredades del ostión y de la almeja, porque cuando hay pocos brazos hasta el dedo chiquito sirve para ir redondeando la comida. Porque en ese puerto, amigo, únicamente había tres casas; la de mi santo abuelo, la de mi santo tío y la de mi madre, que no resultó tan santa porque terminó perdiéndose con un marinero que un día asomó desnudo piloteando una barca de naufragio.

Apenas empezaba a cantar el gallo nos levantábamos y salíamos de las tres casas del pueblo rumbo al mar que a esa hora es un ojo quieto que no sabe de bravuras. Y desde ese momento hasta que empezaban a parpadear las luciérnagas, después del atardecer, no había más remedio que forcejar con las aguas para irles arrancando el alimento.

Mi santo abuelo era el mejor en la pesca, y no había más

* Zepeda, Eraclio. *Asalto nocturno*. Serie del Volador. Editorial Joaquín Mortiz. México, 1975.

que mirarlo caminar por la playa para saber que era marinero, y de los de antes.

Cuando yo llegaba a la orilla del mar ya me encontraba a mi abuelo listo para navegar en su canoa de un solo tronco que él mismo había quemado con fierros ardiendo. Porque antes en eso se bogaba, peleando de verdad con la mar a cualquier hora, y no como es hoy en estas barcas que a punta de gasolina andan pedorreándose en las olas.

Mi abuelo llegaba pisando la espuma que deja la resaca, silbando "ya se va la embarcación". Se santiguaba el pecho con el agua de la primera ola; y encarrerando su cayuco mar adentro, de un brinco se sentaba a bordo y silba silbando se iba con sus remos hasta donde empieza la lejanía del horizonte. Y allí cumplía su faena hasta que el sol de la tarde hacía hervir la mar, poniendo roja la marea como escamas de huachinango. A esa hora volvía mi abuelo silbando o cantando aquello de "Cuando en la playa mi bella Lola / su larga cola luciendo va / los marineros se vuelven locos / y hasta el piloto pierde el compás". Atracaba su cayuco en la playa para bajar las maravillas que había arponeado en todo el día, porque mi santo abuelo sólo con arpón trabajaba, y mientras estaba mar adentro, pensando quién sabe qué saberes en su soledad, tenía siempre listo su arponcito y ya fuera escama, concha o lija, a todo le arrimaba. Y al atracar, sus hijos y sus nietos corríamos a ayudarle a bajar lo que traía y ya todos juntos nos íbamos a los peroles y las ollas para preparar la cena grande; y mientras, el viejo nos dejaba caer historias del mar y sus peligros, y de cómo el pez más grande es la ballena, y que antes él veía rebaños de ellas jugueteando con las barcas, porque aquí enfrente de la costa, a menos de una milla, pasa su camino. Y nosotros que nunca habíamos visto una ballena no podíamos creer nada.

Una mañana, como siempre, mi santo abuelo se santiguó en las aguas y se fue al horizonte. Y allá estaba mirando las aguas sin parpadear, cuando de pronto vio bajo su barca una sombra enorme que bogaba sumergida a menos de una braza. El miedo se le metió en los huesos haciéndole sonar el esqueleto. Rogando ayuda a Santa Bárbara tiró el arpón con toda la fuerza que pudo sobre la mancha aquélla, y cerrando los ojos se tiró boca abajo en el cayuco, esperando ser embarcado por la muerte y no parar de bogar hasta el mismo purgatorio.

Sin embargo no pasó nada. Y como nada sucedió abrió mi abuelo su santo ojo y vio que el sol y el mar eran los mismos, y entonces ya envalentonado abrió el otro ojo y se sentó en la barca.

Bien agarrado con la mano izquierda en babor y la derecha en estribor se asomó y vio que la gran mancha estaba allí con el dardo sembrado, y apenas si una lágrima de sangre andaba como aprendiendo a nadar entre las aguas. Con mucho esmero empezó a recobrar el cordel, y a cada jalón la mancha iba subiendo. Cuando salió a la superficie el viejo se le quebró el espejo de los ojos y llorando tocó el gran lomo jabonoso con el arpón enterrado.

—Carajo, pesqué ballena —exclamó asombrado.

Y pasando la mano una y otra vez sobre la herida, entendió que el animal había muerto desde antes, en pago de Dios sabe qué mala aventura.

Fue un martes en la tarde cuando mi santo abuelo pescó la ballena. Bogó toda la noche del martes, el miércoles completito siguió bogando, y tempraneando el jueves lo divisamos a lo lejos y fuimos a ayudarle. Habíamos estado temiendo que la mar se lo hubiera tragado. Así que cuando lo vimos nadamos con fuerza.

—¿Qué trae usted, abuelo? —preguntamos.

—Ballena —contestó.

El abuelo dirigió toda la maniobra. Ordenó a mi tío que se trajera todos los arpones que había en las tres casas del puerto y él en persona fue clavándoselos a la ballena e indicando dónde debíamos de jalar las cuerdas para arrimarla a la orilla.

Todo el pueblo estuvo tirando las cuerdas hasta el atardecer de aquel jueves bendito. Cuando salió la luna el pescadazo estaba ya varado en las arenas como si fuera un barco encallado. Yo no sé de dónde salieron tantas luciérnagas esa noche, pero todas se fueron a volar encima de la ballena llenándola de luces, haciéndola cada vez más barco.

Nadie durmió esa noche y todos queríamos subirnos a su lomo. Y cuando mi santo tío se trepó, lo único que dijo fue: "Pues de verdad que sí, es ballena".

Al amanecer empezamos a destazarla. Todas las manos del pueblo ayudaron a cortar filetes, a cubrirlos con sal, extenderlos al sol, y a hervir los peroles para sacar el aceite. Trabajamos todo el viernes y el sábado, hasta completar 53 barrilitos cerveceros de manteca. Al promediar el domingo, las moscas habían cubierto totalmente lo que quedaba de la ballena, de tal manera que uno trabajaba en medio de un rumor constante. Bandadas de pelícanos y alcatraces planeaban encima de nuestras cabezas y las gaviotas gritaban sin despegar la mirada de la ballena. Los árboles y las piedras del pueblo estaban viciosos de zopilotes que extendían las alas al sol con impaciencia. Los perros, a punto de volverse locos de tanto comer y tanto correr, ladraban para ahuyentar los pájaros.

Eran las cuatro de la tarde cuando mi abuelo dijo:

—Esta ballena está apestando.

Y la carne que habíamos logrado aprovechar era menos de la mitad de la que aún tenía cubriéndole los huesos.

Al amanecer del lunes la peste era ya insoportable. Ninguno de nosotros pudo acercarse al animal que estaba adueñado por los pájaros. Los perros habían terminado por echarse en la arena cansados de correr y ladrar. Nosotros nos encerramos en las tres casas del pueblo porque la peste era cada vez mayor y empezaba a provocar mareos. Las moscas estaban en todos lados y se nos metían por los oídos y los ojos. Caminábamos con un constante crujir, pisando sobre un pleamar de hormigas venidas de quién sabe dónde, unas que iban camino a la ballena y otras que regresaban de allá cargando pedacitos.

El abuelo ordenó que nos amarráramos pañuelos empapados en vinagre para taparnos la boca y las narices y nos condujo a la ballena para hacer un último intento de librarnos de la peste. Luchando en contra de los pájaros que se habían vuelto insolentes, clavó todos los arpones en la cola del animal y entre todos empezamos a tirar mar adentro. Pero los arpones ya no se sostenían en aquella carne maleada y al jalarlos saltaban al aire haciendo un ruido esponjoso. Además, no era lo mismo llevar una ballena hacia la playa ayudados por las olas, que volverla al mar en contra de la marea.

Al atardecer el abuelo decidió suspender los esfuerzos y todos volvimos aprisa hacia las casas seguidos por la algarabía de los pájaros, entre nubes de moscas y sobre el crujir de las hormigas aplastadas. Fue entonces cuando mi tío le preguntó al abuelo:

—¿Y ahora qué vamos a hacer?

Y el abuelo no contestó hasta que aplastó bien una hormiga con el dedo gordo del pie derecho:

—Si no podemos sacar la ballena del pueblo, pues saquemos al pueblo de la ballena.

Y entonces nos venimos a hacer el pueblo a esta Caleta de San Simón.

JOSÉ EMILIO PACHECO

(México, D. F., 1939)

Desde muy joven José Emilio Pacheco dio muestras de sus aptitudes para ejercer el oficio de las letras, en varias direcciones, con seriedad y creciente maestría. Sus viajes de estudio al extranjero, su constante ejercicio en diarios y revistas literarias, presentan a un investigador informado y riguroso, y a un narrador que elige sus recursos estilísticos lo mismo entre los de la más pura tradición literaria que entre las corrientes más avanzadas.

El primer libro de poemas de José Emilio Pacheco, *Los elementos de la noche* (1963) fue saludado como "el libro más compacto, más completo, más unitario publicado en México por poeta joven, de bastante tiempo a esta parte..." En 1966 aparece su segunda colección de poesías, *El reposo del fuego*, y en 1976 *Islas a la deriva*. Son abundantes sus ensayos, traducciones, reseñas, estudios y notas críticas. A él se debe una *Antología de la poesía mexicana, Siglo XIX* (1965), y su obra narrativa comprende una novela: *Morirás lejos* (1967) y los libros de cuentos: *La sangre de Medusa* (1959), *El viento distante* (1963-1969) y *El principio del placer* (1972).

Las simpatías literarias de José Emilio Pacheco son variadas. A muchas de ellas ha llegado por la influencia que tuvieron en su formación la lectura y el trato directo con Octavio Pàz, Carlos Fuentes, Juan José Arreola, Fernando Benítez, Juan Rulfo. Es profundo su conocimiento de Reyes, Borges, Cortázar, la literatura norteamericana y la francesa. El hecho de que sea un escritor que ha adquirido su oficio en varios campos lo entiende no como una dispersión sino como un necesario adiestramiento. "Algunos me reprochan —dice— que escriba cosas tan diversas. Yo diría que los géneros no son incompatibles. Un cuento es lo más cercano a un poema (no en términos de prosa poética, sino de concentración e intensidad)... En mi caso, la poesía no basta, el relato es un complemento necesario".

Algunas otras de sus ideas acerca de la narración se encuentran en su ensayo "La novela de aventuras" publicada por la *Revista de la Universidad de México* en 1963. "Sí, los mitos, los relatos, los libros, *son* nuestra infancia; en ellos aprendemos a conocer el mundo, pues, como creía Pavese, nadie admira un paisaje antes de que el arte, la poesía —aun una simple palabra— le hayan abierto los ojos. Para esto, para abrirnos los ojos, para enseñarnos a mirar *sirven* las letras, la literatura —para esto y otras cosas, desde luego." Y también, como asienta en otro de sus textos, en el caso específico de México, para conocer, a través de ella, "la verdad dolorosa o llena de esperanza del país".

Mientras los relatos de *El viento distante* están determinados por los recuerdos de la infancia, la novela *Morirás lejos*, es una narración de carácter experimental construida sobre una sentencia. Se plantean las hipótesis posibles, variadas, infinitas que implican elementos muy simples: un hombre vigila sentado en un parque. Otro lo contempla tras una persiana. Interpolada en la primera serie de proposiciones hay otra de relatos —reales, reelaborados, ficticios—. En algún momento acude la pregunta. ¿Cuál es la utilidad de las narraciones? Bien se sabe "que desde Scherezada, las ficciones son un medio de postergar la sentencia de muerte..." Bajo diferentes luces, con diversos instrumentos, con datos reales o inventados, en un México aún reconocible por inmediato, se desarrollan las historias de *El principio del placer*. Los hechos cotidianos, compartidos, comprobables, agotan su realidad en el momento en que los guarda una sola memoria. Es entonces cuando se presenta el dilema o la sospecha: ¿sueño, apariencia, imaginación, delirio, engaño? La pregunta queda abierta.

¿Qué es el principio del placer? Acaso el principio de la desilusión, el fin de la edad de la inocencia, la abolición de esta etapa calificada "como la más feliz de la vida" por quienes están lejos de ella.

SE GRATIFICARA

AL TAXISTA o a cualquier persona que informe del
paradero del señor ANDRES QUINTANA cuya fotografía
aparece al margen, extraviado el martes 5, en el trayecto
de la Avenida Juárez a las calles de Tonalá en la Colonia
Roma hacia las 23:30 horas, y cuyo paradero se desco-
noce hasta la fecha. Cualquier informe a los siguientes
teléfonos:

511-92-03 y 533-12-50

La fiesta brava *

Un cuento de Andrés Quintana

LA TIERRA parece ascender, los arrozales flotan en el aire,
se agrandan los árboles comidos por los defoliadores, bajo
el estruendo concéntrico de las aspas el helicóptero aterri-
za verticalmente, otros quince se posan en los alrededores, y usted, metralleta en mano, salta, dispara y ordena
disparar contra todo, todo lo que se mueve y aun lo inmóvil, no quedará bambú sobre bambú, no quedará ningún sobreviviente, no habrá testigos de lo que fue una
aldea,

mano, bala, cuchillo, bayoneta, lanzallamas, granada, cu-
lata todo se ha vuelto instrumento de muerte, y cuando
vuelven a los helicópteros, usted, capitán Keller, siente la
paz del deber cumplido, arden entre las ruinas cadáveres
de ancianos, niños, mujeres violadas, torturadas, no había
ya un solo guerrillero en la aldea o bien, como usted dice,
todos los pobladores eran guerrilleros, los cuerpos muti-
lados, quemados, deshechos conocen los mecanismos de la
descomposición mientras ustedes vuelan de regreso sin una
baja, con un sentimiento opuesto al asco y al horror de
los primeros combates,

* Pacheco, José Emilio. *El principio del placer.* Serie del Volador. Editorial Joaquín Mortiz. México, 1972.

195

qué lejos se halla ahora de todo eso, capitán Keller, cuando, pensión de veterano, camisa verde, Rolleiflex, pipa de espuma de mar, usted atiende a las explicaciones de la muchacha que describe en inglés cómo fue hallada la tumba del Templo de las Inscripciones, usted se encuentra en la Sala Maya en el Museo de Antropología, a miles de kilómetros de aquel infierno que usted contribuyó a desatar para que envenenara al mundo entero,

usted contempla todo con el asombro obligatorio y la fácil admiración de quien visita un museo que es parte de un itinerario inevitable, en realidad nada le ha impresionado, las mejores piezas las había visto en reproducciones, claro, en presencia son distintas pero de cualquier modo no le producen mayor emoción los vestigios de un mundo aniquilado a manos de un imperio que fue tan poderoso como el suyo, capitán Keller,

pero, salen, atraviesan el patio, el viento trae gotas de agua de la fuente, entran en la sala Meshíca, aquí, dice la guía, está casi todo lo que sobrevivió a la destrucción de México-Tenochtitlan, apenas un reducido tanto por ciento de lo que se calcula produjeron los artistas aztecas, la violencia inmóvil de esa escultura provoca en usted una respuesta que no lograron arrancarle la fineza y la abundancia ornamental del arte maya,

inopinadamente surge el acre monolito en que un escultor sin nombre fijó como quien petrifica una obsesión la imágen sagrada de la Coatlicue, usted se queda imantado por ella, imantado no hay otra palabra, suspenderá los *tours* de jueves, viernes y sábado para volver cada mañana al Museo, sentarse allí frente a la diosa de un cielo infernal y reconocer en ella algo que usted ha intuido siempre, capitán,

tanta insistencia ha provocado sospecha entre los cuidadores, para justificarse, para disimular esa fascinación aberrante, usted se compró un block y empezó a dibujar a Coatlicue en todos sus detalles, usted que no había trazado el menor esbozo desde que salió de la *high school*,

el domingo aparecerá un principio de resistencia, en vez de regresar al Museo usted pasará la mañana en los mercados y por la tarde se inscribirá en la excursión Fiesta

Brava junto con los amigos de otros *tours* que le preguntarán por qué no estuvo con ellos en Xochimilco, Puebla, Teotihuacan, en dónde se ha metido usted durante estos días,

responderá, estoy dibujando las mejores piezas, y ellos, para qué, puede comprar libros, postales, *slides*, reproducciones en miniatura, siguen conversando, ya en la Plaza México, suena el clarín, aparecen en la arena los matadores y sus cuadrillas, sale el primer toro, lo capotean, pican, banderillean y matan, surge el segundo, usted se horroriza del espectáculo, salvajes mexicanos, cómo se puede torturar así a los animales, qué país, esto explica su atraso, su miseria, su servilismo, su agresividad, abandona la fiesta brava, regresa al Museo, vuelve a contemplar a la diosa, a seguir dibujándola el poco tiempo que aún estará abierta la sala,

cierran las puertas, usted cruza la calle y espera un taxi en la acera del lago, el hombre que vende helados empuja su carrito de metal, se acerca y dice, señor, dispense, a usted le interesa mucho todo lo azteca ¿verdad?, ¿quiere ver algo que no olvidará nunca?, no se preocupe, no le costará un solo centavo, usted en su difícil español responde, qué es, de qué se trata,

no puedo decirle ahora, señor, pero estoy seguro de que le interesará, todo lo que tiene que hacer es subirse al último carro del último Metro la noche del martes en la estación Insurgentes, el tren se parará entre Isabel la Católica y Pino Suárez, baje usted y camine por el túnel hacia el oriente hasta encontrar una luz verde, allí lo estaré esperando,

el vendedor detendrá un taxi, le dará el nombre de su hotel y casi lo empujará a usted hacia el interior del coche, en el camino ha pensado que fue una broma, un estúpido juego mexicano para tomar el pelo a los turistas, luego modificará su opinión, capitán Keller,

y el martes por la noche, camisa verde, Rolleiflex, pipa de espuma de mar, estará en Insurgentes aguardando que los magnavoces anuncien el último viaje, luego subirá al carro final con dos o tres obreros que vuelven a su casa en Ciudad Nezahualcóyotl, verá pasar las estaciones, se detendrá el convoy, usted bajará a la mitad del túnel ante la sorpresa de los pasajeros, caminará hacia la única luz que continúa encendida tras el paso del metro, la luz verde, la camisa amarilla brillando fantasmal bajo la luz verde, el hombre que vende helados enfrente del Museo,

ahora los dos se adentran por una galería de piedra, abierta a juzgar por las filtraciones y el olor a cieno en el lecho del lago muerto sobre el cual se levanta la ciudad, usted pone un *flash* en su cámara, el hombre lo detiene, no, no gaste sus fotos, pronto tendrá mucho que retratar,

el pasadizo se alumbra con hachones de una madera aromática, usted pregunta su nombre, le responden, ocote, luego interroga ¿para qué me ha traído aquí?, para ver la Piedra Pintada, la más grande escultura azteca, la que conmemora los triunfos de Ahuizotl y no pudieron encontrar durante las excavaciones del Metro, usted será el primer blanco que la vea desde que los españoles la sepultaron en el lodo para que no recordara a los vencidos su pasada grandeza, para que se sometieran mejor al hierro de marcar, al látigo, a los trabajos forzados, para que perdieran la memoria, el orgullo por su tierra, el respeto hacia ellos mismos y pudieran ser convertidos en bestias de trabajo y de carga,

aunque comprende a medias, el lenguaje del hombre lo sorprende, capitán Keller, los ojos de su interlocutor parecen resplandecer en la semipenumbra, usted los ha visto antes, ¿en dónde?, ojos oblicuos aunque en otra forma, el Nuevo Mundo también es asiático, pero no tiene miedo, la escuadra automática reposa en su bolsillo,

usted espera ver una ciudad subterránea que reproduzca al detalle la Tenochtitlan que aparece en las maquetas del Museo, no hay nada semejante, sólo de trecho en trecho, ruinas, fragmentos de adoratorios y moradas aztecas que se emplearon hace cuatro siglos como base y relleno de la nueva capital española,

el olor a fango se hace más fuerte, usted comienza a estornudar, se ha resfriado por la humedad, me voy de aquí, le dice a su acompañante, espere, ya vamos a llegar, insiste, casi deletreando, quiero salir de aquí ahora mismo, da órdenes, un inferior tiene que obedecerlas, y en efecto el otro contesta, ya pronto llegaremos a una salida, a unos cincuenta o sesenta pasos le muestra una puerta, la abre y pase usted, dice, y usted entra sin pensarlo dos veces, un segundo después se halla encerrado en una cámara de piedra sin más iluminación ni ventilación que la producida por una abertura de forma indescifrable, ¿el glifo del viento, el glifo de la muerte?,

a diferencia del túnel, aquí el suelo es firme y parejo, en un rincón hay una estera, usted se tiende en ella pero no duerme, saca la pistola, apunta hacia la puerta, todo es tan irreal, parece tan ilógico que usted no alcanza a ordenar las impresiones recibidas,

pero lo adormecen la fatiga, el olor a légamo, el ritmo de conversaciones remotas en un idioma desconocido, los pasos en el húmedo corredor subterráneo, cuando al fin entreabre los ojos comprende, anoche no debió haber cenado esa atroz comida mexicana, ha tenido un sueño idiota que estuvo a punto de transformarse en pesadilla, cómo el inconsciente puede saquear lo real, el Metro, el vendedor de helados, el Museo, y darle un orden o un desorden distinto,

qué descanso hallarse despierto en este cuarto del Holiday Inn, ¿habrá gritado en el sueño?, menos mal que no fue el otro, obsesivo, el de los vietnamitas que salen de las tumbas en las mismas condiciones en que usted los dejó pero agravadas por la corrupción, menos mal,

se pregunta a sí mismo la hora, extiende la mano, la mano se mueve en el vacío tratando de alcanzar la lámpara, no está, se llevaron la mesa, usted se levanta para encender la luz central de su habitación,

entonces irrumpen en la celda los hombres que lo llevarán a la gran piedra circular acanalada en uno de los templos gemelos, le abrirán el pecho de un tajo, le arrancarán el corazón (abajo danzan, abajo tocan su música tristísima) para ofrecerlo como alimento sagrado al dios jaguar, al sol que viajó por las selvas de la noche y que ahora (mientras su cuerpo, capitán Keller, su cuerpo deshilvanado rueda ensangrentado la escalinata), ya brilla, ya renace en México-Tenochtitlan, eterno, invicto entre los dos volcanes.

Andrés Quintana miró la hoja de papel Revolución que acababa de introducir en la Smith-Corona. Escribió entre guiones el número 78 y se volvió hacia la izquierda para leer la página de *The Population Bomb*.

Lo distrajo un grito:

—Ef, Bi, Ai: arriba las manos, no se mueva—

en el televisor a todo volumen del departamento contiguo. Enfrente los muchachos que formaban un conjunto de rock atacaron el mismo pasaje ensayado desde las cuatro de la tarde:

Where's your momma gone
Where's your momma gone
Little baby don
Little baby don
Little baby don
Where's your momma gone
Where's your momma gone
Far, far away.

Se puso de pie, cerró la ventana abierta sobre el lúgubre patio interior, volvió a sentarse y releyó:

Scenario ii. In 1979 the last non-Communist government in Latin America, that of Mexico, is replaced by a Chinesesupported military junta. The change occurs at the end of a decade of frustation and failure for the United States. Famine has swept repeatedly across Asia, Africa, and South America. Foodriots have often become anti-American riots.

Meditó sobre el término que traduciría mejor la palabra *scenario*. Consultó la sección English-Spanish del *New World*. "Libreto, guión, argumento". No es este contexto. ¿Tal vez "posibilidad, hipótesis"? Dejó un espacio en blanco. Releyó la primera frase y con el índice de su mano izquierda (un accidente infantil le había paralizado la derecha) escribió rápidamente:

En 1979 el gobierno de México (¿el gobierno mexicano?), último no-comunista que quedaba en Latinoamérica (¿América Latina?) es reemplazado (¿derrocado?) por una junta militar apoyada por China. (¿Con apoyo chino?)

—Al terminar leyó su párrafo en voz alta:
—"que quedaba", suena horrible. Hay dos "pores" seguidos. E "ina-ina". Qué prosa. Cada vez traduzco peor—.

Sacó la hoja y la prensó contra la mesa bajo el antebrazo derecho para desgarrarla con el índice y el pulgar de la mano izquierda. Sonó el teléfono.

—Diga.

—Disculpe, ¿podría hablar con el señor Quintana?

—Sí, soy yo.

—Ah, quihúbole Andrés, cómo estás, qué me cuentas.

—Perdón... ¿quién habla?

—¿No me reconoces? Claro, hace siglos que no conversamos. Soy Arbeláez, dándote lata como siempre.

—Ricardo, hombre, qué gusto. ¿A qué se debe el milagro?

—Pues ando embarcado en un proyecto padrísimo y quiero ver si cuento contigo.

—Sí cómo no, ¿de qué se trata?

—Mira, es cuestión de reunirnos y echar una platicada. Pero te adelanto algo a ver si te animas. Vamos a sacar una revista como no hay otra en Mexiquito. Aunque siempre es difícil calcular estas cosas, creo que será un éxito sensacional.

—¿Una revista literaria?

—Sí, en parte. Se trata de hacer una especie de *Esquire* hispanoamericano. Mejor dicho, una mezcla de *Esquire*, *Playboy*, *Penthouse*, *The New Yorker*, pero con una proyección *latina*.

—Ah, pues muy bien.

—¿Verdad que es buena onda el proyecto? Hay dinero, anunciantes, distribución, equipo: todo. Imprimiremos en Panamá, metiéndole publicidad distinta para cada región. Tendremos reportajes, crónicas, entrevistas, secciones fijas, dos o tres desnudos por supuesto, y también queremos publicar un cuento inédito en cada número.

—Para el primero se había pensado en comprarle uno a *Gabo*... pero insistí en que debíamos lanzar con proyección continental a un autor mexicano, ya que la revista se hace aquí en Mexiquito, tiene ese defecto, ni modo. Naturalmente, pensé en ti, maestrísimo, a ver si nos haces el honor.

—Gracias, de veras muchas gracias.

—Entonces, ¿aceptas?

—Hombre sí, claro... lo que pasa es... es que no tengo ningún cuento nuevo: hace tiempo que no escribo.

—¿Y eso?

—Pues... problemas, chamba, en fin, lo de siempre.

—Mira, siéntate a pensar tu cuento ahora mismo y cuando esté me lo traes. Supongo que no tardarás mucho. Queremos sacar el primer número cuanto antes.

—Pero...

—Oye, debo decirte que se trata de pagar bien el trabajo literario. A nivel internacional no es gran cosa pero en base a lo que suele pagarse en Mexiquito es una fortuna... He pedido para ti seis mil pesos.

—¿Seis mil pesos por un cuento?

—No está mal, ¿verdad? De modo, mi querido maestro, que te me vas poniendo a escribir. Toma mis datos por favor.

Andrés apuntó la dirección y el teléfono en la esquina superior derecha de un periódico en que se leía:

HAY QUE FORTALECER EL SITIO PRIVILEGIADO QUE
MÉXICO TIENE DENTRO DEL TURISMO MUNDIAL

Abundó en expresiones de gratitud hacia Ricardo. Se despidió. No quiso continuar la traducción. Esperaba la llegada de Hilda para contarle el milagro.

Su mujer se asombró al no hallarlo quejumbroso y desesperado como de costumbre. Ante tal entusiasmo no hizo intentos de disuadirlo, aunque a Hilda la tentativa de iniciar y terminar el cuento en una sola noche le parecía excesivamente ambiciosa.

Cuando Hilda se fue a dormir Andrés tomó asiento ante la máquina. Llevaba años sin trabajar de noche con el pretexto de que haciéndolo molestaría a sus vecinos. En realidad tenía mucho tiempo sin escribir nada que no fueran traducciones y prosas burocráticas. De niño Andrés halló su vocación de cuentista y decidió convertirse en escritor y entregarse a este solo género. Adolescente, su biblioteca estaba formada en su mayor parte de colecciones de cuentos. Contra la dispersión de sus amigos, él se enorgullecía de casi no leer versos, ensayos, novelas, dramas, libros políticos, y frecuentar en cambio los grandes cuentos que se habían escrito en el mundo.

Pero su padre quería heredarle su despacho y lo obligó a estudiar arquitectura. Andrés se inscribió y fingió asistir a clases. En realidad iba como oyente a Filosofía y Letras, donde se relacionó con el grupo de Arbeláez que editaba la revista *Trinchera*.

A diferencia de Andrés, Ricardo escribía poco: su obra se limitaba a editoriales en defensa del Movimiento ferrocarrilero y la Revolución cubana y reseñas virulentas contra los libros de moda. No obstante, proyectaba una "gran novela" que, en sus propias palabras, sería para los burgueses de

202

México lo que *A la recherche du temps perdu* fue para los de Francia.

Poco antes de que la guerra literaria y las diferencias políticas escindieran al grupo, Andrés conoció a Hilda que entonces tenía diecisiete años y siempre estaba al lado de Ricardo. Se enamoraron, hablaron valientemente a Arbeláez y decidieron casarse. Andrés no olvidaría nunca esa tarde del 28 de marzo de 1959 en que Hilda aceptó su oferta de matrimonio, Demetrio Vallejo fue aprehendido y el ejército y la policía iniciaron la ocupación de los locales ferrocarrileros.

Los padres le dijeron a Andrés que hacía mal interrumpiendo sus estudios ya que como escritor no iba a poder vivir. Con todo, no se opusieron al casamiento y le obsequiaron alguna cantidad para sobrevivir los meses iniciales. Andrés, que aún seguía escribiendo todas las noches, trató de abrirse paso como guionista del cine nacional y colaborador literario de los periódicos. A fines de 1960 el proyecto de vivir de su pluma había fracasado, Hilda había perdido a su primer y único hijo, y más tarde salieron de la casita de Coyoacán para alquilar un sombrío departamento interior en las calles de Tonalá. Luego Hilda entró a trabajar en la *boutique* de su hermana en la Zona Rosa y Andrés, que había estudiado año y medio en el Instituto Mexicano-Norteamericano de Relaciones Culturales, consiguió empleo de traductor en una casa especializada en libros que fomentaran el panamericanismo y la Alianza para el Progreso. Cuando la inflación pulverizó su frágil presupuesto, las buenas amistades de su padre obtuvieron para Andrés la plaza de corrector de estilo en la Secretaría de Obras Públicas.

En los primeros años de su matrimonio Andrés publicó su único libro: *Fabulaciones*. Vendió 127 ejemplares —la edición era de 2 000— y obtuvo una sola reseña (favorable) escrita por Ricardo, quien jamás había vuelto a ver a la pareja. Poco después las revistas mexicanas dejaron de publicar cuentos y el auge de la novela hizo que ya muy pocos se interesaran en escribirlos. Andrés concursó en vano por dos becas. Se desalentó, fue posponiendo indefinidamente su proyecto de una nueva serie de relatos.

Después de todo —le decía a Hilda por las noches— mi vocación era escribir y de un modo u otro la estoy cumpliendo/

al fin y al cabo las traducciones, los folletos y aun los oficios burocráticos pueden estar tan bien escritos como un cuento ¿verdad?/

sólo por un concepto elitista y arcaico se puede creer que

lo único válido es la llamada literatura de creación ¿no
te parece?/

además no quiero competir con los escritorzuelos mexicanos inflados por la publicidad; noveluchas como ésas yo podría hacerlas de a diez por año, ¿no crees?/

Sin embargo ahora iba a recibir seis mil pesos por un
cuento: lo que ganaba en meses de tardes enteras frente a
la máquina, traduciendo lo que él llamaba *ilegibros*. Podría
pagar sus deudas de oficina, adquirir tantas cosas que le
faltaban, irse de vacaciones, comer en restaurantes. Por seis
mil pesos, en fin, había recuperado su extinta vocación literaria y dejaba atrás los pretextos que ocultaban su fracaso
esencial:

en el subdesarrollo no se puede ser escritor/

el libro ha muerto: ahora lo que me interesa son los *mass-
media*/

bueno, cuando se trata de escribir todo sirve, no hay trabajo perdido; de mi experiencia burocrática, ya verás, sal-
drán cosas/

qué culpa tengo yo de haber nacido en este país de mierda
y pertenecer a una generación de imbéciles y castrados/

mira, cuando estén hechos polvo todos los libros que hoy
tienen éxito en México alguien leerá *Fabulaciones* y entonces/

Con el índice de su mano izquierda empezó a escribir sin
detenerse. Nunca antes lo hizo con tanta fluidez. A las cinco
de la mañana se fue a dormir, sintiendo una plenitud desconocida. Se había fumado una cajetilla de *Viceroy* y bebido
cuatro cocacolas pero acababa de escribir LA FIESTA BRAVA.

Andrés se levantó a las once y cuarto. Se bañó y afeitó
rápidamente. Llamó por teléfono a Ricardo con un sentimiento de victoria.

—No puede ser. Ya lo tenías escrito.

—Te juro que no: lo hice anoche. Ahora voy a corregirlo
y a pasarlo en limpio. Creo que está bien. A ver qué te
parece. Ojalá funcione.

—Claro que funciona.

—¿Cuándo te lo entrego?

—Esta noche si quieres. Te espero a las nueve en mi
oficina.

Habló a Obras Públicas para disculparse por su ausencia
ante el jefe del departamento. Hizo algunas correcciones,
reescribió el texto a máquina y a las cinco emprendió una
versión final sin tachaduras ni letras sobrepuestas, en papel
bond de Kimberley Clark. Hilda le dijo que se iría al cine

con su hermana para no estar sola mientras él iba a entregar el cuento.

A las ocho y media Andrés subió al Metro en la estación Insurgentes. Trasbordó en Balderas y descendió en Juárez. Entró a tiempo en la oficina. La secretaria era tan bonita que Andrés sintió vergüenza de su triste saco de pana, su pantalón café, su pequeñez, su mano tullida. Esperó unos minutos antes de pasar al despacho excesivamente iluminado de Ricardo, quien se incorporó de su escritorio para darle un abrazo.

Habían transcurrido más de doce años desde el 28 de marzo de 1959. Ricardo estaba irreconocible con el traje de shantung azul-turquesa, las grandes patillas, el bigote zapatista, los anteojos de Schumann. Andrés volvió a sentirse fuera de lugar en aquel sitio (ventanas sobre la Alameda, paredes cubiertas de fotomurales que amplificaban viejas litografías de la ciudad).

Percibió de inmediato que era forzada esa actitud antinostálgica, de "como decíamos ayer" que adoptaba Ricardo. La cordial informalidad telefónica iba a borrarse ahora que Arbeláez, en posición de fuerza, había llevado a Andrés a su propio terreno. Se escrutaron durante unos segundos:

—Él ha cambiado/ yo también/ nadie hizo lo que iba a hacer/ ambos nos jodimos pero a quién le fue peor/

Ricardo se apresuró a romper la tensión, lo invitó a sentarse en el sofá, se colocó junto a él, le ofreció un *Benson & Hedges*, hojeó el manuscrito que Andrés había sacado del portafolios.

—Te quedó de un tamaño perfecto... Ahora, si me perdonas un momentito, voy a leer tu cuento con Mr. Hardwick, el *editor in-chief* de la revista. Luego te lo presento. Es de una onda muy padre. Trabajó en *Time Magazine*.

—No, mejor no me lo presentes: me da pena.

—¿Pena? ¿Por qué?

—No hablo inglés.

—¿Cómo? Si has traducido miles de libros.

—Tal vez por eso; son cosas distintas.

—Qué raro eres. No me tardo.

Al quedarse solo Andrés comenzó a hojear una revista que Ricardo había dejado en su escritorio. Se detuvo en un anuncio:

Located on 1 500 feet of Revolcadero Beach and rising 16 stores like an Aztec pyramid, the $40 million Acapulco Princess Hotel and Club de Golf opened as this jet set resort's largest and most lavish yet. Its 200 acres of gardens, pools, waterfalls and fairways are ten minutes by car from International Airport.

The Princess has 777 rooms with private terraces overlooking either the palmtree dotted golf course or the turquoise Pacific. Guests specify either a green (golf) view or blue (Pacific) view when making reservations. One of the most spectacular hotels you will ever see, it has a lobby modeled after the great central court of an Aztec temple with sunlight and moonlight filtering through the translucent roof. The 20 000 ft. lobby's atrium is complemented by 60 feet palm-treees, a flownig lagoon and Mayan sculpture.

Pero estaba inquieto, no podía concentrarse. Fue hacia la ventana y miró la honda ciudad, sus luces indescifrables. Pasó mucho tiempo viéndolas, fumó demasiados cigarros, la secretaria entró a ofrecerle Nescafé, más tarde a servírselo, por último a despedirse.

Andrés contempló las litografías amplificadas. Sintió una imposible nostalgia por aquel México muerto décadas antes de que él naciera. Imaginó la historia de un hombre que de tanto ver una litografía terminaba en su interior, moviéndose entre esos personajes de otros mundos, mirando a sus contemporáneos que lo veían desde el siglo xx. Luego, como siempre, pensó que el cuento no era suyo, lo había escrito alguien, lo acababa de leer en alguna parte.

O tal vez no: lo había inventado allí mismo, en esa extraña oficina frente a la Alameda —un lugar poco propicio para la redacción de una revista con el dinero y las pretensiones de que hablaba Ricardo. Aún no asimilaba el encuentro con su amigo-enemigo de otros tiempos:

¿habría dejado de pensar en Hilda?

si la viera ¿le gustaría tanto como hace doce años?

¿cuáles fueron las verdaderas relaciones entre ellos?

¿por qué Hilda nunca le contó sino vaguedades al respecto?

y

¿habría escrito su novela Ricardo?

¿la llegaría a escribir en lo futuro?

¿por qué el antiguo director de *Trinchera* estaba en esa oficina?

¿tan terrible es el país, tan terrible es el mundo, que en

206

él todas las cosas son corruptas o corruptoras y nadie puede salvarse?

y

¿qué pensaría de él Ricardo? ¿Lo odiaba, lo despreciaba, lo envidiaba?

su elogio de *Fabulaciones*, ¿fue una muestra de magnanimidad, una injuria sutil, un mensaje cifrado para Hilda?

y

¿los seis mil pesos pagaban su talento —el de un narrador oscuro que publicó un libro mediocre justamente olvidado— o eran una forma de ayudar a Hilda, sabiendo

(¿por quién?, ¿por ella misma?)

de las dificultades conyugales, la rancia y desolada convivencia, el mal humor del fracasado, la humillación de checar tarjeta en Obras Públicas, la prosa cada vez más inepta de sus traducciones, el horario de Hilda en la *boutique* de su hermana, las clientes ricas de quienes era la esclava?

Andrés dejó de formularse preguntas. Miró el reloj de la pared: habían pasado más de dos horas, Ricardo continuaba en la oficina de Mr. Hardwick —¿discutiendo el cuento?—. La tardanza sólo era explicable como el peor augurio. Por eso cuando Ricardo reapareció con el texto en las manos, Andrés sintió que había vivido ya el momento y podía recitar la continuación.

—Oye, perdona. Me tardé siglos. Es que estuvimos dándole vueltas y vueltas a tu historia.

También en el oscuro recuerdo de Andrés, Ricardo había dicho *historia* y no cuento. Un anglicismo, claro, no importaba; una traducción mental de *story*. Tímidamente, sin esperanza, seguro de la respuesta, dijo:

—¿Y qué les pareció?

—Bueno, no sé cómo decírtelo, maestro. Tu narración me gusta, es interesante, no está mal escrita. Sólo que inconscientemente, pensando que la estabas haciendo casi sobre pedido para una revista, bajaste el nivel. ¿Me explico? Te salió muy lineal, muy de *american magazine*, ¿no crees?

Mirada de azoro en vez de respuesta/

Andrés reprochándose que la pérdida de los seis mil pesos le doliera más que el fracaso literario/

pero ya Ricardo continuaba:

—De veras créeme que me sabe mal la situación. Me hubiera encantado que el mister la aceptara. Ya ves, tú fuiste a quien le hablé primero.

—Hombre, no hay por qué dar excusas. Di que no aguanta y se acabó. No hay problema.

El tono ofendió a Ricardo. Hizo un gesto para controlarse y añadió:

—*Sí* hay problemas: no se alcanza a ver el personaje. Te falta precisión. Tiene algunos párrafos muy enredados, el último por ejemplo, gracias a tu capricho de sustituir por comas todos los demás signos de puntuación. Tu anécdota es irreal en el peor sentido, muy *bookish* ¿no es cierto? Además, esto del "sustrato prehispánico enterrado pero vivo" como que ya no. Fuentes hizo cosas muy padres con ello y al hacerlo también agotó el tema. Claro que tú lo ves desde otro ángulo, pero de todos modos... Y el asunto se complica por el empleo de la segunda persona de singular. Es un recurso que ya perdió su novedad y acentúa el parecido con Fuentes, *you know*.

—Ya todo se ha escrito. Cada cuento sale de otro cuento, ¿verdad? Pero en fin, ni hablar, tus objeciones son irrebatibles... excepto en lo de Fuentes: jamás he leído un libro suyo. No leo literatura mexicana... por higiene mental. —Andrés se dio cuenta de que estaba siendo patético, su arrogancia de perdedor sonaba a hueco.

—Pues haces mal no leyendo a los que escriben junto a ti... Mira, también me recordó a un cuento de Cortázar.

—¿*La noche bocarriba*?

—Exacto.

—Puede ser.

—Y ya que hablamos de influencias o antecedentes, como quieras llamarles, pensé en un cuento de Rubén Darío... *Huitzilopochtli* creo que se titula. Es de lo último que hizo, lo publicó en Guatemala.

—¿Escribió cuentos Darío? Ni idea. Creí que sólo era poeta... Bueno, pues... me retiro.

—Un momentito: falta el colofón. A. Mr. Hardwick la trama le pareció baratamente antiyanqui y tercermundista. Encontró quién sabe cuántos símbolos.

—¿Símbolos? Pero si no hay ningún símbolo: todo es muy directo y muy claro.

—No tanto. El final parece sugerir algo que no está en el texto. Una metáfora política, digamos, un buen deseo, levemente ilusorio por otra parte. Como si quisieras ganarte el aplauso de los *acelerados* de la Universidad o hicieses una reverencia nostálgica a nuestros tiempos de *Trinchera:* "México será la tumba del imperialismo yanqui, como un siglo atrás sepultó las ambiciones de Napoleón Tercero" —¿no es eso? Si me perdonas, te diré que te falló el olfato. Mr. Hardwick también está en contra de la guerra de Vietnam, por supuesto, y tú sabes que en el fondo mi posición no ha variado: cambió el mundo, lo que es muy distinto. Pero mira que traer a una revista pagada con dinero de allá arriba un cuento en que proyectas deseos de ahuyentar al turismo y de chingarte a los gringos...

—Quizá tengas razón. A lo mejor me puse trampas yo solito para no salir publicado.

—Puede ser, *who knows*. Pero no psicologicemos porque vamos a terminar descubriendo que tu cuento es una agresión disimulada en contra mía.

—No hombre, cómo crees. —Fingió reir junto con Ricardo, hizo una pausa y añadió—: Bueno, desaparezco, muchas gracias de cualquier modo.

—No lo tomes así, no seas absurdo. Naturalmente, espero otra cosa tuya aunque ya no sea para el primer número. Por lo demás, esta revista no trabaja a la mexicana: lo que se encarga se paga. Aquí tienes... Son mil pesos nada más pero algo es algo... Ándale, no te sientas mal aceptándolos. Así se acostumbra en Estados Unidos y nadie se ofende. Ah, si no te molesta me dejas unos días tu original para mostrárselo al administrador y justificar el pago. Luego te lo mando por correo o con un *office-boy*.

—Muy bien. Gracias de nuevo y yo te traigo por aquí otro cuentecito.

—Perfectísimo. Tómate tu tiempo, no te apresures y verás cómo esta vez sí tenemos éxito con los gringos. Es que son durísimos, muy profesionales, muy perfeccionistas. Hay ocasiones en que mandaban rehacer seis veces una pinche nota de libros; ahora imagínate un texto de creación... Oye, el pago no importa: puedes meter tu historia en cualquier revista *local*.

—Para qué. No salió. Mejor nos olvidamos de ella... Bueno, ¿te quedas?

—Sí, tengo qué hacer unas llamadas.

—¿A esta hora? Como que es un poco tarde, ¿no?

—Tardísimo, pero mientras orbitamos la revista hay que trabajar a marchas forzadas. En fin, mi querido Andrés, te agradezco que hayas cumplido el encargo y por favor salúdame mucho a Hilda.

—Cómo no. Gracias a ti. Buenas noches.

Andrés salió al pasillo en tinieblas donde sólo ardían las luces en el tablero del ascensor. Oprimió el timbre y poco después se abrió la jaula ofensivamente luminosa con el asiento vacío del elevadorista. Hundió el botón de planta baja. Le abrió la puerta de la calle un velador soñoliento, el rostro oculto tras una bufanda. Andrés regresó a la noche de México, caminó hasta la estación Juárez y descendió al andén desierto.

Mientras llegaba el Metro abrió su portafolios en busca de algún material de lectura. Sólo encontró la copia de LA FIESTA BRAVA. La destruyó y la echó al basurero. Hacía calor en el túnel. De pronto lo bañó el aire fresco desplazado por el convoy que acto continuo se detuvo sin ruido. Andrés subió al segundo carro, hizo otra vez el cambio en Balderas y tomó asiento en una banca individual.

Sólo había tres pasajeros adormilados. Andrés sacó del bolsillo el billete de mil pesos, lo contempló un instante y lo guardó de nuevo. En los cristales de la puerta miró su propio reflejo impreso por el juego de la luz del vagón y las tinieblas del túnel.

—Cara de imbécil —se dijo—. Si tropezara en la calle conmigo mismo sentiría un infinito desprecio. Sólo un pendejo como yo se expone a una humillación de esta naturaleza. Cómo voy a explicárselo a Hilda. Todo es siniestro. Por qué no chocará el tren. Quisiera morirme.

Al ver que los tres hombres lo observaban, se dio cuenta de que había hablado casi en voz alta, gesticulando. Desvió la mirada y para ocuparse en algo tomó el billete de mil pesos y lo guardó en su portafolios.

Descendió en Insurgentes cuando los magnavoces anunciaban que era la última corrida y las puertas de la estación iban a cerrarse. No obstante, Andrés se detuvo a leer una inscripción grabada a punta de compás o de clavo sobre un anuncio de *Raleigh:*

ASESINOS, NO OLVIDAMOS TLATELOLCO Y SAN COSME

—Debió decir *"ni* San Cosme". —Andrés corrigió mentalmente, mecánicamente, mientras avanzaba hacia la salida. Arrancó el tren que iba en dirección de Zaragoza.

Antes de que el convoy adquiriera velocidad, Andrés vio entre los cuatro pasajeros del último carro a un hombre inconfundiblemente norteamericano: camisa verde, Rolleiflex, pipa de espuma de mar entre los labios.

Andrés gritó palabras que el capitán Keller ya no llegó a escuchar y se perdieron en el túnel. Se apresuró a subir las escaleras anhelando el aire libre de la plaza. Con su única mano hábil empujó la puerta giratoria. No pudo ni siquiera abrir la boca cuando lo capturaron los tres hombres que estaban al acecho.

El viento distante *

EN UN EXTREMO de la barraca el hombre fuma, mira su rostro en el espejo, el humo al fondo del cristal. La luz se apaga, y él ya no siente el humo y en la tiniebla nada se refleja.

El hombre está cubierto de sudor. La noche es densa y árida. El aire se ha detenido en la barraca. Sólo hay silencio en la feria ambulante.

Camina hasta el acuario, enciende un fósforo, lo deja arder y mira lo que yace bajo el agua. Entonces piensa en otros días, en otra noche que se llevó un viento distante, en otro tiempo que los separa y los divide como esa noche los apartan el agua y el dolor, la lenta oscuridad.

Para matar las horas, para olvidarnos de nosotros mismos, Adriana y yo vagábamos por las desiertas calles de la aldea. En una plaza hallamos una feria ambulante y Adriana se obstinó en que subiéramos a algunos aparatos. Al bajar de la rueda de la fortuna, el látigo, las sillas voladoras, aún tuve puntería para batir con diecisiete perdigones once oscilantes figuritas de plomo. Luego enlacé objetos de barro, resistí toques eléctricos y obtuve de un canario amaestrado un papel rojo que develaba el porvenir.

Adriana era feliz regresando a una estéril infancia. Hastiada del amor, de las palabras, de todo lo que dejan las palabras, encontramos aquella tarde de domingo un sitio primitivo que concedía el olvido y la inocencia. Me negué a entrar en la casa de los espejos, y Adriana vio a orillas de la feria una barraca sola, miserable.

Al acercarnos el hombre que estaba en la puerta recitó una incoherente letanía: —Pasen, señores: vean a Madreselva, la infeliz niña que un castigo del cielo convirtió en tortuga por desobedecer a sus mayores y no asistir a misa los domingos. Vean a Madreselva, escuchen en su boca la narración de su tragedia.

Entramos en la carpa. En un acuario iluminado estaba Madreselva con su cuerpo de tortuga y su rostro de niña. Sentimos vergüenza de estar allí disfrutando el ridículo del hombre y de la niña, que muy probablemente era su hija.

Cuando acabó el relato, la tortuga nos miró a través del acuario con el gesto rendido de la bestia que se desangra bajo los pies del cazador.

* Pacheco, José Emilio. *El viento distante*. Ediciones Era, México, 1963.

—Es horrible, es infame —dijo Adriana mientras nos alejábamos.

—No es horrible ni infame: el hombre es un ventrílocuo. La niña se coloca de rodillas en la parte posterior del acuario, la ilusión óptica te hace creer que en realidad tiene cuerpo de tortuga. Tan simple como todos los trucos. Si no me crees te invito a conocer el verdadero juego.

Regresamos. Busqué una hendidura entre las tablas. Un minuto después Adriana me pidió que la apartara —y nunca hemos hablado del domingo en la feria:

El hombre toma en brazos a la tortuga para extraerla del acuario. Ya en el suelo, la tortuga se despoja de la falsa cabeza. Su verdadera boca dice oscuras palabras que no se escuchan fuera del agua. El hombre se arrodilla, la besa y la atrae a su pecho. Llora sobre el caparazón húmedo, tierno. Nadie comprendería que está solo, nadie entendería que la quiere. Vuelve a depositarla sobre el limo, oculta los sollozos y vende otros boletos. Se ilumina el acuario. Ascienden las burbujas. La tortuga comienza su relato.

Índice

Esta obra se terminó de imprimir en
el mes de julio de 1995 en los talleres de
Impresos Naucalpan, S. A. de C. V.
San Andrés Atoto núm. 12
Naucalpan, Edo. de México

Se tiraron 1 000 ejemplares
más sobrantes para reposición.